모미지마치
역앞
자살센터

모미지마치 역앞 자살센터

미쓰모토 마사키 지음 · 김선영 옮김

북스토리

◈ **차례**

첫 번째

그 꿈은 아련하게 번지는 '하얀색'에서 시작되었다.

안개처럼 흐릿한 하얀색이 서서히 뭉쳐 선명한 질감을 갖추기 시작하다가, 이윽고 그것은 넓은 공간이 되었다. 아무것도 없는, 넓고 새하얀 공간. 그 공간의 상공을 떠다니며 굽어보듯 아래를 내려다보니 어디에서 나왔는지 코끼리가 두 마리 나타났다.

코끼리들은 세로로 줄지어 걷고 있었는데, 앞장선 코끼리가 더 크고 뒤따라가는 코끼리는 작았다. 분명 두 마리는 부모 자식일 테지. 앞쪽이 부모, 뒤쪽이 자식이다. 멍하니 그런 생각을 하고 있으려니 뒤에서 따라가는 작은 코끼리가 긴 코로 작은 한숨소리를 내며 낮은 목소리로 "아니야"라고 했다.

"내 몸집이 작긴 해, 하지만 실은 난 큰아버지고 앞서 가는 쟤는 내 조카야. 아쉽게도 말이지."

작은 코끼리는 말을 마치고는 멈춰 서서 뒤를 돌아보았다. 거기에는 언제 튀어나왔는지 사람 모양을 한 뼈, 해골이 걸어오고 있었는데 코끼리의 말을 듣고는 걸음을 멈추는 것이었다.

해골의 뼈는 반들반들 매끈해서 표면이 희미하게 빛나는 것처럼 보였다. 갓 태어난 것처럼 새로운 뼈다. 하지만 뭔가 위화감이 든다. 위화감의 정체를 파악하려고 뚫어져라 바라보고 있자니 다시 작은 코끼리가 입을 열었다.

"듣고 있는 거야?"

그 말투에는 짜증과 모멸이 묻어났다. 작은 코끼리는 해골 옆으로 다가가 새카만 눈동자를 잘가닥 소리를 내며 부릅뜨고는 해골을 올려다보았다. 그리고 다시 한 번, "듣고 있는 거야?"라고 말했다.

"제대로 듣고 있어요."

해골의 턱뼈가 덜컥덜컥 소리를 내며 움직이더니 그 안에서 목소리가 튀어나왔다. 제대로 듣고 있어요, 라고 말하는 나지막한 그 목소리는 동굴 속에서 들리는 것처럼 작고 가녀리고, 탁했다.

"그럼 넌 배우고 있는 건가?"

작은 코끼리가 물었다. 긴 코가 바닥을 쓰다듬듯 살랑살랑 움직였다.

"물론 배우고 있습니다."

해골이 턱뼈를 덜컥거리며 대답했다.

작은 코끼리와 해골이 그런 대화를 하는 동안 작은 코끼리의 조카라는 큰 코끼리는 새하얀 공간을 저벅저벅 걸어가 그 자리에서 점점 멀어져갔다. 작은 코끼리와 해골은 그런 줄도 모르고 영문 모를 대화를 계속하고 있다.

나는 둥실둥실 떠다니며 조카 코끼리를 눈으로 좇았다. 문득 조카 코끼리가 전진하는 방향을 쳐다보니 뭉게구름 같은 안개가 있었다. 눈에 힘을 주고 그 안개를 살펴보았지만 속은 보이지 않았다. 안개는 주변의 하얀 공간보다 조금 어둑한 흰색이었다. 뭔지 모를 부우웅, 하는 낮고 묵직한 소리를 내고 있다. 나는 그 안개가 무서웠다.

조카 코끼리는 그대로 안개를 향해 걸어갔다. 나는 말리려 했다. 하지만 나는 그저 떠다니기만 하는 존재라 몸도 없고, 목청도 없다. 소리를 낼 수가 없었다.

이윽고 조카 코끼리는 뭉게구름 같은 안개 속으로 들어가, 그대로 시야에서 사라졌다.

나는 안개에서 사라진 조카 코끼리에게서 눈을 돌렸다.

"결국 정답은 없다는 뜻이야."

작은 코끼리가 해골에게 그렇게 말하고는 걸음을 돌려 조카가 지나간 방향으로 다시 걸음을 옮겼다. 조카를 집어삼킨, 안개를 향해서.

해골은 낙담한 듯 어깨를 축 늘어뜨리고 오른손을 들어 손등으로 눈가를 훔쳤다. 마치 울고 있는 것처럼.

그제야 나는 방금 전 느낀 위화감의 정체를 이해했다. 저 해골은 머리도, 가슴도, 허리도, 다리도, 발끝까지도 뼈인데 어찌된 일인지 오른손만은 살이 붙어 있었다. 팔은 뼈지만 그 손목 끝에는 살이 있다. 손가락에는 솜털이 송송 났고, 손톱도 제대로 붙어 있었다. 손등은 힘줄이 툭 불거진, 남자의 손이다.

오른손에만 살이 있는 해골은 손가락으로 뺨을 닦고, 눈가를 눌렀다. 이윽고 무너지듯 무릎을 꿇고, 살이 있는 오른손으로 바닥을 짚었다.

"저도 배우고 있단 말입니다. 배울 줄 아는 건 형님만이 아니에요."

해골이 분하다는 듯이 그렇게 말하자, 바닥을 짚은 오른쪽 손등에 눈물 한 방울이 소리도 없이 떨어졌다.

잠에서 깨자마자 뜨거운 물로 샤워를 했다. 익숙한 꿈을 씻어내기 위해 꼼꼼히, 박박 몸을 씻는다. 목욕수건으로 머리카락과 몸을 닦고 속옷을 입는다. 칫솔에 치약을 묻혀 이를 닦는다. 양치질도 꼼꼼히, 시간을 들여.

세면대 거울에는 삼십 줄에 접어든, 별 볼 일 없는 남자가 비쳤다. 수염은 3주나 자랐고, 머리카락도 길고, 왜소한 남자. 요즘은 식욕도 없어서 그런지 거울을 볼 때마다 야위어 보인다. 뺨은 홀쭉하고, 가슴에는 갈비뼈가 툭 불거져 있다. 겉꺼풀 눈은 멍해서 생기라 부를 만한 흔적이 하나도 없다. 이게 나란 말인가? 남의 일처럼 조금 놀란다.

드라이어로 머리카락을 말리고, 옷을 입는다. 거실로 가서 소파에 걸터앉았다. 아침 햇살이 창문에 비쳐들어 실내는 밝았다. 눈을 감고 눈시울을 가만히 문지르며, 긴 한숨을 내쉬었다. 어젯밤 수면제를 너무 많이 먹었는지 온몸이 나른하고 머리가 무거웠다. 그 꿈 때문인지, 평소보다 두통이 더 심한 것 같다.

테이블 위의 리모컨을 들어 텔레비전을 켰다. 시시한 여행 프로그램이 나와 채널을 바꿔 뉴스를 찾았다.

겨우 찾아낸 뉴스에는 퉁퉁한 중년 아나운서가 나와서 얌전한 얼굴로 "다음 뉴스입니다" 하고 말했다.

그 절단마 뉴스가 흘러나왔다. 경찰서 앞, 그리고 피해자 자택 앞에서 중계하고 있었다. '마침내 다섯 번째 피해자'라는 자막이 흘러나왔다.

절단마는 피해자를 살해한 뒤에 몸을 토막 내, 그 일부를 유족의 집에 보내는 정신 나간 살인귀였다. 나는 화면을 뚫어져라 바라보며, 빨아들일 기세로 흘러나오는 소리와 음성을 들었다. 아마도 이 동네 사람들은 모두가 그럴 것이다. 어쨌든 절단마는 이 동네 사람들을 죽이고 있으니까.

나는 그 뉴스를 보면서 몸을 부르르 떨었다. 두렵고 불안했다.

살인이나 그 밖의 흉악한 사건은 먼 곳에서 일어나는, 뉴스 속에서만 일어나는 일이 아니다. 이런 일은 어디서나, 누구에게나 일어난다. 위험은 우리 주변에, 바로 곁에 있다.

우리는 매일 위험과, 그리고 괴물과 스쳐 지나간다.

뉴스가 끝나도 마음이 차분해지지 않아 현관에 가서 가죽 구두를 닦기 시작했다. 나는 고민거리가 있거나 마음이 불안하면 늘 구두를 닦는다. 솔로 한 짝 한 짝, 꼼꼼하게, 그야말로 가죽 표면에 얼굴이 비칠 정도로 꼼꼼하게 닦는다. 그리고 크림을 짜서 부드러운 솔로 전체에 골고루 바른다. 그러는 사이 어느덧 마음이 차분해진다. 이상한 일이지만 효과는 있었다.

이윽고 마음이 차분해지자 거실로 돌아가 테이블에 놓아두었던 휴대전화를 쳐다보았다.

오늘, 전화를 걸 작정이었다. 벽에 걸린 달력에도 오늘, 11월 25일에 파란 잉크로 동그라미를 쳐두었다. 약 반 년에 걸쳐 몇 번이나 고민을 거듭한 끝에 마침내 결심한 것이다.

텔레비전을 끄자 집 안에서 소리가 사라졌다. 이 집은 17층짜리 맨션의 최고층으로, 바깥 소음도, 자동차 소리도, 새 울음소리도, 무엇 하나 들어오지 않는다. 들리는 소리는 고작해야 냉장고 모터 소리다. 그런 정적 속에서 테이블 위에 있는 휴대전화를 가만히 바라보고 있노라니 갑자기 뚜르르, 하는 시끄러운 기계음이 울렸다. 깜짝 놀라 부르르 떨었다. 침실에서 나는 소리였다. 어제 맞춰놓은 알람시계. 나는 일어나서 침실로 가, 침대 머리맡에 놓아둔 알람시계를 껐다. 두 개의 바늘은 정확히 9시를 가리키고 있다. 꿈 때문에 예정보다 빨리 깬 모양이다.

거실로 돌아와 다시 휴대전화를 바라보면서 나는 형이 했던 말을 떠올렸다.

'정답은 없어.'

그것은 오래전, 형이 보낸 편지에 적혀 있던 말이다. 닳을 정도로 읽고 또 읽은 탓인지 단순한 말이 아니라 행동 지침으로 아로새겨져 있었다. 그 말을 떠올리면 망설이던 것을 멈추고 행동으로 옮길 수 있다.

정답이 없다면, 나는 내 행동을 정당화할 필요가 없다. 누구에게 물어볼 필요도 없다. 스스로 정하고, 실행하면 그만이다.

휴대전화를 들고 외우고 있던 번호를 눌러, 통화 단추를 눌렀다. 아무리 바라본들, 고민한들, 의미는 없다.

"예, '모미지마치 역 앞 자살센터'입니다."

귀에 들린 것은 중년 여성으로 짐작되는, 감정이 배제된 높은 목소리였다.

"여보세요?"

내가 아무 말도 하지 않아서 그런지 여성은 미심쩍어

하는 소리로 되물었다.

"앗, 저기, 죄송합니다." 나는 간신히 목소리를 내서 말을 이었다. "처음 전화하는 건데요."

"예, 전화 감사합니다. '모미지마치 역 앞 자살센터'입니다. 오늘은 어떤 용건으로 전화하셨습니까?"

여성은 감정을 배제한 목소리로 되돌아갔다.

"저, 오늘 말인데, 예약할 수 있을까요?"

내가 그렇게 묻자 여성은 "감사합니다" 하고 밝은 목소리로 말했다. "모미지마치에 살고 계신가요?"

"예, 그렇습니다."

"감사합니다. 그럼 예약 상황을 확인해볼 테니 전화를 끊지 말고 잠시 기다려주시겠습니까?"

내가 알겠다고 하자 전화는 보류 상태로 바뀌어, 오르골 소리로 파헬벨의 〈캐논〉이 흘러나왔다. 음악을 들으며 주방으로 가서 냉장고에서 팩에 든 차를 꺼내 유리잔에 따랐다. 소파로 돌아오자 휴대전화에서 "여보세요?" 하는 목소리가 들렸다. "네, 여보세요" 하고 대답하며 차를 한 모금 마셨다.

"오래 기다리셨습니다. 확인해보았는데 아직 예약이 가능하네요."

그 말을 듣고 기쁨과 두려움, 그 밖에도 설명할 수 없는 감정이 가슴속에 치밀었다. 여성이 말을 이었다.

"그럼 예약 담당자를 연결해드릴 테니 자세한 설명을 들어보세요."

나는 예약 담당자의 설명을 듣고, 시간을 확인한 뒤에 인감과 면허증, 그리고 과거의 급여명세서 몇 달 치를 준비해 테이블에 올려놓았다. 담당자가 그런 것들이 필요하다고 했기 때문이다.

상대가 내준 유리잔에 담긴 차를 벌컥벌컥 마시고 소파에 몸을 깊이 묻었다. 천장을 향해 고개를 젖히고 눈을 감았다. 숨을 길게 들이쉬었다가, 천천히 내뱉었다.

모미지마치 역 앞 자살센터의 위치는 당연히 알고 있었다. 아니, 모르는 사람이 없을 것이다.

모미지마치 역 부근, 마치 형무소처럼 튼튼하고 높은 벽에 둘러싸인 건물이 본부다. 입구에는 무장한 경비원이 일곱 명이나 있었다. 거기에 한 번 들어가면 돌아오지 못한다. 하지만 처음부터 거기에 들어갈 수 있는 것은 아니다. 다른 장소에서 면담을 해야 한다고 들었다. 자세한 절차는 알려진 바가 없지만 '간단한 질문에 대답할 뿐'이라는 정보를 인터넷으로 본 기억이 있다. 다만 정부에 의한 인터넷 규제가 엄격해서 자세한 정보까지는 알 수 없었다.

소파에서 일어나 거실에서 나왔다. 침실로 이어지는 문 앞에 서서, 가만히 손잡이를 잡았다. 이마를 문에 붙이고 눈을 감았다.

표면의 냉기를 느껴보니 몸속에 있는 상처가 사라지지 않았다는 것을 알 수 있었다. 그 상처는 벌써 6년이나 내 안에 존재했고, 조금씩 아픔을 더해가면서 깊숙하게 파고들었다. 나는 그 소리까지 들을 수 있다. 똑똑하게.

상실의 상처는 결코 아무는 일이 없다. 시간이 거꾸로 흐르지 않는 것처럼. 죽은 사람이 되살아나지 않는 것처럼. 상실의 상처는, 결코 아물지 않는다.

손잡이를 잡은 손이 떨리고 있다. 고동이 빨리지는 것을 느꼈다. 나는 문에서 이마를 떼고, 눈을 떴다. 손잡이를 붙잡고 있는, 떨리는 손을 바라보았다. "기다려줘." 문을 향해 그렇게 말하고 나는 겨우 손을 뗐다.

일본에서 세 번째인가 네 번째로 긴 상점가는 십자형 구조로 그 중심에는 벽돌로 만든 커다란 분수가 있다. 분

수 중심에는 손을 하늘로 뻗고 있는 여성의 조각상이 있고, 그 손에서 상점가가 문을 닫는 오후 10시까지 물이 흘러나온다.

내가 찾아가려는 카페인 '토머스&뤼미에르'는 분수 바로 옆에 있었다. 1층 미용실 간판 뒤에 숨은 계단을 올라가니 목제 문이 나왔다. 나는 문을 열고 가게로 들어갔다.

"어머나, 어서 와."

카운터 안에서 기모노를 입은 이 가게의 주인, 시오자키 사에코가 말했다.

"안녕하세요."

나는 가볍게 고개를 숙이고 카운터로 가서 둥근 의자에 걸터앉았다. 세 개뿐인 테이블 석은 고등학생으로 보이는 젊은 커플과 신문을 펼친 회사원들이 차지했다. BGM은 캣 파워의 〈더 그레이티스트〉였다. 션 마셜의 쓸쓸하고 거친 독특한 음색이 귀를 타고 세포 구석구석에 스며들어 편안하다. 천창에서는 따스한 빛이 쏟아져, 가게 안을 밝게 비추고 있다.

"오랜만이네."

시오자키 사에코는 물컵을 내 앞에 내려놓으며 매혹적인 미소를 지었다. 검은 단발에 길게 찢어진 눈. 그리고 어두운 색의 기모노. 누가 이 사람은 자시키와라시*라고 해도 곧이곧대로 믿을지 모른다.

"오늘은 어쩐 일이야? 회사는 휴가?"

평일 아침부터 사복 차림으로 나타난 내게 그렇게 묻는 것은 당연했다. 하지만 회사를 그만두었다는 말을 할 기분은 아니었다. 나는 코트를 벗으며 대답했다.

"유급 휴가예요. 여행 좀 다녀오려고요."

내가 그렇게 얼버무리자 시오자키 사에코는 눈썹을 찌푸리며 "국내? 아니면 해외?" 하고 물었다. 그러고 나서 내 대답을 기다리지도 않고 뒷말을 이었다.

"난 여행을 간다면 당연히 국내야. 일본인은 좀 더 자신의 나라를 알아야 해. 해외에 눈을 돌리기 전에 더 보아야 할 장소, 알아야 할 일이 많아. 게다가."

일본인의 정의에 대해 떠드는 시오자키 사에코의 이야기를 나는 잠자코 듣기로 했다. 아직 주문도 받지 않았지만 딱히 서두를 이유도 없다. 예약한 시각까지 아직 꽤 여유가 있다.

그녀가 내 주문을 아직 받지 않았다는 것을 깨달은 것

● 어린아이 또는 소녀의 모습을 한 정령의 일종으로 오래된 집에 눌러 산다고 하며, 자시키와라시가 깃든 집은 부자가 된다고 한다.

은 테이블 석에 있던 젊은 커플이 계산을 마친 후였다. 금전출납기를 닫으며 시오자키 사에코가 말했다.

"어머나, 그러고 보니 도이 씨, 주문 아직 안 했지?"

나는 가만히 웃으며 뜨거운 커피와 믹스 샌드위치를 주문했다. 미쿠라는 이름의 주방 여성이 만드는 믹스 샌드위치의 맛은 평도 좋아 이 가게의 명물이라 할 수 있다. 나는 그것을 자살센터에 가기 전에 먹어두고 싶었다.

몇 분 뒤, 믹스 샌드위치가 담긴 하얗고 커다란 접시가 카운터에 놓였다. 나는 냉큼 한 조각을 손에 들고 먹었다. "맛있어"라는 말이 절로 흘러나온다. 부드러운 빵 사이에 든 재료는 사각사각한 양상추, 달걀, 참치, 오이, 그리고 햄뿐인 단순한 구성이지만 어째서일까, 기가 막히게 맛있다. 씹을 때마다 소박한 감칠맛이 입안에 퍼져나간다.

"음식의 힘은 위대해." 이것은 예전에 구로세라는 친구가 한 말이다. 아내의 요리가 맛있어서 바람을 피울 수 없다고 역설했던 게 기억난다. 확실히 그렇지. 지금에서야 묘하게 이해할 수 있었다. 음식의 힘은 위대하다.

그 건물은 높은 회색 벽에 둘러싸여 있었다. 입구는 하나뿐이고, 정면의 문은 두꺼운 철제로 내부는 보이지 않는다.

무작정 찾아온 것까진 좋은데, 나는 입구에 우뚝 선 일곱 명의 경비원에게 겁을 먹고 그 앞을 그대로 지나치고 말았다. 경비원들은 허리춤에 총을 차고 있다. 그것 때문에 겁이 나는 것이다.

자살센터 경비원의 총기 휴대 허가에 대한 법안이 국회에 제출된 것은 4년 전, 자살센터 설립으로부터 2년 후의 일이다.

그때까지 자살센터는 반대파 그룹이나 안에 들어간 가족을 되찾으려는 사람들로부터 몇 번이나 습격을 받고 있었다. 그때 양쪽에서 사상자가 나오는 경우가 종종 있어, 그런 점 때문에 법안 제출로 이어졌다. 만장일치로 가결되어 일 년 후, 전국에 47개소라는 센터의 경비원이 실제로 총을 휴대하자 습격 횟수는 급격히 감소했다. 누구나 총 앞에서는 별수 없는 것이다.

나는 맞은편 큰길에 있는 전봇대 그늘에 숨어 경비원들을 가만히 살펴보았다.

그들은 보라색 제복과 검은 방탄조끼, 그리고 검은 풀페이스 헬멧을 쓰고 있었다. 헬멧 눈 부분이 검은 미러실드로 덮여 있어 표정은 볼 수 없다. 그리고 물론 허리춤의 홀스터에는 총이 들어 있다.

꼼짝도 하지 않는, 무장한 일곱 명의 경비원. 구름 한 점 없는 맑은 창공 아래에 그들은 민망할 정도로 어울리지 않았다.

그들을 보면서 나는 또다시 형이 했던 말을 떠올렸다.

정답은 없어.

경비원을 보고 있어도 아무것도 해결되지 않는다. 나는 짧게 숨을 토해내고 입구를 향해 걸음을 내딛었다. 나는 습격하러 온 것도, 불평하러 온 것도 아니다. 이곳의 손님이다. 두려워할 이유는 아무것도 없다. 그렇게 되뇌어보아도 역시 다리가 떨렸다.

"멈추십시오."

경비원에게서 2미터쯤 떨어진 곳에서, 일곱 명 중 오른쪽 끝에 있는 경비원이 내게 말했다. 아무래도 허리춤의 총에 눈이 간다.

"이곳은 '모미지마치 역 앞 자살센터'입니다. 무슨 용건입니까?"

그 목소리는 풀페이스 헬멧에 덮여 있어도 명료하게 들렸다. 헬멧에 뭔가 장치가 있는 것이리라.

나는 호흡을 가다듬고 최대한 평온한 표정을 지으며 말했다.

"아아, 도이라고 합니다. 오늘 예약했는데요."

경비원은 고개를 살짝 끄덕이더니 방탄조끼에 달린 주머니에서 휴대전화 같은 기계를 꺼내 잠시 화면을 바라보았다. 그러더니 고개를 들고 "도이 요스케 님 맞으십니까?"라고 물었다.

내가 고개를 끄덕이자 경비원은 "실례지만" 하고 양해를 구한 뒤 신분증을 요구했다. 지갑에서 면허증을 꺼내건네자 휴대전화 화면과 찬찬히(집요하게) 비교하고는 내게 돌려주었다. 다른 경비원들도 전부 우리를 쳐다보고있었다. 헬멧 실드에 아침 햇빛이 반사되어 눈부셨다.

"잠시 기다리십시오. 지금 담당자를 불러오겠습니다."

경비원은 휴대전화 단추를 누르기 시작하더니 내게서조금 떨어져 휴대전화에 대고 뭐라 말했다. 나는 고개를숙이고 오늘 아침 열심히 닦아 번쩍번쩍한 가죽 구두를바라보면서 담당자가 나타나기를 기다렸다. 시간이 흐를수록 불안이 커져, 명치를 압박했다.

3분쯤 지났을 때, 금속이 긁히는 소리와 함께 커다란문이 아주 조금 열리더니 안에서 양복을 입은 가녀린 남자가 나타났다.

키는 나하고 비슷한 170센티미터 정도인 것 같았다. 검은 스리피스 양복, 회색 셔츠에 노란 넥타이를 매고 있다. 깔끔하게 반으로 가르마를 탄 짧은 머리카락은 표면이 번들번들 빛났다.

"오래 기다리셨습니다, 도이 님. 안내해드릴 테니 이쪽으로 오세요."

남자는 웃는 시늉도 않고 그렇게 말하더니 센터 반대쪽, 내가 왔던 방향으로 걸어갔다. 남자는 "저기요" 하는 내 말에 고개도 돌리지 않고 담담히 걸어갔다. 나는 뒤를 쫓아갈 수밖에 없었다.

남자가 안내한 곳은 자살센터에서 4분 정도 걸어간 곳이었다. 이제부터 면담을 할 장소이리라.

지하로 이어지는 계단이 있었다. 남자는 뒤도 돌아보지 않고 내려갔다. 다리가 긴 건지 걸음이 빠른 건지, 나는 종종걸음으로 따라가야 했다.

계단을 내려가자 철문이 있고, '관계자 외 출입금지'라는 표시가 있었다. 문을 열고 안으로 들어가자 좁고 긴 통로가 있고, 중간쯤에 경비원이 한 명, 의자에 다리를 꼬고 앉아 있었다. 내가 다가가자 경비원이 일어나 "실례지만 신체검사를 하겠습니다"라고 했다. 두 손을 들라고 하더니 모든 주머니에서 내용물을 꺼내 확인하고, 양말까지

벗기고 조사했다. 꽤나 엄중하다.

확인이 끝나자 그대로 복도를 통과해 엘리베이터 앞에서 멈췄다. 남자는 양복 안주머니에서 붉은 카드를 꺼내 문 옆에 있는 투입구에 넣었다. 바로 '퐁' 하는 우아한 소리가 나더니 문이 열렸다. 남자는 카드를 뽑고 안으로 들어갔다. 나도 뒤를 따랐다. 소리도 없이 문이 닫혔다.

엘리베이터 안을 휘둘러보았지만 층수 표시가 어디에도 없었다. 문 위에도, 옆에도, 아무것도 없다. 단지 카드 투입구만 세 개 있었다. 엘리베이터는 삼사십 초 만에 멈췄다. 표시가 없어 지하 몇 층에 왔는지는 모르겠다. 코트에서 휴대전화를 꺼내 화면을 보니 '통화권 이탈'이라고 표시되어 있다.

문이 열리자 긴 통로가 나왔다. 폭이 좁은 외길로 묘하게 어둑어둑했다. 난방기를 틀었는지 추위는 느껴지지 않았다. 나하고 남자는 서로 가죽 구두를 뚜벅뚜벅 울리며 걸었다. 남자의 걸음은 빨랐고, 더군다나 날 배려하는 기색은커녕 고개 한 번 돌리지 않아 나는 잠자코 따라가는 수밖에 없었다.

통로 앞에는 붉은 철문이 있고 카드 투입구도 보였다. 남자는 익숙한 동작으로 카드를 꽂고 바로 밑에 있는 패

널에 오른손을 댔다. 그러자 패널에 불이 들어오더니 문
이 옆으로 스르르 열렸다. 그 앞에는 오른쪽으로 꺾인 통
로가 이어져, 우리는 담담히 구두 소리를 내며 걸었다.

막다른 길. 이번에는 계단이 있었다. 아래로, 아래로
이어지는 계단. 우리는 그 계단을 따라 내려갔다. 4층 높
이쯤 내려갔을 때 문이 나왔다. 남자는 그 앞에 서더니 위
를 올려다보았다. 나도 덩달아 위를 올려다보자 카메라가
있었다.

"19호실, 입실합니다."

남자가 카메라를 향해 그렇게 말하자 공기가 피식 빠지
는 소리가 나더니 문이 옆으로 스르르 열렸다.

이번에도 역시 외길 통로가 길게 뻗어 있었다. 하지만
그 통로의 폭이 넓다는 점과, 좌우에 문이 여러 개 늘어
서 있다는 점은 지금까지와 달랐다. 문은 똑같은 간격으
로 달려 있었고, 위에는 금속 플레이트가 있어 '01' '03'이
라는 숫자가 찍혀 있었다. 남자는 성큼성큼 걸어가 '19'라
고 표시된 문 앞에서 걸음을 멈추더니 불쑥 몸을 돌렸다.

그 얼굴에는 미소가 가득했지만 가짜 같은 웃음이었다.

"오래 걷게 해서 죄송합니다. 이쪽입니다."

남자는 손을 들어 문을 가리키고 카드를 꺼내 문 중심

에 있는 투입구에 넣었다. 전자음이 삐삐 울리더니 지잉 하고 자물쇠가 열리는 소리가 들렸다. 남자는 공손하게 문을 열고 손을 들어 안을 가리켰다.

"자, 들어가시지요."

현관이 있고, 신발장도 있다. 슬리퍼도 보인다.

나는 구두를 벗고 슬리퍼를 신고 방으로 들어갔다. 복도를 지나 문을 열어보니 그곳은 거실이었다.

물론 정확히는 그 공간을 거실이라고 부르지 않을 것이다. 무슨 '실'이나 무슨 '룸'이라는 이름이 붙어 있을 터였다. 하지만 나는 중앙에는 커다란 테이블이 있고, 그 주위에는 텔레비전과 오디오세트, 식사 공간, 식기 선반과 책장까지 있는 그 장소를 '거실'이라고 표현할 수밖에 없었다. 친구 집에 온 듯한, 기묘한 기시감이 들었다. 바닥은 플로링 재질이었다.

"자, 어서, 편히 앉으세요."

남자의 말에 테이블 옆에 있는 나무 의자를 빼서 조심스레 걸터앉았다. 남자도 맞은편에 앉았다. 테이블이 커서 그런지 묘하게 거리가 멀다.

목제 테이블 위에는 전화기와 팩스, 그리고 노트북이

있었다. 남자가 노트북에 연결된 기계에 카드를 꽂자 윈 도우가 시작되는 귀에 익은 전자음이 울렸다.

남자가 내 쪽을 바라보며 헛기침을 하더니 자세를 가다 듬었다.

"인사가 늦었습니다. 전 손님을 안내해드릴 '모미지마 치 G4'라고 합니다."

"모미지마치 지포?"

예상치 못한 소리에 무심코 되묻고 말았다.

"이름이 모미지마치 G4입니다."

그 남자—모미지마치 G4는 웃는 얼굴로 되풀이했다.

나는 "그렇습니까" 하고 넘어가는 수밖에 없다. 하지만 또 다른 의문이 고개를 들었다.

"그럼 뭐라고 부르면 됩니까? 모미지마치 씨? 아니면 G4 씨?"

"모미지마치 G4라고 불러주십시오."

모미지마치 G4는 그렇게 말하더니 하얀 이를 드러내며 웃었다.

"시작하시기 전에 음료라도 좀 드시겠습니까?"

"뭐가 있습니까?"

나는 왼쪽에 있는 주방 공간으로 눈길을 돌렸다. 카운

터 테이블 반대편에 커다란 냉장고가 보였다.

"기본적인 음료는 다 있습니다. 녹차, 커피, 홍차, 미네랄워터, 제각각 종류도 많습니다. 단 알코올은 없습니다만."

뜨거운 커피를 부탁했다. 모미지마치 G4가 주방에 간 사이, 새삼스럽게 실내를 둘러보았다. 어디를 어떻게 보아도 거실이다. 구석에는 공기청정기 같은 기계도 보였다. 각각의 가구는 하나의 카탈로그에서 고른 것처럼 기능만을 추구한 개성 없는 디자인으로 통일되어 있었다.

하지만 이상한 점은 벽에 커튼이 하나 걸려 있다는 사실이다. 마치 그곳에 창문이라도 있는 것처럼. 단순히 장식일까?

이곳을 거실처럼 꾸민 이유는 자살을 앞두고 겁먹은 사람에게 안정 효과를 주기 위한 것인지도 모른다. 하지만 나는 전혀 안정되지 않았다. 마음도 불안정하고, 초조했다. 그럴 수만 있다면 가죽 구두를 닦고 싶었다. 하지만 지금 '가죽 구두를 닦아도 됩니까?' 하고 물으면 이 기묘한 공간과 동조해버릴 것 같아 그만두었다. 일단은 냉정해져야 한다. 냉정해져야.

"드시지요."

내 앞에 커피를 내려놓고 맞은편에 앉은 남자를 다시 관찰했다. 나이는 나보다 약간 어려 보인다. 이십 대 후반 정도일까? 묘하게 윤기가 도는 피부에는 잡티 하나 없다. 눈썹이 얕고 눈은 쭉 째졌다. 입은 다른 부분에 비하면 다소 커서 어딘지 모르게 균형이 맞지 않는 생김새였다. 입고 있는 양복의 재질은 고급스러워 보였고 주름 하나 없었다. 소매 사이로 보이는 고급스러운 커프스나 원색의 넥타이가 몸에 걸치는 물건에 대한 까다로운 취향을 보여주었다.

"설명드리기에 앞서 한 가지, 동의해주셔야 할 점이 있습니다."

모미지마치 G4가 입을 열었다. 나는 황급히 고개를 끄덕였다.

"이곳에서 나눈 대화의 영상, 음성은 전부 기록됩니다. 이것은 법률로 규정되어 있는 사항입니다. 동의하시겠습니까?"

나는 고개를 끄덕였다. "예, 물론입니다. 동의합니다." 그리고 살짝 주위를 둘러보았지만 카메라 같은 물체는 보이지 않았다. 하지만 어딘가에 있겠지.

모미지마치 G4가 미소를 지었다. 하지만 그 미소는 역시 가짜 같아서, 감정의 편린조차 느낄 수 없었다.

"그럼 앞으로의 절차를 설명해드리겠습니다. 먼저 이제부터 제가 기본적인 사항을 여쭙고, 도이 님께 몇 가지 서류에 사인을 받을 겁니다."

"그 전에 먼저 좀 물어보고 싶습니다만." 나는 그렇게 말했다.

모미지마치 G4는 테이블 위에 손을 포개고 그러라는 듯이 고개를 까딱 숙였다.

"먼저 이름 말입니다만." 거기까지 말했을 때 모미지마치 G4가 손을 들어 뒷말을 잘랐다.

"직원의 이름은 소속 자살센터가 있는 지역과 알파벳, 그리고 숫자로 구성됩니다. 저는 이 마을의 이름이 모미지마치이기 때문에 앞에 모미지마치, 그리고 알파벳은 G, 숫자는 4로 '모미지마치 G4'라는 이름을 받았습니다. 이름에 대해 말씀드릴 수 있는 것은 여기까지고 그 이상의 질문에는 대답할 수 없습니다."

모미지마치 G4는 그렇게 술술 말하더니 다른 질문은 없냐는 표정으로 나를 쳐다보았다. 분명 몇백 번이나 되풀이된, 흔한 질문이리라. 나는 지금 들은 내용에 대해 생각해보았지만 명확한 답이나 이유는 포함되어 있지 않았다. 하지만 그 이상의 질문에는 대답할 수 없다고 했다. 아마 다른 질문을 해도 똑같은 대답만 하겠지. 나는 포기하고 "없습니다" 하고 대답했다. 모미지마치 G4는 만족스럽다는 듯이 고개를 끄덕였다.

"그럼 질문하겠습니다. 도이 요스케 님, 연령은?"

"서른넷입니다."

내가 대답하자 모미지마치 G4는 가느다란 손가락으로 키보드를 두드려 뭔가를 입력하기 시작했다. 화면을 바라본 채로 질문을 이어나갔다.

"현재 직업은 무엇입니까?"

"무직입니다."

"현재 혼자 살고 계십니까?"

"혼자 삽니다."

그 후에도 주소나 가족 구성 등, 기본적인 질문이 이어졌고 나는 그 사이 계속 모미지마치 G4의 손가락을 바라보았다. 키보드를 두드리고 마우스를 움직이는 그 손가락은 유난히 길었다. 거리도 떨어져 있고 내 손가락하고 비교해본 것도 아니지만 보통 손가락에 관절을 하나 더 붙인 것처럼 길었다. 손톱은 정성껏 다듬었는지 매끈한 광택이 감돌았다. 그 긴 손가락이 꼼지락꼼지락 움직이는 광경을 보고 있노라니 현기증이 날 것 같았다.

"질문은 이상입니다."

모미지마치 G4가 나를 보며 말했다.

"그럼 도이 님, 여기 서류를 훑어보시고 받아들이신다면 서명과 날인을 부탁드립니다."

그가 말하는 서류는 A4 종이로, 받아들어 휘리릭 넘겨보니 열댓 장이나 되었다.

"이걸 전부?"

내가 불만스러운 목소리로 묻자 그는 쾌활한 미소를 지으며 대답했다.

"모두들 그렇게 말씀하십니다. 간단히 말씀드리면 도이 님께서 자발적 의사로 여기에 왔다는 것, 이곳에서 얻은 정보는 외부에 누설하지 않는다는 것, 이 두 가지 사항을 확인하는 서류입니다."

"그 두 가지를 확인하는 데 이렇게 많은 서류가 필요합니까?"

"유감스럽게도요."

나는 한숨을 쉬고 코트를 벗어 옆 의자에 걸쳤다. 서류를 넘기며 훑어보았다. 자살센터의 역할(면담 끝에 부득이하다고 판단한 경우의 자살 방조)과 그 내용에 관한 동의, 개인정보 취급, 취득한 정보의 누설은 법률에 위반되며, 만일 누설한 경우 벌칙이 어쩌고저쩌고 하는 글자가 눈에 들어왔다. 나는 문장을 대충 읽으며 서명할 자리를 찾아 볼펜으로 이름을 쓰고 주소를 적고, 인감을 찍었다. 그 서류를 모미지마치 G4에게 돌려주자 그는 한 장 한 장 꼼꼼히 확인하다가 인감이 흐리게 찍힌 곳을 발견하고는 "여기에 다시 찍어주시겠습니까?"라고 말했다.

확인 절차가 끝나자 그는 면허증이나 급여명세서 제출을 요구했다. 어째서 급여명세서가 필요한지 궁금했지만 나는 필요 서류가 든 봉투를 순순히 건넸다. 그는 서류를 하나하나, 시간을 들여 확인했다.

"감사합니다. 앞으로 담당관과의 면담이 다섯 번 예정되어 있습니다."

"담당관? 모미지마치 G4 씨가 담당 아닙니까? 게다가 면담을 다섯 번이나 하라고요?"

내가 깜짝 놀라 묻자 그는 가만히 웃었다.

"저는 안내만 할 뿐, 센터에는 전문 담당관이 있습니다. 그리고 면담은 다섯 번으로 규정되어 있습니다."

나는 그 말을 듣고 불안해졌다. 모미지마치 G4가 담당인 줄 알았기 때문이다. 더군다나 면담을 다섯 번이나 해야 한다니, 대체 언제쯤 죽을 수 있는 걸까? 자살센터에 대해 공개된 정보는 극히 적어서, 여기에서는 전부 처음 듣는 소리뿐이었다.

"그럼."

그는 마우스를 조작하더니 기계에서 카드를 빼고 서류와 내가 건넨 면허증과 급여명세서를 들고 일어섰다.

"담당관을 불러올 테니 그 사이 텔레비전을 보시든가, 음악이라도 들으며 기다려주십시오. 그리고 냉장고 속에 든 건 자유롭게 드셔도 됩니다. 화장실은 거실에서 나가면 바로 왼쪽에 있습니다."

모미지마치 G4가 나가자 현관 쪽에서 삐삐 하는 소리와 지잉 하고 문이 잠기는 소리가 들렸다. 갇힌 것이다. 원해서 이곳에 왔다지만 문이 잠기자 갑갑해서 가슴이 꽉 막혔다. 드디어 시작이라고 생각하니 점점 불안해졌다. 완전한 무음이 불안에 박차를 가해, 심장이 빠르게 뛰기 시작했다.

15분쯤 지났을까? 내가 불안과 공포에 쩔쩔매고 있을 때, 귀에 익은 전자음이 들렸다. 문이 열리는 소리가 나더니 "아이고" 하는 남자의 낮은 목소리가 들렸다. 문이 닫히고 자물쇠가 잠기는 소리가 들렸다. 복도를 스치는 슬리퍼 소리. 그리고 이곳 거실의 문이 열렸다.

"여기까지 오는데 길은 멀지, 복도는 좁지, 수첩까지 깜빡 잊어버려서 다시 돌아갔다 왔네. 정말 이게 무슨 고생이람."

묘하게 태평한 말투로 그 남자가 말했다. 사투리처럼 귀에 낯선 독특한 억양이었다. 이 동네 출신은 아닐지도 모른다.

담당관은 회색 양복을 입은 통통한 남자로, 키가 작았다. 나이는 오십 대 후반일까? 백발이 섞인 머리는 짧았고, 다박수염이 입가를 뒤덮고 있다. "아, 이것 참" 하고 투덜거리며 테이블 위에 서류 뭉치와 두꺼운 수첩을 내려놓고 "영차" 하고 의자를 끌어와 걸터앉았다. 서류 위에는 모미지마치 G4도 가지고 있었던 붉은 카드가 놓여 있다.

그는 나를 보더니 싱긋 웃었다.

"예, 인사할게요. 내가 말이죠, 댁의 담당관을 맡은 '모미지마치 K3'입니다. 잘 부탁해요."

인사하듯이 손을 슬쩍 들더니 다시 한 번 "잘 부탁" 하고 말했다.

"잘 부탁드립니다." 나는 간신히 대답했다. G4 다음에는 K3란 말이지.

"이거, 면허증하고 증빙 서류, 돌려줄게."

그렇게 말하더니 담당관은 짧은 팔을 뻗어 봉투를 내밀었다. 그 봉투를 받아 코트 주머니에 넣었다.

"어, 그러니까, 일단 카드, 카드."

담당관은 입으로 말하면서 양복 오른쪽 주머니에 손을 넣었다. 이어서 왼쪽 주머니에 손을 넣는다. 그리고 오른쪽 안주머니, 왼쪽 안주머니, 주머니를 한참 뒤지더니 점점 절망적인 표정을 지으며 신음했다. "설마."

나는 헛기침을 하고 말했다. "카드라면 서류 위에 있는데요."

담당관은 "으잉?" 하고 서류를 쳐다보더니 그 위에 있는 붉은 카드를 들고 "아, 이것 참" 하고 말하며 부끄러운 듯 웃더니 납작 찌부러진 코를 손가락으로 긁었다. 나도 덩달아 미소를 지었다. 이 담당관에게는 모미지마치 G4에게서는 느끼지 못했던, 당연한 온도가 있었다. 그 사실에 마음이 놓여 긴장으로 딱딱하게 굳은 몸이 풀리는 기분이었다.

"생각해보면 없을 리가 없지. 이걸 써서 여기에 들어왔으니까. 얼른, 이걸."

담당관은 카드를 노트북에 연결된 기계에 꽂았다. 전원이 켜지고 윈도우가 시작되었다. 그는 만족스럽다는 듯이 고개를 끄덕이더니 일어나서 주방으로 가, 냉장고에서 미네랄워터 페트병을 꺼내 들고 왔다. 의자에 앉아 뚜껑을 따고 한 입 마신다. 그리고 뚜껑을 닫고 후우, 하고 한숨을 쉬었다.

"긴장돼? 뭐 음악이라도 틀까?"

담당관은 말했지만 나는 "아뇨, 괜찮습니다" 하고 거절했다.

"아, 그래. 그럼 시작할까?"

담당관은 그렇게 말하더니 주머니에서 검은 테 안경을 꺼내 쓰더니 나를 보며 실눈을 떴다.

"댁이 도이 요헤이 씨 맞지?"

"요스케입니다."

"아, 도이 요스케 씨구나, 요헤이가 아니라. 그래, 그래. 그럼 지금부터 이것저것 질문할 건데, 질문이 그런 게, G4가 했던 거랑 중복되는 부분도 있으니 그 점은 양해해줘."

그렇게 말하더니 두꺼운 수첩을 펼치고는 볼펜을 꺼내

입으로 마개를 뺐다. "나이는?" 하고 묻는다.

"서른넷입니다."

내가 대답하자 그는 실눈을 뜨며 수첩에 뭔가를 기록하기 시작했다.

"가족 구성은?"

"아버지, 어머니, 저, 세 명입니다."

"함께 살아?"

"아뇨, 혼자 삽니다."

"독신이야?"

"독신입니다."

"하아, 독신이라. 직업은?"

"무직입니다."

"무직이라. 언제부터 무직?"

"올 5월부터입니다."

"무슨 일을 했는데?"

"카피라이터였습니다."

"아, 그래? 광고 쪽이라. 아르바이트? 계약직?"

"정사원입니다."

내가 대답하자 담당관은 내 쪽을 흘긋 쳐다보았다.

"아, 그래. 광고계열 정사원이라. 음, 다른 거 뭐, 특정 종교는 가지고 있어?"

종교? 나는 황급히 고개를 저었다.

"아뇨, 없습니다."

담당관은 "아, 그래" 하고 수첩에 메모를 했다.

"질병은? 지병 같은 건? 정기적으로 병원에 다니나?"

"딱히 없습니다."

"과거에 정신질환을 앓은 적은?"

조금 생각해보고 대답했다.

"없습니다."

"흡연은?"

"아뇨, 안 피웁니다."

"아, 그래. 담배는 머리에 좋은데. 음주는?"

"적당히 합니다."

"아, 그래. 그리고 폭력단하고 뭔가 관계는 없어? 조직에 들어갔다든가, 아는 친구가 있다든가."

"특별히 그런 건 없는데요. 없습니다. 저도 들지 않았고요."

"아, 그래. 전과는 있어? 경찰에 잡힌 적은?"

"없습니다. 없어요."

"지금 재판 중인 건 아니야? 혹시 재판 중이라면 재판이 끝날 때까지 다음 면담은 불가능한데."

"아뇨, 아닙니다. 과거에 고소당한 일은 있지만."

담당관이 고개를 들어 깜짝 놀랐다는 듯이 눈을 깜빡거렸다.

"허, 무슨 짓을 했기에? 얼굴은 성실하게 생겼구먼."

고개를 가로저어 부정했다. "아뇨, 전 아무 짓도 안 했습니다. 하지만 고소당했어요. 예전에 살던 집 이웃한테."

담당관이 눈썹을 치켜세웠다.

"그건 또 무슨 이유로?"

"뭐, 간단히 말하자면 이웃에 사는 부부한테 아이가 있었는데, 부모가 아이를 학대했어요. 그걸 아동상담소에 신고했더니 명예훼손이라며 고소하더군요."

"세상에. 그래서 어떻게 됐어, 재판은?"

"결국 재판은 열리지 않았습니다. 그 전에 그 부부가 체포되었거든요."

"그렇구나. 고생했네. 하지만 댁은 그거잖아, 아이를 구한 영웅 아니야? 대단한 일을 한 거야, 그거."

담당관이 웃었다.

"아뇨, 당연한 일을 했을 뿐입니다."

별걸 다 묻는다. 무거운 피로감을 느꼈다. 조용히 한숨을 쉬며 어깨를 떨어뜨렸다. 그 후 자잘한 질문이 이어진 뒤에, 담당관이 갑자기 핵심을 찌르는 질문을 던졌다.

"그래서, 댁은 왜? 어째서 자살하고 싶어? 이유는?"

그렇게 말하더니 수첩을 테이블에 내려놓고 내 눈을 바라보았다. 예기치 못한 질문이라 당황했다. 담당관은 흘러내린 안경을 손가락으로 고쳤다.

"그 질문에 꼭 대답해야 합니까?"

"물론이지. 이게 가장 중요한 질문이니까. 대답해주지 않으면 다음 단계로 못 넘어가."

의연한 그 말투에 기가 눌렸다. 이쪽을 쳐다보는 눈빛이 날카로웠다. 나는 대답할 수밖에 없었다.

"뭐, 절망했거든요."

"절망? 어떤 절망을 했는데?"

어떤 절망이냐고 물어도 할 말이 없다. 내가 대답이 궁해 입을 다물고 있자 거듭 질문이 이어졌다.

"돈이랑 상관있어? 금전적인 문제는?"

"돈은 상관없어요."

"그럼 여자는? 여성 관계는?"

"그것도 상관없습니다."

조금은 있을지도 모르지만, 그 이야기를 할 기분은 아니다.

"그럼 직업은?"

조금 생각하다가 "그러네요" 하고 대답했다. "직업은 상관있습니다."

사실 직업과 자살의 이유 사이에는 아무런 관계도 없었지만, 이 질문을 끝내버리려고 거짓말을 했다.

담당관은 "아아, 직업 때문에 절망했구나, 그래, 그래. 직업 때문에 절망해서 자살하고 싶다 이거지." 그렇게 말하며 수첩에 뭔가를 적어 넣더니 고개를 들었다.

"빚은 없어?"

"없습니다. 없지만, 빚이 있으면 자살을 못 하나요?"

"아니, 그런 경우는 파산신청 같은 수속을 하거든. 전부 한꺼번에 여기에서 말이야. 그래서 이건 모든 손님한테 물어봐. 일단 질문은 이걸로 끝났으니 잠깐만 기다려."

담당관은 테이블에 수첩을 내려놓더니 내용을 소리 내어 읽으면서 키보드를 두드려 노트북에 입력하기 시작했다. 그 모습을 보며 한숨을 살짝 쉬었다. 물어가며 입력하면 빠를 텐데. 이래서야 이중으로 번거롭지 않은가?

한참 후에 대강 입력을 마쳤는지 담당관이 한숨을 후 내쉬었다.

"이걸로 끝이야. 그리고 다음이 이거."

담당관은 테이블에 내려놓은 서류를 몇 장 뽑아 짤막한 팔을 뻗어 내게 내밀었다. 서류를 받아 내용을 보니 '정보 취득에 대하여'라고 적혀 있다.

"그거, 신원 조사에 관한 서류야. 일단 지금 들은 이야기를 우리가 빠짐없이 조사할 테니 거기에 동의해달라는 거지."

나는 서류를 가볍게 훑어본 뒤 서명하고 도장을 찍었다. 그리고 서류를 도로 내밀었다. 그대로 받아든 담당관은 안경을 벗더니 실눈을 뜨고 서명을 확인했다. 그러고 나서 고개를 주억거리더니 서류를 옆으로 밀어놓았다.

"그럼 오늘은 이걸로 끝."

담당관은 태연하게 말하더니 노트북에 연결된 기계에서 카드를 뺐다.

"끝?"

그는 내 질문에 대답하지 않고 수화기를 들어 단추를 눌렀다.

"끝났으니까 데리러 와, 19호실이야."

수화기를 내려놓는다.

"맞아, 다 끝났어. 그리고 G4한테도 들었겠지만 전부 다섯 번 면담을 해야 해. 앞으로 네 번 남은 거지. 다음은 언제가 좋아?"

담당관은 페트병 뚜껑을 열고 미네랄워터를 벌컥벌컥 들이켰다.

"아무 때나 상관없어요?"

"규칙상으로는 면담 사이에 이것저것 준비할 게 있어 나흘은 비워두어야 해. 그러니까 최소 닷새 후지. 최대 한 달. 어떻게 할래? 언제 할까?"

죽기로 작정한 나는 달리 할 일도 없었다. 답은 금방 정해졌다.

"그럼 최소 기간으로 닷새 후에."

담당관은 다시 안경을 쓰고 수첩을 펼쳤다.

"닷새 후면 하나 둘 셋 넷 다섯, 그러니까 30일인가? 30일이면 오전 11시가 비어 있네."

"그 시간이면 됩니다."

"응, 결정." 담당관이 수첩에 메모했다. "다음은 11월 30일 화요일, 오전 11시, 도이 씨 두 번째 면담."

메모를 마친 담당관은 테이블에 안경을 내려놓고 손가

락으로 눈시울을 문질렀다. 그리고 진지한 얼굴로 나를
바라보며 물었다.

"있지, 일단 물어보는 건데 자살, 그만둘 마음은 없
어?"

"없습니다." 말이 떨어지기가 무섭게 대답했다.

한순간, 어색한 침묵이 퍼졌다.

"응, 알았어. 그럼 다음 주에 또 봐."

잠시 기다리자 문이 열렸다. 누군가 보니 나를 이곳에
안내한 손가락이 유난히 긴 남자, 모미지마치 G4였다.

"가실까요?"

나는 코트를 들고 자리에서 일어나, 담당관에게 가볍게
고개를 숙이고 문으로 향했다.

구두를 신는데 "아!" 하는 소리가 들렸다. 문이 열리더
니 담당관이 툭 튀어나온 배를 출렁거리며 나왔다.

"깜빡했네, 미안, 잠깐 다시 돌아와."

거실로 돌아가자 담당관은 커튼을 힘차게 열었다. 있을
리 없는 창은 역시 없었고, 눈에 보인 것은 물색으로 칠한
벽이었다.

"여기에 서, 여기, 그래."

시키는 대로 물빛 벽 앞에 서자 담당관이 그 옆의 선반

속에서 삼각대를 꺼내 내 앞에 펼쳤다. 주머니에서 작은 카메라를 꺼내 삼각대에 설치했다. 렌즈 옆에 빨간 테이프가 붙어 있고 'K3 개인용품'이라고 적혀 있었다.

"자, 그럼 사진을 세 장 찍을 거야. 그래, 먼저 첫 번째 사진, 치~즈, 퐁, 듀!"

번쩍.

눈부시다. 지상으로 나온 순간 눈살을 찌푸렸다. 오랜만에 밖에 나온 기분이다. 묘하게 바람이 싸늘했다.

"그럼 도이 님, 저는 이만 실례하겠습니다."

모미지마치 G4는 미끈한 얼굴로 웃으며 발길을 돌려 계단을 내려갔다.

그 계단 앞의 인도를 수많은 사람들이 지나갔다. 다들 중요한 목적이라도 있는 것처럼 급한 걸음으로 앞만 보고 걷고 있다. 나는 아무 생각도 하지 못하고 그 자리에 장승처럼 서 있었다.

한참 지나가는 사람들을 바라보고 있노라니 내가 있는 장소, 눈에 보이는 경치가 점점 선명하게 머리에 들어왔다. 나는 자살센터에 갔다. 모미지마치 G4의 안내로 모미지마치 K3와 면담을 마쳤다. 나는, 돌아갈 수 있다.

차갑고 맑은 공기를 가슴 한가득 들이마시고 심호흡을 두 번, 되풀이했다. 코트 주머니에 손을 넣고 걸음을 서둘렀다.

생각을 하면서 걷는 탓인지, 문득 정신을 차리고 보니 주위에 낯선 경치가 펼쳐져 있었다.

선술집이나 유흥업소, 바의 간판이 즐비한 거리였다. 하지만 아직 오전이라 그런지 환락가 특유의 난잡한 분위기도 없고, 당연히 눈부시게 빛나는 네온도 없었다. 가게나 거리는 환한 햇빛을 받아 어딘가 적적한 분위기를 풍기고 있었다.

간판을 바라보며 거리를 걸었다. 유흥업소, 카바레, 라면 가게. 술집만 들어찬 길쭉한 복합 빌딩. 가게 문은 모조리 닫혀 있고, 셔터가 내려와 있다. 나는 문득 고풍스러운 잿빛 간판을 보고 걸음을 멈추었다. '책'이라는 글자가 보였기 때문이다.

그 간판은 내 무릎쯤 되는 높이였다. 폭은 약 40센티미터. 길 한복판에 당당히 튀어나와 있다. 적혀 있는 게 '책'이라는 한 글자뿐이라는 점이 또 자신만만해 보여 유독 눈에 띈다. 간판을 내놓은 가게를 보려고 눈길을 돌리자 그곳에는 계단이 있었다. 밑으로 이어지는, 긴 계단이다. 지하에 있는 서점일까? 나는 딱히 별생각도 없이 뭐에 홀린 듯 그 계단을 내려갔다.

긴 계단을 내려가자 그 끝에는 조각이 새겨진 중후한 문이 있었다. 금속 플레이트에는 이렇게 적혀 있었다.

헌책·새 책 유키무라

녹슨 놋쇠 손잡이를 붙잡고 문을 열었다가 그 자리에 얼어붙었다.

눈앞에 펼쳐진 경치에 압도당했다. 반대편 끝이 안 보일 정도로, 넓다.

높은 책장이 정렬한 병사들처럼 즐비하게 늘어서 있고, 그 속에는 책이 빼곡히 차 있다. 지하 서점이라고 해서 다다미 열댓 장쯤 되는 아담한 자리에 까다롭게 생긴 주인이 있는 비좁은 공간을 상상했기 때문에 너무나 큰 차이에 따귀를 맞은 것처럼 충격을 받았다. 조심스레 가게 안으로 들어가 문을 닫았다.

가게 안은 추웠다. 난방 기구를 틀지 않은 걸까? 그리고 소리가 없다. 음악도 틀어놓지 않았고, 다른 소리도 들리지 않는다. 평일의 어중간한 시간대라 그런지, 널찍한 가게 안을 둘러보아도 손님은 단 한 명도 없었다. 어쩌면 영업 준비 중인지도 모른다고 생각했지만 문은 열려 있었으니 영업 중이라고 판단하고 가게 안으로 들어갔다. 바로 앞쪽 선반은 고서 코너였다. 책 제목조차 못 읽을 정도로 난해한 책들이 잔뜩 꽂혀 있었다. 책장이 높아서 그런지 옆에 철제 사다리가 놓여 있다.

가게 안을 어슬렁거리다가 소설 코너를 찾았다. 그곳은 출판사별이 아니라 작가별로 책을 진열하는 듯했다. 나는 해외 작가 선반을 찾아내 존 어빙부터 순서대로 작가명을 쭉 확인하다가 눈길을 멈추었다. 그곳에서 찾고 있던 작가, 폴 오스터의 이름을 발견했다.

그곳에는 『달의 궁전』을 비롯해 『공중 곡예사』 『우연의 음악』 『잠겨 있는 방』 『동행』 『빨간 공책』 『환상의 책』 『신탁의 밤』이 진열되어 있었으며 끝까지 보니 다른 작품도 전부 갖추어져 있었다. 그 사실을 알자 자연히 입이 헤벌쭉 벌어졌다. 왜 그런지 모르겠지만 좋아하는 작가의 책이 빠짐없이 있으면 대단히 기쁘다. 이미 가지고 있는 터라 사지는 않지만.

나는 다시 걸음을 옮기면서 역시 서점은 이래야 한다고

생각했다.

이전에 폴 오스터는커녕, 해외 작가의 소설을 한 권도 들여놓지 않은 서점에 들어간 적이 있었다. 혹시나 싶어 점원에게도 물었지만 '해외 작가의 책은 있지도 않고, 들일 예정도 없다'고 하기에 깜짝 놀란 적이 있었다. 그렇다고 일본 작가의 작품은 많은가 하면 그렇지도 않았다. 베스트셀러 도서가 드문드문 보일 뿐이었다. 물론 그 서점은 몇 년 후에 망했다. 내가 보기엔 당연한 결과였다.

책장 사이를 걸어가면서 문득 '꿈'에 관한 책을 찾아봐야겠다는 생각이 들었다. 이따금 꾸는, 으스스한 하얀 꿈. 설정이나 흐름은 매번 같은데도 잠에서 깨면 기억이 서서히 흐려져 세부는 기억이 나지 않는다. 하지만 부자연스러울 정도의 '하얀색'은 잊을 수 없었다. 코끼리가 나왔다는 것도 어렴풋이 기억하고 있다.

이만한 규모의 서점이라면 해몽 서적이나 꿈 연구자(그런 사람이 있다면 말이지만)가 쓴 책이 있지 않을까? 그 책을 읽어보고 조사하면 그 꿈에 관해 뭔가 알 수 있을지도 모르고, 꿈을 꾸지 않게 될지도 모른다.

널찍한 가게 안을 뒤지면서 한참 걷다 보니 계산대가 보였다. 사각형 공간 안에 한 남자가 의자에 앉아 있다.

책을 읽고 있는지 고개를 들지 않아 내 존재를 알아차리지 못했다.

가까이 다가가자 남자가 고개를 들었다. 콧대가 시원하니 단정하게 생긴 청년이었다. 그가 앞머리를 쓸어 올려 쌍꺼풀진 그 눈과 시선이 마주친 순간, 별안간 머릿속이 텅 비었다. 나는 그 공백을 황급히 채우며 "저, 잠깐 여쭙고 싶습니다만" 하고 간신히 입을 열었다. 나약하게 갈라진, 작은 목소리로.

"뭘?"

청년이 말했다. 아직 시선은 마주한 채였다. 몸속까지 꿰뚫어보는 듯한 그 시선에 기분이 이상해졌다.

"꿈, 꿈 책은 없습니까?"

"꿈 책?" 청년은 짜증스럽다는 듯이 눈썹을 찌푸렸다. "꿈같은 책을 말하는 건지, 제목이 『꿈』인 책을 말하는 건지, 그도 아니면 꿈에 관한 책을 말하는 건지, 좀 더 구체적으로 말해주지 않겠어?"

대답하려고 입을 벌렸지만 어째선지 목소리가 나오지 않았다. 갑자기 눈앞의 경치가 흐릿해지더니 몸이 휘청거렸다. 뭐야, 이건?

"어이!" 청년이 벌떡 일어서더니 계산대에서 몸을 내밀어 내 팔을 붙잡았다.

"정신 차려!"

"괜찮아, 괜찮으니까." 한심한 목소리가 새어나왔다. 계산대를 붙잡고 몸을 지탱했다.

청년은 팔을 놓더니 계산대 안에서 파이프 의자를 꺼내와 나를 거기에 앉혔다. 그리고 계산대로 돌아가 의자에 앉아 긴 다리를 꼬더니 한숨을 쉬었다. 우리는 계산대를 사이에 두고 마주 보는 자세가 되었다. 천천히, 크게 숨을 들이쉬고 천장을 올려다보며 날숨을 뱉었다. 시야는 명료했고 현기증은 가라앉았다.

"미안, 잠깐 현기증이 난 것뿐이야."

청년은 나를 물끄러미 쳐다보더니 팔짱을 꼈다.

"됐어. 이런 일이 처음은 아니니까. 나하고 눈이 마주치면 속이 울렁거린다거나 현기증을 일으키는 녀석이 있어. 그래서 아버지한테도 자주 혼나. 소름 끼친다고 손님들이 발길을 끊으니까."

"그렇구나."

나는 다시 한 번 길게 한숨을 내쉬었다. 기분은 꽤 회복되었다.

"하지만 이렇게까지 심한 사람은 처음 봐. 아마 당신은

지금 육체나 정신이 약해진 상태 아니야? 어쩌면 둘 다일
수도 있고."

"그럴지도 몰라." 나는 인정했다. 하지만 죽음을 결심
하고 자살센터에 다녀오는 길이라는 말은 도저히 할 수
없었다.

"하지만 그게 정말이야? 당신하고 눈이 마주치면 속이
울렁거린다던가, 그런 사람이 있다고?"

"사람마다 달라. 현기증을 일으키는 사람도 있고, 속이
울렁거린다거나 여기가 어딘지 잊어버리는 사람도 있어."

"그건 소위 말하는, 초능력 같은 건가?"

내가 그렇게 묻자 청년은 껄껄 웃었다. 내가 생각해도
어리석은 질문 같아 그만 민망해졌다.

"아니, 초능력 같은 건 아니야. 개구리는 뱀을 보면 얼
어붙는다고 하잖아? 사람도 무섭게 생긴 사람하고 눈이
마주치면 다리가 움츠러들고, 상냥한 눈길을 보면 마음을
놓듯이 그런 본능의 연장선일 거야."

"흠, 그렇구나."

대꾸하면서도 청년과 눈이 마주쳤지만 지금은 아무 영
향도 없었다. 눈빛은 지성적이며 예리했지만, 거기에는
적의도 악의도 없었다. 평범하게 시선을 맞출 수 있었다.

하지만 그는 다른 사람에게 들리지 않는 소리를 듣는 것처럼, 신비한 분위기를 가지고 있었다.

"그보다 책을 찾고 있었지? 구체적으로 설명해주겠어? 꿈 책이라고 했던가?"

"맞아. 난 사실 이상한 꿈을 꾸거든. 사람이라면 누구나 꿈을 꾸겠지만, 내 꿈은 늘 똑같아서 으스스해. 그래서 꿈을 연구한 책이나, 그런 서적이 있으면 조사해볼 수 있을까 싶어서."

내가 그렇게 설명하자 청년은 "꿈의 의미라" 하고 고개를 갸웃거렸다.

"이상해?"

"아니. 꿈에 의미를 갖다 붙이는 건 자유야. 하지만." 청년은 말을 끊고 고개를 숙였다. 곧 다시 고개를 들더니 이렇게 묻는 것이었다. "꿈에서 의미를 찾아내면 뭐가 달라져?"

순간, 말문이 막혔다.

"뭐가 달라지는 건 아니지만, 이상하기도 하고, 조금 무서워서 그래."

"무섭다라." 청년은 뭔가를 생각하듯 왼손으로 가볍게 이마를 눌렀다. 잠시 침묵했다가 다시 입을 열었다.

"기본적으로 꿈은 자기 안에 있는 정보의 표출일 뿐이야. 자기가 모르는 사실이나, 자기 안에 없는 것, 그런 게 꿈으로 나오는 일은 없지. 그래서 원래는 꿈을 이해할 필요도 없어. 그 전에 자신을 이해하는 게 먼저일 텐데."

어쩐지 수긍이 갔다. 꿈은 내 안에 있는 정보가 표출된 것일 뿐. 그렇게 말하니 그런 거겠지. 예지몽처럼 상식을 뛰어넘는 꿈이 아닌 한.

꿈보다도 자신을 이해하는 게 먼저라.

"그래도 이해하고 싶다면 그런 책을 찾을 수는 있어."

나는 고개를 저어 사양했다. 꿈을 이해할 필요는 없다. 내 안에 있는 정보가 나왔을 뿐. 어째서 그런 단순한 사실을 깨닫지 못했을까? 스스로 생각해도 이상했다. 자살센터에 가서 그런지, 조금 혼란스러운 건지도 모른다.

"고마워. 일단 꿈에 대해선 잊어볼게."

"개인적으로는 그게 좋다고 생각해. 불안한 일이 있으면 꿈은 생각하지 말고 현실적으로 움직여보는 게 나아."

"그러네."

그렇게 대답하고 의자에서 일어나려는데, 계산대에 있는 책이 눈에 들어왔다. 방금 전까지 청년이 읽고 있던 책이리라. 이 냉정하고 신비한 분위기를 가진 청년이 무슨 책을 읽고 있는지 궁금해, 내 쪽에서 볼 때는 거꾸로 뒤집혀 있는 책 제목에 시선을 던졌다. 그리고 "아" 하고 무심코 소리를 냈다.

"내년은 올림픽이 열려서 그런 거겠지. 또 이런 책이 나오기 시작했어."

내 목소리에 반응했는지 청년이 그렇게 말했다. 살짝 눈을 찌푸리며 책을 손에 든다. 그 책의 제목은 『나가타 사건』이었다. 거리낌 없는 제목이다.

"올해로 몇 년째지?"

"12년째야. 내년이면 13년째, 나가타가 죽은 뒤로 네 번째 올림픽이지."

나가타 세이지는 침체된 일본 유도계, 그리고 일본의 궁지 그 자체를 짊어진 인물이었다. 일본 유도계는 올림픽에서 두 번 연속, 게다가 남녀 둘 다 금메달을 놓치고 전국에서 쏟아지는 비판에 노출되었다. 그럴 때 혜성처럼 나타난 게 나가타 세이지였다.

그는 세계 선수권 등 출장한 모든 대회에서 압도적인 역량을 보이며 전 시합 한판승 우승이라는, 희망찬 계단을 오르고 있었다. 일본 국민의 기대는 날로 높아졌다. 하지만 그는 올림픽이 이듬해로 다가온 겨울 어느 날, 돌연

사망했다. 아무도 예상하지 못한 최악의 사고로, 목숨을 잃었다.

그가 친구와 함께 길을 걷고 있을 때, 별안간 무언가가 머리에 떨어졌다. 그것은 '노다 간지'라는 이름의 사람이었다. 그 사건은 나가타 사건이라 불리며 연일 언론을 탔고, 책도 몇 권 출판되다가 종국에는 영화로도 나왔다.

"이 책에서는 나가타를 죽인 노다 간지의 부친이 인터뷰에 응했어. 몇 년 동안 언론으로부터 도망쳤는데, 이 작가한테 붙들린 거겠지. 내용이 꽤 흥미로워."

"어떤 내용인데? 인터뷰는?"

"부친은 아들의 자살과 나가타 세이지의 죽음이 일본의 미래에 공헌했다고 했어."

"공헌? 대체 무슨 뜻으로 한 말이야?"

"자살센터 말이야."

청년의 대답에 순간 몸이 굳었다. 방금 전 뒤로 했던 자살센터의 기억, 길고 어둑어둑한 통로와 안내인, 담당관과의 대화가 머릿속을 스쳤다.

"그건 무슨 뜻이야?" 나는 다시 물었다.

"알다시피 자살센터는 이 나라의 자살 인구수를 크게 줄였어. 이건 사실이고, 센터는 큰 역할을 했지. 센터에 다니면서 자살을 포기한 사람들이 셀 수도 없을 정도고. 그리고 나가타 사건은 자살센터 창립의 계기가 되었어."

분명 그랬다. 여당이 자살 관리 법안을 내놓았을 때, 국내뿐만 아니라 전 세계에서 비난이 쏟아졌다. 가톨릭교도의 대규모 데모도 빈발했다. 하지만 압도적인 의석수를 가진 여당은 시간을 들여 국민을 설득했다. 그들은 그때마다 이 나가타 사건을 들먹였다.

아시겠습니까? 기억해보십시오. 일본의 긍지를 짊어졌던 나가타 세이지가 왜 죽었습니까? 자살자에게, 살해당한 겁니다.

여당이 이 사건을 끄집어낸 이유는 두 가지였다. 하나는 큰 기대를 받고 있던 사람이 죽었기 때문이고, 또 하나의 이유는 노다 간지의 경력 때문이었다.

빌딩에서 뛰어내린 노다 간지는 바로 밑에 있었던 나가타 세이지의 두개골을 부수고, 그 뇌를 짓뭉개 죽여놓고, 그 자신도 죽었다. 이뿐이라면 불행한 사고로 끝날 수도 있었다. 하지만 언론이 조사한 노다 간지의 경력은 최악이었다.

노다 간지는 22세 때, 공원 화장실에서 아홉 살짜리 소년을 강간하던 중 체포되었던 것이다. 소년은 목을 졸려 이미 죽어 있었다.

십여 년 뒤, 형기를 마치고 출소한 노다 간지는 전혀 반성하지 않았다. 그는 출소한 바로 그날에 열 살짜리 소년을 강간했고, 목을 졸라 죽였다. 전국 지명수배범이 되어 더는 달아날 수 없다는 사실을 깨달은 노다 간지가 자살을 결심하고 눈에 들어온 빌딩 옥상에 올라가 뛰어내린 그 지점에 일본의 긍지가 있었다.

미디어는 그 이후 자살을 크게 다루기 시작했다. 특히 엉뚱하게 휘말려 사람이 죽은 경우는 톱뉴스가 되었다. 그리고 나가타 사건으로부터 6년 뒤, 자살센터가 설립되었다. 이 사건이 센터 설립의 직접적인 이유는 아니지만, 하나의 계기가 되었다는 점은 틀림없다.

"그건 그렇고, 당신은 자살센터에 대해 어떻게 생각해? 찬성이야? 아니면 반대?" 나는 그렇게 물었다.

청년은 잠시도 고민하지 않고 "찬성도 반대도 아니야"라고 대답했다.

"죽고 사는 문제는 자기가 정하면 돼. 센터가 있든 없든, 자살하는 사람은 항상 존재해. 다만 이렇게 작은 나라에서 연간 4만 명에 가까운 사람들이 자살한다는 게 애초부터 이상한 거야. 이 나라는 근본적으로 뭔가가 잘못됐어. 하지만 센터 설립 이후에 자살하는 사람들의 수가 조금씩 줄고 있는 건 사실이잖아. 그건 나름대로 중요한 사실 아닐까?"

청년의 말에 나는 "그러네" 하고 고개를 끄덕였다.

이 나라는 근본적으로, 뭔가가 잘못되었다. 그것은 누구나 한 번은 느끼는 의문이 아닐까? 어째서 이 나라에서는 해마다 4만 명 가까운 사람들이 자살하는 걸까? 지금은 감소하고 있다지만, 이렇게 작은 나라에서.

"사건 이후 행방을 감추었던 부친의 인터뷰가 실렸으니, 이 책은 잘 팔릴 거야."

청년이 표지를 보여주면서 말했다.

"응, 그래. 잘 팔릴 것 같아."

내가 그렇게 말하자 그는 즐거운 얼굴로 "살래?" 하고 물었다. 나는 무심결에 웃고 말았다. 그리고 "살게" 하고 코트에서 지갑을 꺼냈다.

"다행이다. 실은 스무 권이나 입하했거든."

청년은 그렇게 말하더니 뒤에 있는 상자를 가리켰다. 나는 또 한 차례 웃었다.

오후 8시가 지나 샤워를 했다. 그 후 파스타를 삶아 레토르트 카르보나라 소스를 끼얹었다. 소파에 앉아 캔 맥주를 한 모금 마시고 책을 펼쳤다.

저자의 '일본의 미래에 공헌했다는 게 무슨 뜻입니까?'라는 질문에 노다 간지의 부친, 노다 다카히코는 이렇게 대답했다.

'아시겠습니까? 간지가 죽고 6년 뒤, 자살센터가 생겼고, 그 이후 이 나라의 자살률이 대폭 감소했지요? 이건 국가의 조사 결과에도 똑똑히 나와 있어요. 미국의 위대한 연구자도 자살센터를 높이 평가하잖습니까. 이 자살센터를 설립할 계기를 만든 게 누구죠? 간지입니다. 물론 나가타 씨도요. 두 사람은 죽음으로 센터를 설립했고, 이후의 자살 인구를 줄였어요. 다시 말해 자신의 죽음으로 많은 사람들을 구한 셈입니다. 이게 공헌이 아니면 뭐란 말입니까? 간지는 자살해서 나가타를 죽게 했지만, 다른 사람들의 생명을 구한 영웅이기도 하지 않습니까?'

책을 덮었다. 파스타를 먹으면서 노다 다카히코의 답변에 대해 생각해보았다. 그리고 노다 다카히코가 인터뷰에 응할 때 찍은 사진, 그리고 그 웃는 얼굴에 대해 생각해보았다. 딱히 이렇다 할 감상은 떠오르지 않았다. 아무렇지도 않았다. 누가 영웅이든 뭐든, 나는 이제부터 죽을 테니까. 그들의 이야기는 나와는 상관없다.

항상 꿈에 들어가는 순간을 알 수 있다. 하얗게 변하기 때문이다.

눈앞, 주위, 몸속, 머릿속, 내가 느낄 수 있는 모든 부분이 하얗게 번지기 시작한다. 그리고 하얀색은 질감을 갖추고 퍼져나가, 공간을 이룬다.

내 시점은 위에서 시작된다. 구름처럼 둥둥 떠다니며 하얀 공간을 굽어본다. 하지만 아무것도 보이지 않는다. 하얀색 말고는, 아무것도 없다. 이윽고 그곳에 코끼리가 나타난다. 코끼리 두 마리다.

앞장선 코끼리가 더 크고, 뒤를 따라가는 코끼리는 작다. 앞장선 코끼리 몸집의 절반에도 못 미친다. 두 마리는 부모자식일까? 앞장선 코끼리가 아버지고, 뒤를 따르는 코끼리는 그 아이고.

"너는 배우질 않아."

어느덧 나는 하얀 공간에서, 코끼리 뒤를 따라 걷고 있었다. 지금 들린 목소리는 이쪽을 돌아본 작은 코끼리가 한 말이었다.

"듣고 있어?"

작은 코끼리가 이쪽으로 다가오면서 말했다. 그 앞에서는 커다란 코끼리가 계속 걸어가고 있다. 그 커다란 코끼리의 바로 앞에는 마치 안개 같은 입자가 펼쳐져 있었다.

작은 코끼리는 검은 눈동자를 찢어져라 부릅떴다.

"듣고 있어?"

초조한 그 목소리에 나는 "듣고 있어요" 하고 대답했다. 꽉 잠긴 목소리와 함께 내 턱뼈가 덜덜 떨렸다.

"그럼 넌 뭘 배웠지?"

나는 어떻게 대답해야 할지 몰라 고개를 숙여 내 몸을 내려다보았다. 거기에는 뼈가 있었다. 한없이 하얗고 미끈한, 갓 태어난 뼈다. 하지만 오른손이 이상했다. 오른손을 눈높이로 들어 올렸다.

살이, 붙어 있다.

나는 뼈, 해골인데도 오른손에는 살. 피부에, 솜털, 울룩불룩 억센 손가락, 짧게 깎은 손톱.

"역시 넌 배우지 않았어."

코끼리가 서글픈 목소리로 말했다.

두 번째

거실에서 와이드쇼를 멍하니 보고 있는데 휴대전화 벨소리가 들렸다. 침실에서 나고 있다. 일어나서 침실로 향했지만 벨소리는 도중에 끊겼다. 옷장에 걸어놓은 코트 주머니에 손을 넣어 휴대전화를 꺼냈다. 화면을 보니 받은 전화 목록에 '마에하라 유리'라고 찍혀 있었다. 별일도 다 있다. 거실로 돌아오면서 다시 걸어보았다. 상대는 금방 받았다.

"애인은 생겼어?"

그녀의 그런 첫 마디에 나는 피식 웃었다.

"아직이야." 그렇게 대답하며 소파에 앉았다.

"웬일이야? 무슨 일이라도 있어?"

"딱히 무슨 일이 있어서 그런 건 아니고, 시간이 나서. 요스케, 당신 어차피 한가하지? 잠깐 만나."

막무가내였지만 순수하게 기뻐서, 침울했던 마음이 환하게 풀리는 기분이었다. 모미지마치 역 북쪽 출구에 있는 돔돔 버거 앞에서, 시간은 두 시간 후에 만나기로 약속했다.

"일단 밥을 먹고 싶어. 그것도 맛있는 걸 먹고 싶어."

나는 그래그래, 하고 대꾸하며 전화를 끊고 어디로 갈까 고민하기 시작했다.

"진짜 맛있다." 유리는 감탄했다. "빵도 부드럽고 계란도, 양상추도, 다 맛있어."

유리의 들뜬 목소리가 들렸는지, 카운터 안에 있던 시오자키 사에코도 우리 쪽을 보며 웃었다.

나는 믹스 샌드위치를 먹고 기뻐하는 유리를 보고 겨우 마음이 놓였다. 처음에 카페에 간다고 했을 때 그녀가 반대했기 때문이다. 유리는 프랑스 요리나 중화요리, 그런 본격적인 음식을 찾고 있었던 모양이다. 하지만 나는 일단 카페, '토머스 & 뤼미에르'를 강력하게 추천했다. 유리에게 "여전히 센스 한번 독특하구나"라는 말을 듣기는 했지만.

"그나저나 어쩐 일이야? 정말 아무 일 없었어?"

나는 유리에게 물었다. 우리가 만나는 것은 보통 석 달에 한 번꼴로, 그 간격이 무너진 적은 지금까지 거의 없었다. 마지막으로 만난 게 한 달 전이었으니, 이번에는 꽤 빠른 편이었다.

내 질문에 유리는 생긋 웃었다.

"마침내 내게도 식욕의 계절이 찾아왔거든."

"식욕?" 나는 눈썹을 삐죽 추어올렸다.

"그래. 여자는 원래 먹는 걸 좋아하지만 난 딱히 음식에 관심이 없잖아? 있기만 하면 상관없달까. 그런 내게도 난생처음, 28년 만에 비로소 찾아온 거야."

"식욕이?"

"그래, 식욕이."

유리가 기쁜 듯 웃자, 얼굴 양쪽으로 늘어진 머리카락이 사르르 흔들렸다. 변함없이 멋진 흑발로, 윤기도 완벽하다. 검은 터틀넥 스웨터를 입었는데 그 역시 잘 어울린다. 몸집도 아담하고 동안이라 그런지, 도저히 스물여덟 살로는 보이지 않았다.

"그보다 당신이야말로 무슨 일 있었어? 머리카락을 그렇게 짧게 자르다니, 별일이네."

오늘 유리를 만나기 전에 미용실에서 길게 자란 머리카락을 잘랐다. 스포츠머리라고 해도 될 만한 길이로 잘랐지만, 왜 이렇게까지 짧게 잘랐는지 나도 이유를 몰랐다. 한 번 센터에 다녀오고 뭔가 떨쳐낸 건지도 모른다.

"그냥. 아무것도 아니야. 괜히 그러고 싶어서."

"그래? 요즘도 구두 닦아?"

내가 걱정거리나 고민이 있으면 가죽 구두를 닦는다는 사실을 유리는 알고 있다. 뭔가 문제는 없는지 확인하고 싶은 것이리라.

"아니. 뭐, 가끔은 닦지만" 하고 얼버무렸다.

"그래. 하지만 몸도 안 좋아 보이는데, 또 살 빠진 것 아냐? 밥은 제대로 챙겨먹고 있어?"

"먹고 있어. 걱정할 필요 없어."

"그래?"

유리는 그렇게 말했지만 의심스러운 눈초리였다. 그리고 뭔가 생각났다는 표정으로 내게 물었다.

"그러고 보니 애인은 생겼어?"

"전화로도 대답했지만, 없어. 그러는 당신은?"

내가 되묻자 유리는 "글쎄, 어떨까" 하며 야릇한 미소를 지었다.

한동안 잡담을 하다가 나는 "참" 하고 말을 꺼냈다.

"한동안 여행 좀 떠나려고 해."

"그래? 별일이네. 누구하고?"

나는 웃으며 대답했다. "당연히 혼자지."

유리와 만나기로 약속한 뒤, 여행 이야기를 하려고 결심했다. 센터에 다니기 시작했으니 앞으로는 만나기 어렵기 때문이다. 아니, 오늘이 마지막일 가능성도 있다. 그 사실을 깨닫자 등줄기가 서늘했다.

"왜 그래? 그런 무서운 얼굴을 다 하고."

유리가 눈썹을 찌푸리며 물었다.

"무서운 얼굴?"

"응. 갑자기 얼굴이 무섭게 변했어. 마치 당신이 아닌 것처럼."

나는 "미안" 하고 사과하고 애써 웃는 시늉을 했다. 그리고 커피를 마셨다. 하지만 어째서인지 커피의 맛이 느껴지지 않았다. 나는 아까, 어떤 표정을 짓고 있었을까? 그것도 모르겠다.

정답은 없어. 귓가에서 누군가가 말했다. 그렇다. 그러니 믿는 수밖에 없다. 내 결단을, 그리고 여행을 떠난다는 최악의 거짓말이, 어쩔 수 없는 선택이라는 것을.

계산대에서 계산을 마치고 계단을 내려갔다. 1층에 있는 미용실 앞에서 우리는 자연스럽게 서로를 바라보았다.

"그럼 돌아갈게. 여행, 잘 다녀와."

유리는 그렇게 말하고는 손을 뻗었다. 나는 그 손을 움켜쥐었다. 작고, 따스한 손이었다.

"응."

뭔가 말을 해야 하는데, 아무 말도 할 수 없었다. 유리는 웃는 얼굴로 역으로 걸어갔다. 내가 뒷모습을 바라보고 있자 20미터쯤 앞서간 유리가 문득 뒤를 돌아보았다. 내 모습을 보고는 고개를 갸웃거렸다. 표정까지는 보이지 않는다. 나는 가볍게 손을 흔들고, 몸을 돌려 걸음을 뗐다. 한참 걸어가다 발길을 멈추고 다시 뒤를 돌아보았다. 하지만 유리의 모습은 인파에 파묻혀 이미 보이지 않았다. 그래도 나는 그 자리에 우뚝 서서 유리가 걸어간 곳을 하염없이 바라보았다.

이것이 마지막일지도 모른다.

나는 손바닥을 바라보고, 거기에 닿았던 섬세한 손가락의 감촉을 떠올렸다. 아직 여기에 유리의 온도가 남아 있다. 그 온도가 사라지지지 않기를 바라며, 주먹을 불끈 움켜쥐었다.

11월 30일 화요일, 오전 10시 반. 나는 지하 거실에서 물을 끓여 커피를 준비했다.

이번에도 저번과 똑같은 흐름으로 진행되었다. 자살센터 본관 앞에서 모미지마치 G4를 만나, 도보 3분 거리에 있는 다른 건물 지하로 내려가, 소지품 검사를 받고 긴 통로를 걸어가 창문이 없는(하지만 커튼은 있는) 거실로 안내받았다.

모미지마치 G4는 내게 아무것도 묻지 않았지만 그는 여전히 가짜 같은 미소를 띠고 "올해 겨울은 예년에 비해 춥다더군요"라고 했다. 복장은 지난번과 똑같았지만 넥타이가 파란색으로 바뀌었다. 무늬도 없고, 원색이다. 분명 지난번에는 노란 원색 넥타이였다. 넥타이는 원색만 사용한다는 자기만의 스타일을 가지고 있는지도 모른다. 그런 그에게서는 여전히 온기나 입체감이 느껴지지 않았다. 나는 "그렇다는 것 같네요" 하고 대답했다.

"몇 번째지?" 모미지마치 K3가 굵은 손가락으로 수첩을 뒤적이며 물었다. 여전히 말에 독특한 억양이 있다.

"두 번째인데요."

"아아, 두 번째라." 담당관은 심드렁하게 대답했다. 아직도 수첩을 뒤적이고 있다.

"잠깐만 기다려. 11월 30일, 화요일, 도이 씨."

담당관이 고개를 들고 손가락으로 안경을 추켜올렸다.

"맞다, 맞다, 맞다, 도이 요헤이 씨지?"

"요스케입니다."

"맞아, 요스케 씨. 두 번째 면담이네, 잘 부탁해."

담당관은 그제야 나를 기억해냈는지 퉁퉁한 얼굴로 웃었다. 페트병에 든 미네랄워터를 한 모금 마시고는 노트북 키보드를 두드리기 시작했다.

"그래, 별일 없었어?"

"딱히 없습니다."

"고민거리는?"

"딱히 없어요."

"즐거운 일은?"

"딱히 없는데요."

"그래? 나도 최근에 아무 일도 없어. 그런데 머리를 잘랐네? 꽤나 짧게. 게다가 수염도 깔끔하게 깎았어. 뭔가 심경의 변화라도 있었어?"

"딱히 없어요."

"아, 그래."

담당관은 그렇게 말하고는 화면에서 눈을 떼고 테이블 위에 손을 얹어 깍지를 꼈다. 에헴, 하고 헛기침을 한 번 하더니 왠지 심각한 표정으로 나를 바라보았다.

"도이 씨 말이야, 갑작스럽겠지만 몇 가지 확인 좀 해도 될까?"

나는 자세를 가다듬고 그를 바라보았다.

"그러세요."

"가족 구성 말인데, 당신, 전에 나한테 아버지, 어머니, 당신까지 세 사람이라고 그랬지?"

담당관이 낮은 목소리로 말했다. 나는 그의 말에 고개를 끄덕였다.

"하지만 예전엔 형이 있었지?"

언젠가 물어볼지도 모른다고 예상했던 질문이었다. 이 장소의 역할을 고려한다면 당연한 일일지도 모른다.

"예전엔, 있었습니다."

그렇게 대답했다.

담당관이 살짝 눈썹을 찌푸렸다.

"그리고 14년 전에 사망했지. 자살했더군."

눈길을 떨어뜨려 손바닥을 바라보았다. 그리고 고개를 들어 담당관의 눈을 쳐다보며 말했다.

"그렇습니다. 자살했습니다. 하지만 이미 조사하셨겠지만, 형이 죽은 건 자살센터가 설립되기 전이었습니다. 그리고 전에 가족이 셋이라고 대답한 이유는 지금은 실제로 세 명이기 때문입니다."

"물론 알고 있어."

담당관이 고개를 끄덕이며 노트북 화면을 흘깃 쳐다보더니 다시 내 쪽을 쳐다보았다.

"이런 질문들은 자살 동기를 정확하게 이해하기 위한 거야."

나는 작게 한숨을 쉬고, 헛기침을 한 뒤 물어보았다. "동기라면 전에 대답했을 텐데요?"

"그래, 전에 물었지. 분명 업무 관계로 절망했다고 했지? 그런데 조사해봤더니 당신이 업무에 절망한 이유를 못 찾겠더라고. 급료도 높아, 직장 내 인망도 높아. 상사도 기대가 크고, 말썽을 일으킨 적도 없어. 나는 카피라이터가 뭘 하는 직업인지 잘 모르지만, 당신은 평판이 좋았어. 우수했지?"

이야기를 듣는데 고동이 점점 빨라졌다. 형 이야기가 나왔으니 또 하나의 이야기도 나올 줄 예상은 했다. 불안으로 똘똘 뭉친 덩어리가 명치를 강하게 압박했다. 하지만 어떻게든 이 흐름을 바꾸기 위해 평온한 목소리를 유지하며 질문했다.

"업무 때문에 절망한 걸로는 안 되나요?"

담당관은 천천히 고개를 저었다.

"안 되는 건 아니야. 물론 그럴 수도 있지. 하지만 나는 똑바로 조사해서, 동기를 완벽하게 이해해야 해. 그리고 그 동기가 해결할 수 없는 문제인지 아닌지 판단해야만 해. 만일 해결할 수 있는 문제라면 온 힘을 다해 해결을 돕지. 그러면 자살하지 않아도 되니까. 그게 자살센터의 역할이고, 내가 하는 일이야. 그러니까 전부 물어볼 거야."

그것은 마치 선고처럼 내 귀를 때렸다.

나는 고개를 숙이고 몸에 힘을 주었다. 귀를 막고 싶은 강한 충동과 싸웠다. 숨을 크게 들이마셨다.

"형님 일은 아마 당신 자살하고는 상관없겠지. 14년이나 옛날 일이니. 그리고 아마 업무도 상관없을 거야. 그래서 말인데, 나는 그게 아닐까 싶거든. 아들 일."

제대로 들렸다. 하지만 고개는 들지 않았다. 마음을 진정시키기 위해 가슴에 담아놓았던 숨을 조용히 내뱉었다.

"아들이 6년 전에 살해당했더군. 그때 당신 아들은."

담당관의 목소리가 희미하게 떨렸다. 나는 눈을 꾹 감았다.

"아직 한 살이었어요."

아들의 기억이 무방비한 내 가슴을 꿰뚫었다. 그 고통에 세포 하나하나가 비명을 지르는 것 같았다. 심장은 비정상적인 속도로 뛰고 있다. 나는 고개를 숙인 채로 가슴을 부여잡고, 마음이 가라앉기를 기다렸다. 흘러넘치는 기억을 의식에서 차단했다. 하지만 그것은 쉬운 일이 아니다. 통증을 수반하는, 온몸에 부담이 가는 작업이었다.

시간이 얼마나 흘렀는지는 모르겠지만 그 사이, 담당관은 한마디도 하지 않았다. 나는 얼마 후 눈을 뜨고 고개를 들었다. 담당관은 이마에 깊은 주름을 새기며 신중한 눈빛으로 내 반응을 살폈다.

"미안해."

담당관이 사과했다. 그 목소리는 어딘가 멀리서 들려오는 것 같았다.

"괜찮습니다. 그래서 질문은 끝난 겁니까?"

담당관은 헛기침을 한 번 하고, 노트북을 덮었다. 저기에 아들의 정보가 얼마나 들어 있을까? 하지만 오늘은 이 대화를 그만 마무리 지어준 모양이다. 담당관은 밝은 목소리로 말했다.

"건강진단이 남았어."

"건강진단?"

"그래. 오늘 돌아가는 길에 G4가 안내할 테니까 따라서 가."

"건강진단이라니, 어떤 걸 검사하는데요?"

"별것 아니야. 평범해. 그냥 병원에 가주는 셈 쳐. 엑스레이도 찍고, 그런 거지."

"알겠습니다. 그래서 오늘은 벌써 끝난 겁니까?"

내가 묻자 담당관은 조금 난처한 표정을 짓더니 이렇게 말했다.

"일단 다시 물어보겠는데, 당신, 자살을 포기할 마음은 없어?"

나는 힘차게 고개를 저었다. 담당관이 포기한 듯 깊은 한숨을 쉬었다.

"그래. 알았어. 그럼 조금만 더. 당신, '자살통지서'가 뭔지 알지?"

물론 알고 있다. 자살센터에서 날아오는 붉은 봉투에

든 편지다. 세상에서는 '붉은 편지'라고 불리고 있다.

"붉은 편지 말이죠?"

"뭐, 밖에서는 그렇게 부르지. 그걸 작성할 테니까 다음 면담 전까지 통지서를 보낼 사람들의 리스트를 만들어놔. 그 사람들 주소도."

"알겠습니다. 몇 통이든 상관없나요?"

"제한은 없어. 보내고 싶은 만큼 보내면 돼. 다음 면담 전에 이름하고 주소, 꼭이다? 그리고 마지막으로 다음 면담일을 정할까?"

"최소 닷새 후여야 한다고 했지요? 닷새 후로 부탁드립니다."

담당관은 "알았어"라고 하더니 수첩을 뒤적였다.

"닷새 후면 12월 5일 월요일이네. 벌써 예약이 거의 다 찼으니, 가장 빠른 아침 9시면 어때?"

"그 시간도 좋습니다."

"그래, 9시. 제대로 메모해놓을게. 그리고 말인데."

담당관은 거기에서 말을 끊고, 안경을 고쳐 썼다.

"결심이 바뀌지 않는다면, 만나고 싶은 사람을 만나둬. 후회하지 않도록."

나는 고개를 끄덕였다.

"그러네요. 그러겠습니다."

"단, 센터에 관해서는 말하면 안 돼. 지금 처한 상황을 의논하는 건 괜찮지만, 센터 이야기는 비밀이야. 그리고 알고 있겠지만 멋대로 자살하면 안 돼. 센터를 통하지 않고 자살하면 가족이나 친척에게도 벌칙이 적용되니까. 전에 다닌 회사도 피해를 입을 거야."

또 고개를 끄덕였다.

"오늘은 이걸로 끝. 돌아갈 때 건강진단 잊지 말고."

집에 도착한 나는 거실로 들어가 불도 켜지 않고 소파에 몸을 묻었다. 거친 숨을 내뱉으며 눈을 감고, 이마에 손을 얹었다. 얼굴 전체가 뜨거웠다. 술기운이 돌아서 그런지 머릿속이 흐리멍덩했다.

술집을 몇 군데나 돌았는지 기억을 더듬었다. 처음에는 밤새도록 장사하는 선술집이었다. 다음이 퓨전요리 주점이었고, 그다음이 단골 바였다. 그다음은—아무리 애써도 기억이 나지 않는다. 기억은 복잡하게 얽혀 있는 반면 이미지는 아련하니 미덥지 못했다.

지금은 몇 시지? 창밖이 어두우니 밤인 건 확실하지만, 전혀 감이 오지 않는다. 몸을 일으켜 테이블 위에 있는 상자의 뚜껑을 열었다. 안에 들어 있는 약을 찾아 베게타민 네 알, 로히피놀 네 알을 꺼냈다. 한꺼번에 삼키고 다시 소파에 쓰러졌다. 오늘은 이제 잠들 수 있겠지. 아들이 죽은 후 계속되는 불면으로부터 나를 구원해준 것은 알코올과 수면제였다. 복용량은 해마다 늘어났지만 이 두 가지 약은 내 최고의 아군이었다. 알코올. 수면제. 이 두 가지가 나를 잠들게 하고, 의미 없는 하루를 끝나게 하였으며, 다시 찾아오는 하루로 말을 전진시킨다.

하지만 이제 얼마 안 남았다. 이런 하루하루는, 이제 곧 끝난다.

"그렇지, 유키?"

천장을 향해 아들의 이름을 불렀다. 하지만 아무리 귀를 기울여도 대답은 들리지 않는다. 눈에 보이는 것은 어둠뿐이고, 귀에 들리는 것은 고작해야 냉장고 모터 소리다. 나는 체념하고 눈을 감았다. 잠시 그러고 있자니 문득, 그리운 향기가 느껴졌다.

샴푸 향기일까? 아들의 매끄러운 머리카락은 언제나 똑같은 향기가 났다. 나는 살며시, 눈을 떴다. 하지만 그곳에는 역시 어둠만 존재할 뿐, 아무것도 보이지 않는다. 나 말고는, 아무도 없었다. 그렇다. 나는 혼자다. 나는 혼자이고, 혼자이기 때문에, 나는 혼자인 것이다. 다른 사람은 아무도 없다. 있을 리가 없다.

다시 눈을 감자 별안간 가슴에 구역질이 치밀었다. 입을 틀어막고 황급히 일어나 화장실로 뛰어들었다. 곧장 주저앉아 변기 속에 토했다. 위액에, 엄청난 양의 알코올. 방금 먹은 수면제도 분명 튀어나왔을 것이다. 심호흡을 하며 숨을 가다듬었지만, 바로 또 토하고 말았다. 거친 숨을 몰아쉬며 눈을 감았다. 약을 다시 먹어야지. 빨리 잠들지 않으면. 오늘을 끝내지 않으면. 하지만 일어날 수가 없다. 몸이 움직이지 않는다.

상실의 상처는 결코 치유되지 않는다. 기억을 차단하는 시간이 길면 길수록, 흘러넘쳤을 때의 고통 또한 깊다. 더군다나 기억은 머릿속에만 있는 것이 아니다. 온몸이 기억한다. 고통의 기억은 세포 하나하나에 깃든다. 알고 있었다. 그런데, 그런데도, 너무나 아파서, 참을 수가 없다. 눈을 감아도, 기도해도, 온몸이 한없이 아파서, 나는 어디에도 갈 수가 없다.

시큼한 냄새가 가득한 가운데, 거친 호흡을 헐떡이며, 나는 다시 한 번 이름을 불렀다.

"그렇지, 유키?"

세 번째

잠에서 깬 뒤 한 십 분 동안 뜨거운 물로 샤워를 했다.

수건으로 몸을 닦고 속옷을 입었다. 세면대 거울에 비친 남자는 전에 봤을 때보다 더 여위어 보였다. 손을 들어 뺨을 더듬어보다, 가슴에 드러난 갈비뼈도 만져보았다. 가늘고, 나약한 육체다. 뭔가 중요한 것이 빠져 있는 것 같다. 거울에 비친 눈동자를 보면 그것을 알 수 있었다.

남자에게는 생기라 부를 만한 것이 전혀 없었다. 심해 어처럼 탁하고, 빛을 잃어 아무것도 비추지 않는 눈동자. 사신이 아니더라도 이 남자가 죽음 바로 곁에 있다는 것은 알 수 있다. 남자는 칫솔에 치약을 짜서 대패질을 하듯이를 벅벅 닦았다.

토스트 반쪽과 삶은 계란 하나로 아침식사를 간단히 마치고, 거실 창문을 열었다. 차가운 바람이 방으로 들어와 커튼을 살랑살랑 흔든다.

세탁기를 돌리고 작업실에서 공책과 3색 볼펜을 가져와 거실 소파에 앉았다. 테이블에 공책을 내려놓고 페이지를 펼쳤다. 잠시 고민하다 맨 윗줄에 '아버지'라고 썼다. 담당관이 말한 자살통지서, 붉은 편지를 보낼 상대다. 나는 앞으로 자살이라는 최악의 불효를 할 텐데, 아버지에게는 이상하리만치 죄책감이 들지 않았다. 어렸을 때부터 대화도 거의 없이, 얼굴도 별로 마주치지 않았기 때문인지도 모른다. 아버지에게는 호적상, 그리고 생물학상 피가 이어진 인간이라는 인식 정도밖에 없었다.

주방에서 끓여온 커피를 마시며 공책을 바라보았다. 망설인 끝에 '어머니'라고 썼다. 이 역시 아버지와 마찬가지로 별다른 감회가 일지 않는 상대였다. 어머니는 내가 유치원에 들어가기 직전, 젊은 남자와 바람을 피워 집을 나갔다고 한다. 적어도 아버지는 그렇게 말씀하셨다. 진실은 알 수 없다. 기억도 없고, 형도 사정을 설명해주지 않았기 때문이다. 담당관은 주소도 쓰라고 했지만 나는 어머니의 주소는커녕 살아계시는지조차 알지 못했다. 하지만 어머니에게 붉은 편지를 보내야겠다는 생각은 무척 자연스러운 일로 느껴졌다. 놀라고, 충격을 받겠지만, 피가 이어진 아들이 죽는 것이다. 모르는 게 부자연스럽겠지. 주소는 담당관에게 의논해보아야겠다. 조사해줄지도 모른다.

그 밖에도 다니던 회사의 상사나, 교류가 있었던 사람들의 이름이 떠올랐지만 굳이 붉은 편지를 보낼 정도는 아닌 것 같아 이름은 쓰지 않았다. 그때까지 세 통이나 받은 이전 회사 사장이 "내가 더 우울해"라고 한탄하던 것이 기억났기 때문이다. 하긴 받아서 기쁜 편지는 아니겠지.

지금까지 확정된 것은 두 통. 그리고 나는 세 명의 이름을 공책에 더 써넣었다.

구로세. 기리코. 그리고 유리.

이 이름을 바라보며, 망설였다. 이 세 명은 내게 특별한 사람들이었다. 소중하다고 말해도 좋다. 내가 그렇게 생각하는 것은 아버지도, 어머니도 아닌, 이 세 사람이다. 하지만 소중하기에 붉은 편지를 보내는 것이 망설여졌다. 특히 유리에게는 보내고 싶지 않았다. 더 이상 슬픔을 안겨주고 싶지 않기 때문이다.

그때 나는 담당관이 한 말을 떠올렸다.

'만나고 싶은 사람을 만나둬. 후회하지 않도록.'

공책에 쓴 세 사람의 이름을 바라보았다. 이 세 사람은 마지막으로 한 번 더 만나두고 싶다. 붉은 편지를 보낼지 말지는 만난 뒤에 고민하자. 나는 침실로 가서 침대 밑에 두었던 휴대전화를 들었다. 먼저 기리코의 번호를 찾아, 통화 단추를 눌렀다.

약속 시간보다 40분이나 일찍 도착했지만 가게 안에는 이미 기리코가 있었다.

나는 웨이트리스에게 일행이 있다고 말하고 가게 안으로 들어갔다. 기리코는 제일 안쪽 창가 자리에 앉아 있었다. 의자에 몸을 깊숙이 기대고 문고본을 펼쳐 들고 있다. 내가 맞은편에 앉자 시선을 살짝 들더니 다시 문고본으로 눈길을 돌렸다.

"여어." 나는 말했다.

"응." 기리코는 나른한 목소리로 대답했다.

테이블에 다가온 자그마한 웨이트리스가 의아한 표정으로 나를 쳐다보고 있다. 이 여성하고 어떤 관계인지 상상하고 있겠지. 내가 뜨거운 커피를 주문하자 웨이트리스는 당황한 듯 고개를 끄덕이고는 황급히 자리를 떴다. 나는 옆 테이블에 있는 중년 여성 두 명이 속닥거리면서 우리 쪽을 쳐다보는 것을 알아차렸다. 눈길을 주자 허둥지둥 시선을 피한다. 주위를 살펴보니 그 밖에도 이 테이블에는 몇 개의 시선이 쏟아지고 있었다. 뭐, 별수 없는 일이지만. 나는 유리잔의 물을 조금 마시고, 코트를 벗었다. 기리코를 보니 주변에 아랑곳없이 계속 책을 읽고 있다. 그 얼굴을 보니 새삼 아름다운 아이라고 감탄하지 않을 수 없었다. 검은 쇼트커트 헤어스타일이 잘 어울린다. 하지만 기리코가 시선을 모으는 이유는 그 아름다움 때문만은 아니다. 코 바로 옆에 있는 숫자 타투나, 손등에 있는 범자, 목덜미의 뱀 타투, 게다가 징이 박힌 검은 가죽 재킷도 큰 이유이리라.

무심코 관찰하고 있으려니 기리코가 내 눈을 보고 가느다란 손목에 찬 손목시계를 확인했다. "14시 25분"이라고 중얼거린다. 나는 "그러네"라고 말했지만 기리코는 대답하지 않고 책으로 시선을 돌렸다.

웨이트리스가 커피를 가져오자 나는 코트 주머니에서 책을 꺼냈다. 오늘 고른 책은 폴 오스터의 『달의 궁전』이다. 닳아빠질 정도로 몇 번이나 읽은 탓에 이미 표지는 너덜너덜했다. 페이지를 팔락팔락 넘겨 마지막 부분, 주인공 마르코 포그가 옛 연인 키티 우에게 전화하는 장면을 읽었다.

마르코는 말한다.

"자고 있었다는 건 알아. 하지만 부탁이야, 내 이야기가 끝날 때까지 끊지 말아줘."

내가 가장 좋아하는 장면이다. 이 부분을 읽으면 그때까지의 이야기가 파열하듯 머릿속을 질주하며 이미지가 흘러넘친다. 그 사무치는 목소리까지 들리는 듯하다. 부탁이야, 내 이야기가 끝날 때까지 끊지 말아줘—.

내가 마지막 페이지까지 다 읽고 커피를 비웠을 때, 기리코가 고개를 들었다. 손목시계를 보았다. "15시." 그녀가 말했다. 책을 옆에 내려놓고 팔을 들어 기지개를 켠다.

"약속 시간."

그렇게 말하며 그녀가 정면을 돌아보자 코 옆에 있는 숫자 타투가 똑똑히 보였다. 얼굴 왼쪽의 숫자는 '914', 오른쪽은 '2615'다. 그 숫자의 의미를 나는 몰랐다. 물어본 적도 없다.

"응, 약속 시간이네." 나는 말했다. "잘 지냈어?"

기리코는 눈썹을 찌푸리며 "최악"이라고 말하더니 한

숨을 쉬었다. 뚜렷한 쌍꺼풀 밑의 눈빛은 싸늘했다.

뭐가 최악인지 모르겠지만 나는 순순히 "미안" 하고 사과했다. 내가 모르는 사이 뭔가 그녀가 기분 상할 만한 짓을 했는지도 모른다. 기리코는 테이블에 두었던 담배를 들고 한 대를 물었다. 러키 스트라이크. 지포 라이터로 불을 붙인다. 재떨이를 보니 열 개비쯤 되는 꽁초가 보였다.

기리코는 천장을 향해 연기를 내뿜고는 너울거리는 연기에 실눈을 떴다. 그리고 나를 쳐다보았다.

"오늘은 몇 시트?" 기리코가 물었다.

나는 그녀를 바라보며 가만히 웃었다.

"오랜만에 만났으니 세상 이야기라도 좀 하지 않겠어?"

그녀는 놀라기라도 한 듯 눈을 살짝 휘둥그레 뜨더니 "할 일 없는 사람이네" 하고 웃었다. 나는 그녀의 나이를 잘 모른다. 아마 이십 대 초반일 테지만, 웃으면 무척 어려 보였다.

"장사는 어때?" 나는 물었다.

"보통이야."

"요새 별일은 없고?"

"별로."

대화는 끝났다. 나는 그녀의 생활을 전혀 모르고, 본명도 모른다. 그래서 묻고 싶은 건 산더미 같지만, 기리코는 누가 캐묻는 것을 극단적으로 싫어한다. 질문은 필연적으로 적어지고, 막연한 내용만 묻게 된다.

"그래? 나도 딱히 별일은 없어."

기리코는 나를 바라본 채로 속눈썹조차 꼼짝하지 않았다. 내게는 관심이 없는 것이리라. 그녀의 관심사는 약, 그리고 책이다. 그때 이야깃거리가 떠올랐다.

"그런데 최근에 특이한 서점을 발견했어. 지하에 있는 커다란 서점. 굉장히 넓어."

기리코는 눈을 가늘게 뜨며 "오이시마치에 있는 유키무라?" 하고 물었다.

나는 그것이 요전번 갔던 서점의 이름이라는 것을 떠올렸다. 그리고 그 수수께끼 같던 청년도 기억해냈다. 신비로운 인상의 청년이었다.

"맞아. 알고 있어?"

"알아."

"가끔 가?"

"가끔 갔었지."

"얼마나 자주?"

"이따금."

"거기, 좋은 서점이더라."

"넓었어."

"그래. 넓어. 나는 이 마을에서 태어났는데, 지금까지 그런 서점이 있는 줄 몰랐어. 넓은데 손님이 적어. 좋은 서점이지?"

"그럭저럭. 망한 게 조금 아쉬워."

"망했어? 망했다고? 그 서점이?"

그러고 보니 나 말고 다른 손님은 한 명도 없었다. 하지만 가게가 망할 기색은 전혀 느끼지 못했다. 청년도 그런 소리는 입에 담지 않았고. 하지만 기리코가 그렇다면 사실이리라. 이런 일로 거짓말을 할 이유는 없다.

"그래? 망했구나. 그래서 왜 망했는지는 알아?"

그 질문에 기리코는 대답하지 않았다. 담배를 재떨이에 짓이기고 창문을 바라보았다. 별로 대화를 즐길 기분이 아닌가 보다. 그래서 나는 용건을 꺼내기로 했다.

"그럼, 오늘도 주문할게."

"베게타민하고 로히피놀, 마이슬리. 몇 시트?"

"일단 일 년치가 필요하니 백 시트씩."

기리코는 의아한 표정으로 눈썹을 찌푸렸다.

"일 년치?"

내가 고개를 끄덕이자 그녀는 "여기 바보가 있네" 하며 깔깔 웃었다. 다른 사람들의 주목을 끌 정도로 어깨를 떨며 웃었다. 그녀가 이렇게 웃는 것은 굉장히 드문 일이다. 웃을 때 보인 혀끝에는 금빛 피어스가 두 개 있었다.

"당신이 하는 말이니 농담은 아니겠지. 하지만 너무 바보 같아서 웃음만 나와."

기리코는 숨을 가쁘게 쉬며 재킷 주머니에서 검은 휴대전화를 꺼냈다.

"물론 지금은 일 년치씩이나 갖고 있지 않으니 무라카미한테 가지고 오라고 할게."

무라카미란 기리코의 조수로, 늘 가게 옆에서 대기하면서 운전을 하거나, 약이 모자랄 때는 가지러 가거나, 기리코와 손님 사이에 문제가 생기면 중재하는 역할을 맡고 있다. 하지만 나는 무라카미가 어떤 사람인지, 남자인지 여자인지조차도 몰랐다.

기리코는 익숙한 손길로 문자를 보내더니 다시 담배를 물고 불을 붙였다.

"이런 건 잘 묻지 않는 성격이지만, 무슨 일이라도 있었어?"

연기를 내뱉으며 내 눈을 바라본다.

"응. 여행을 가려고."

"일 년씩이나?"

기리코와 만나는 것은 이것이 마지막이다. 일 년 후에는 나에 대해 잊어버리겠지. 나는 그녀의 눈동자를 마주 보며 가만히 웃었다.

"어쩌면 일 년 이상일지도."

흐응, 기리코가 말했다. 안 믿는다는 표정으로 실실 웃는다.

그 뒤로는 대화도 없이, 조용히 무라카미의 도착을 기다렸다. 기리코는 의자에 깊이 기대어 문고본을 펼쳤다. 나는 『달의 궁전』의 중간쯤 되는 페이지를 펼치고 또 읽기 시작했다.

무라카미가 도착한 것은 그로부터 20분 후였다. 전화를 받은 기리코가 가게 밖으로 나가서 커다란 갈색 종이 봉투를 들고 자리로 돌아왔다. 나는 그 봉투를 받아들고 돈을 냈다.

"서비스 두둑이 넣었어. 삼십 시트씩."

기리코가 말했다.

"그렇게나?"

"뭐, 당신하고는 오래 거래했고, 좋은 손님이니까."

나는 "고마워"라고 했다. 그녀야말로 좋은 약장사였다고 생각했지만, 그 말은 입에 담지 않았다.

"이걸로 당분간 나하곤 못 만나겠네." 그녀는 희미하게 웃었다.

"정말 섭섭해."

내가 말하자 기리코는 "변태"라고 말하며 웃어주었다.

잠 못 드는 나를 구원해준 것이 기리코였다.

아들의 죽음 이후 갑작스레 목소리가 나오지 않게 된 나는 누구하고도 이야기할 수 없었다. 어쨌든 대화가 불가능했다. 병원에 가서 수면제를 처방받지도 못하고, 회사도 무단으로 결근했다.

목소리도 나오지 않고, 불면이 이어지던 나는 밤낮으로 바에 틀어박혀 매일 술독에 빠져 살았다. 그래도 잠은 찾아오지 않았고, 육체는 벼랑에 내몰렸다. 내가 무엇을 하고 있는지, 어디에 있는지조차 잊어버리는 일도 잦았다.

그러던 어느 날. 바에서 술을 마시고 있는데 얼굴에 숫자 타투를 새긴 소녀가 옆자리에 앉아 내게 약을 주었다.

"잠이 안 오지? 그거, 이번엔 특별히 공짜로 줄 테니까 오늘은 돌아가서 그만 자."

그리고 잠들 수 있게 된 나는 목소리도 되찾았고, 다시 회사에 나가게 되었다. 그 이후로 정기적으로 기리코에게 약을 구입했고, 거래는 벌써 5년이나 이어졌다. 잠, 그리고 목소리를 되찾은 순간은 지금도 잊지 않았고, 고통 역시 잊을 수 없다. 이번에 일 년치나 산 것은 그녀에 대한 내 나름의 감사 표시였다.

"그럼, 그만 갈게."

나는 코트를 입으며 말하고 기리코의 얼굴에 있는 타투를 바라보았다. 왼쪽의 '914'와 오른쪽의 '2615'라는 숫자를 머릿속에 새겼다. 약이 든 봉투를 들었다.

"또 봐." 기리코가 그렇게 말하며 가볍게 손을 들었다.

나는 고개를 끄덕이고, 계산서를 들고 계산대로 향했다. 자살에 대한 말은 하지 않는 게 좋겠다. 붉은 편지로 알릴 필요도 없겠지. 그제야 나는 애초에 기리코의 주소는커녕 본명도 모른다는 사실을 깨달았다. 어쨌든 붉은 편지는 보낼 수 없다.

계산대에서 돈을 내고 가게를 나섰다. 조금 걷자 뺨에 차가운 것이 닿았다. 걸음을 멈추고 하늘을 올려다보았다. 탁한 잿빛 하늘에서 비가, 떨어진다. 뺨에, 머리카락에, 이마에, 차갑게 내리꽂힌다. 우산은 없었다.

코트에 달린 후드를 뒤집어쓰고 집으로 걸음을 옮겼다.

밤이 깊도록 구로세에게서는 전화가 없었다. 기리코에게 전화한 후에 두 번 걸어보았지만 받지를 않았고, 내게 연락도 없다. 문자를 보내볼까 했지만 잠시 고민하다 관뒀다. 바쁜 건지도 모른다. 경황이 나면 전화하겠지. 유리에게는 연락하지 않았다. 얼마 전에 만나기도 했고, 연락할 이유를 찾지 못했기 때문이다. 유리도 한동안 연락하지 않겠지.

비는 하염없이 내리고 있다. 바람도 거세서 창문을 닫아놓아도 요란한 소리가 들렸다.

테이블 위의 파스타를 바라보다가 냄새를 맡아 보았다. 하지만 식욕은 일지 않았다. 냉장고에서 다섯 개째 캔 맥주를 꺼내 마셨다. 리모컨을 쥐고 텔레비전을 켰다. 음소거로 소리를 없앴다. 채널을 몇 개 바꾸어 뉴스를 찾았다. 흘러나오는 것은 여중생 자살 뉴스였다. 왕따가 원인으로 유서도 있다는 모양이지만, 뉴스가 주목한 것은 그녀의 나이였다. 열세 살. 아직 자살센터에 의논할 의무가 없는 연령이다. 열네 살부터 생기는 의무이기 때문에 열세 살의 자살은 크게 다루어진다. 그리고 열네 살이 된 해에 센터에 가는 아이도 많다. 이 점을 세상에서는 '14세 신드롬'이라고 부르며, 이 나라의 심각한 사회문제가 되었다. 화면을 보니 역시 '14세 신드롬'이라는 자막이 지나갔다. 지금쯤 저 학교의 교사나 학생들은 분명 패닉을 일으켰을 것이다. 요즘 시대, 학교에서 자살자가 생기는 일은 무엇보다 피해야만 하는 일이다.

소녀가 센터에 갈 의무가 없는 연령이었다고는 해도 담임은 물론이고 교장이나 교감도 당연히 해고되며, 이후 두 번 다시 교육기관에서 일하지 못하게 된다. 학교 이름은 오늘 안에 전국에 퍼지고, 이후 입학자 수는 뚝 떨어질 것이다. 그리고 자살자가 나온 학급의 학생들은 진학에 영향을 받을 가능성이 높다. '센터를 통하지 않은 자살자가 나온 학급에 있었다'는 이유만으로 수험자에게 학교 측에서 나쁜 인상을 품기 때문이다.

실제로 소녀를 괴롭혔던 학생은 아마도 오늘 안에 누군지 밝혀져 이름도 사진도, 주소, 전화번호까지 인터넷에 나돌 것이다. 요즘 세상은 자살의 원인을 만든 사람에게 너그럽지 않다. 그 사실은 인터넷상은 물론, 평생 그들을

따라다닌다. 왕따의 내용에 따라 달라지겠지만 체포될 가
능성도 있다.

다음은 무슨 특집 프로그램인 듯, 중년 남성 아나운서
가 엘리베이터를 타는 장면에서 시작되었다.

그는 카메라와 함께 엘리베이터를 타더니 옥상으로 올
라갔다. 걸어가면서 카메라를 향해 뭐라고 떠들었다. 숱
이 빠지기 시작한 머리카락이 바람에 흩날렸다. 그가 카
메라를 향해 뭐라고 지시하자 카메라는 옥상 난간에서 동
네를 넓게 내려다보듯이 찍었다. 그 거리 속에 붉게 뻗은
십자가 모양의 아케이드가 보인 순간, 그것이 내가 사는
모미지마치라는 사실을 깨달았다. 그 시점에서 이것이 무
슨 뉴스인지 알았다. 동시에 화면에 제목이 나왔다.

'절단마～살인귀가 사는 마을.'

그리고 유족들이 역 앞에서 제보를 구하는 전단지를 뿌
리는 영상이 시작되었다. 나는 이 눈으로 몇 번이나 그 광
경을 보았고, 전단지도 몇 장이나 받았다. 살해당한 사람
의 사진이 실린 그 전단지는 어쩐지 버릴 수가 없어, 지금
도 침실 선반에 넣어두었다.

이 마을에서는 이미 다섯 명이 살해당했다. 유족들은 저마다 피해자의 절단된 신체 일부를 받았다. 범인이 일부러 보내기 때문이다.

첫 번째 피해자의 유족에게 배달된 것은 귀였다. 그리고 다음은 엄지발가락 두 개, 그다음은 기억하건대 왼쪽 다리였다. 토막토막 잘린, 다리. 유족에게 그 이후 무엇이 배달되었는지는 경찰이 수사상 기밀로 부쳐, 공개되지 않았다. 하지만 배달되었다는 사실은 확실한 듯했다.

살해당한 피해자들의 사진이 어두운 화면에 떠올랐다.

첫 번째 피해자, 다나카 사토미, 22세. 사진은 결혼식 때 모습이었다. 웨딩드레스를 입고 남편과 함께 커다란 케이크 앞에 서 있다. 두 번째, 다케시로 고스케, 57세. 자택 앞에서 차를 세차하는 사진. 세 번째, 유키무라 히나코, 14세. 곁에 있는 비슷한 또래의 소년과 함께 웃는 얼굴로 찍혀 있다. 문득 저 소년은 어딘지 모르게 누군가를 닮았다는 생각이 들었다. 뚫어져라 쳐다보았지만 모르겠다. 그때 지난번 서점에서 보았던 청년이 떠올랐다. 어째서인지 닮은 것 같았다. 하지만 그런 우연은 없을 것 같았다. 유키무라라는 성은 드물지만, 서점 청년 말고도 또 있을 것이다. 게다가 그 서점의 청년의 성이 유키무라라는 확증도 없다. 서점 이름을 본인 성에서 따왔다는 증거도 없고.

차례로 나오는 피해자들의 사진. 그 웃는 얼굴을 보고 있으려니 고동이 가쁘게 뛰었다. 불안해서 온몸이 무거워졌다. 눈을 감고 가슴에 손을 얹었다. 숨을 크게 내뱉고 멈춰 서서 현관으로 갔다. 웅크리고 앉아서 구두 상자에서 스프레이와 솔을 꺼냈다. 가죽 구두를 들고 스프레이를 뿌린 손이 감출 수 없을 만큼 떨렸다. 그래도 나는 구두를 닦는다. 공포로부터 달아나기 위해. 기억을 차단하기 위해.

시리도록 쌀쌀한 아침이었다.

차가운 바람이 온몸을 훑고 지나갔다. 목도리를 하고 오는 건데, 후회했다. 오므린 손바닥에 숨을 불어 곱아버린 손을 녹였다.

나는 문 앞에서 벌벌 떨면서 모미지마치 G4를 기다렸다. 풀페이스 헬멧을 쓴 경비원들은 내 얼굴을 외웠는지, 경계하는 기색도 없고 내 쪽을 쳐다보지도 않았다. 허리에 찬 총을 흘깃 쳐다보았지만 왠지 현실감이 없어, 무섭지는 않았다. 나도 경비원과 총에 익숙해진 건지도 모른다. 코트 주머니에서 휴대전화를 꺼내, 시간을 확인했다. 8시 40분. 조금 일찍 왔나.

5분쯤 기다리자 두꺼운 문이 조금 열리더니 안에서 양복을 입은 남자가 나타났다.

"오래 기다리셨습니다, 도이 님. 그럼 가실까요?"

모미지마치 G4는 하얀 이가 보일 정도로 웃으며 반듯한 자세로 걸어갔다. 그의 미소는 여전히 깊이가 없다. 오늘 넥타이는 빨간색이었다. 원색의, 피 같은 빨강. 나는 그의 뒤를 쫓아갔다.

커피를 준비하는데 징 하고 자물쇠가 열리는 소리가 들렸다.

"응응, 반가워."

거실로 들어온 모미지마치 K3는 테이블 위에 서류를 툭 내려놓고는 후우, 하고 숨을 내쉬었다.

"뭐라도 좀 드시겠습니까?"

주방에서 물어보았다.

"아아, 고마워. 그럼 물 좀 마실까? 미네랄워터."

나는 내 커피를 끓이고, 미네랄워터와 함께 테이블 위에 내려놓았다.

"고마워, 고마워."

늘 그렇지만 담당관은 독특한 억양으로 말했다. 나도 맞은편에 앉았다.

담당관이 두꺼운 수첩을 펼치고 굵은 손가락으로 페이지를 뒤적이기 시작했다.

"응응응, 오늘은 12월 5일, 월요일, 첫 타임이네."

고개를 들어 나를 쳐다본다.

"응응, 도이 요헤이 씨지?"

"요스케입니다."

내 말에 담당관은 씨익 웃더니 "농담이야, 당연히 외웠지" 하고 말했다.

"그런데 요전 건강검진 결과 말인데, 궁금해?"

담당관이 노트북에 연결된 기계에 붉은 카드를 꽂으며 물었다.

"예."

담당관이 서류를 한 장 꺼내더니 안경을 썼다. 윈도우가 시작되었다.

"음, 어디 보자, 뭐 딱히 할 말은 없지만 그래도. 뭐야, 이게. GTO인지 GTP인지, 잘 모르겠지만 그 수치가 높았다는군. 술을 좋아하면 이 수치가 높아진대."

"그렇습니까?" 하고 고개를 끄덕였다.

"그리고 키 172센티미터에 체중이 51킬로그램이라니 너무 말랐어."

"그렇습니까?"

담당관이 서류를 내려놓고 나를 보았다.

"뭐, 쌩쌩하다고 할 수는 없지만 죽을 정도는 아니야."

"그렇습니까? 그나저나 건강진단에 무슨 의미가 있죠? 병이 있으면 뭐 곤란한 문제라도 있다거나?"

담당관이 손을 저으며 부정했다.

"아니아니. 그렇지 않아. 다만 이건 지겹도록 하는 말이지만, 그거 있잖아, 자살 동기 말이야. 여기에서는 그걸 가장 중요하게 보고 조사해야 하니까, 일단 검사도 하는 거야. 신체 문제로 자살을 원하는 사람도 많으니까."

조금 생각하다가 물어보았다.

"그 밖에는 어떤 이유가 많나요?"

담당관은 나직하게 신음하더니 얼굴을 찌푸리며 팔짱을 꼈다.

"음, 뭐, 제일 많은 건 돈 문제지. 경제적 문제. 이게 옛날부터 자살 이유 1위. 그다음으로 많은 게 방금 말한 육체적 문제나 가족 문제, 남녀 문제도 많지."

담당관은 페트병 뚜껑을 열고 한 모금 마시더니 말을 이었다.

"자살 이유 중에 많은 금전 문제 말인데, 이게 가장 간단해. 간단하달까, 우리로서는 고맙지."

"고맙다니, 어째서입니까?"

"돈이 없으니까 죽고 싶다는 거잖아? 다시 말해 돈이 있으면 죽지 않아도 된다는 뜻 아니겠어?"

확실히 그럴지도 모른다. 고개를 끄덕였다.

"빚 때문에 목을 매달 수밖에 없는 사람은 은근히 주위가 눈에 안 보인달까, 시야가 좁은 경우가 흔해. 빚이란 곰곰이 생각해보면 갚지 못하더라도 개인파산이나 임의 정리나, 여러 가지 방법이 있잖아? 아무 데서도 돈을 빌릴 수 없어도, 관청이 대부금이나 지원금을 내줄 수 있는 경우도 있고, 파산해서 집을 잃어도 집세를 부담해주는 시스템도 있어. 생활보호제도도 있고. 실제로 센터를 통하면 수급신청에 유리하다는 말도 있을 정도야. 뭐, 그건 그것대로 문제지만."

담당관이 "그렇지?" 하고 동의를 구하듯 나를 쳐다보았다. 나는 고개를 끄덕였다.

"그러니까 돈 문제라는 건 어떻게든 해결할 길이 있다

는 거야. 센터에는 사채 대책 전문 변호사도 있고, 관청에 호소할 수도 있어. 어쨌든 해결법은 있어. 그러니까 고맙지. 대부분 자살을 포기해. 그런 반면 고맙지 않은, 까다로운 문제도 있어."

담당관은 시무룩한 표정으로 한숨을 쉬었다.

"몇 년 전에 이런 일이 있었잖아. 어디 종교단체 신자 70명이 한꺼번에 자살센터에 찾아간 사건. 그런 문제는 까다롭기도 하고, 왠지 짜증도 나. 짐 존스도 아니고 말이야. 그리고 댁 같은 양반. 뭔가 사정이 복잡해 보이는 사람. 그러니까 난감해, 그런 경우는."

"죄송합니다."

내가 고개를 숙이자 담당관은 부정하듯 가볍게 손을 저었다.

"아니아니, 됐어. 일단 시작할까?"

"부탁드립니다."

담당관이 다시 미네랄워터를 마셨다. 나도 커피에 입을 댔다.

"그럼 일단 '자살통지서' 말인데, 전부 몇 통이나 돼?"

"지금까지는 두 통입니다. 주소도 써왔는데요……."

코트에서 봉투를 꺼내 안에 든 메모지를 담당관에게 건

냈다.

"두 통? 왜 그리 적어? 어디 보자."

담당관은 손가락으로 안경 위치를 바로잡으며 실눈을
뜨고 메모지를 보았다.

"1, 도이 가쓰지. 부친. 그리고 이건 주소지? 응응. 2,
도이 노부코. 모친. 주소불명. 불명?"

"예. 부모님은 이혼하셔서 제가 어렸을 때 어머니가 집
을 나가셨습니다. 그 후 행방을 몰라서요. 혹시 재혼해서
성도 바뀌었을지 모릅니다."

내 말에 담당관은 눈을 껌뻑거리더니 나를 뚫어져라 쳐
다보았다. 그러더니 갑자기 입을 떡 벌리고 천장을 우러
러보았다. 그대로 시간이 흘렀다. 뭔가 말도 안 되는 소리
라도 했나? 역시 주소를 모르면 보내지 못하나 보다.

한참 후에 담당관이 입을 다물고 테이블에 시선을 떨어
뜨렸다. 그리고 미네랄워터를 한 입 마시고 노트북을 끌
어당기더니 마우스를 움직이며 뭔가 화면을 쳐다보았다.
1분쯤 화면을 훑어본 뒤에 나를 보았다.

"그럼 맥은 그거네. 어머님과 연락을 안 하는군. 아니,
혼자 착각해서, 알고 있는 줄 알았어. 지금 어머니 상황."

"지금? 뭔가 알고 계신가요?"

담당관이 시무룩한 표정을 지었다.

"알고 자시고, 요전에 대충 조사했잖아. 형님 일이나, 전처, 아들 일도. 그러니 어머님 상황도 알지, 당연히."

지금 눈앞에 있는 남자가 어머니의 정보를 가지고 있다. 놀랐지만 당연한 일이리라. 공공기관이 조사하면 어지간한 사실은 다 알 수 있다.

어머니에 대하여. 집을 나간, 어머니. 생각해보아도 어떤 감정도 솟아나지 않았다. 어쨌든 기억이 없다. 게다가 실제로는 아버지도 없는 것이나 마찬가지였으니 부모라는 존재에 대해 치밀어 오르는 감정은 아무것도 없었다.

하지만.

"일단 알려주시겠습니까?"

"궁금해?"

조금 고민해보다 고개를 끄덕였다.

"궁금합니다. 일단은."

담당관이 고개를 끄덕이더니 노트북의 화면을 바라보았다.

"어머님은 12년 전에 재혼하셨어. 상대는 그럭저럭 괜찮은 회사에 다니고 있어. 딱히 문제랄 건 없어. 다만 몸이 조금 안 좋다고 할까, 병을 앓았던가 봐."

"병? 어떤 병이죠?"

담당관은 대답을 망설이는 표정이었지만 이윽고 가족 문제라고 판단했는지 고개를 한 번 끄덕였다.

"죽을 정도는 아니지만, 암이었던 것 같아."

"암?"

암이라는 단어에 가슴속에서 뭔가가 흔들렸다.

"그래. 자궁암이었던 것 같아. 하지만 지금은 괜찮은가 봐."

그 말을 듣고 안도의 숨이 흘러나왔다. 하지만 이상한 기분이다. 얼굴도 모르는 상대를 걱정하다니.

"그런데 아이는 있나요?"

담당관은 또 망설이는 표정을 지었지만 이윽고 입을 열었다.

"한 명 있어. 하지만 당신 형제는 아니야."

"형제가 아니라고요?"

"응." 담당관이 고개를 끄덕이더니 찌그러진 납작코를 긁었다.

"입양을 한 것 같아."

"입양?"

그 말에 또 뭔가가 흔들렸다. 흔들린 감정이 어떤 것인지, 알 듯 말 듯했다.

"응. 입양 심사기준이 꽤 엄격한데, 그걸 통과했다는
건 좋은 환경에서 생활하는 것 같아."

좋은 환경에서 생활하면서, 아이를 입양한다. 하지만
전에 암에 걸렸다. 눈앞에 열거된 사실에서 생활을 상상
해보았지만 제대로 떠오르지 않았다. 이미지는 흐릿하고,
형태도 냄새도 갖추지 못했다. 모르겠다.

"이 정도야. 어머님께는 '자살통지서'를 보낼 수 있는
데, 어떻게 할래?"

담당관이 나를 가만히 쳐다보았다. 그 표정에는 망설
임 같은 것이 보였다. 나나 아버지와는 다른 장소에서 이
런저런 사정을 끌어안고 생활하는, 그런 상대에게 아들이
죽었다는 통지서를 보내도 될까? 보내는 의미가 있을까?

"이거, 대답은 언제까지 해야 합니까?"

"다음번 면담까지. 다음 면담일은 아직 정하지 않았지
만, 일단 그때까지 확정해줬으면 좋겠어."

고개를 끄덕였다. 어머니에게 붉은 편지를 보낼 것인
가, 말 것인가.

"저기, 어머니는 지금 행복하신가요?"

그 질문은 담당관을 고민하게 만들었다. 그는 낮은 신

음을 흘리며 팔짱을 끼더니 고개를 숙였다. 나는 가만히 기다렸다. 잠깐의 침묵 후에 담당관이 고개를 들었다.

"내 개인의 의견이라도 괜찮겠어?" 하고 묻는다.

"예. 물론." 나는 대답했다.

"그래. 이건 내 개인의 의견이야. 행복이란 남이 알 수 없는 거니까. 개인의 의견만으로 말한다면, 행복해 보여."

그 말을 듣고 가슴속에서 흔들리던 것이 이번에는 떨렸다. 고개를 숙이고 한 손으로 가슴을 부여잡았다. 몸이 얼어붙었다. 눈시울에 뜨거운 것이 왈칵 치밀어, 시야가 부예졌다. 그리고 꽉 움켜쥔 오른쪽 손등에 눈물 한 방울이 떨어졌다.

아버지와 형, 셋이서 살았던 기억이 차례로 흘러넘쳤다. 그리고 거기에 어머니가 있었다면, 하고 상상하고 말았다. 그 기억과 상상을 떨쳐내고 간신히 "그렇습니까" 하고 말했다. 목소리가 떨렸다. 또다시 손등에 눈물이 떨어졌다.

"다행이네요. 행복하다면, 다행입니다."

왜 우는지 알 수 없었다. 얼굴도 모르는 상대인데. 손가락으로 눈물을 훔쳤다. 그래도 눈물이 흘러넘친다.

어렸을 때, 아직 뚜렷하게 기억조차 못 할 무렵에 떠난 상대인데. 그것도 남자를 만들어서. 우리 가족을 배반해 놓고는 입양까지 한 상대. 게다가 얼굴도 모르는데. 목소리도 모르는데. 냄새도, 성격도, 자신 있는 요리도, 아무것도 모르는 상대인데.

그래도 나는 기뻤다. 이유도 분명치 않았지만, 어째서일까, 기쁘다.

스스로도 깜짝 놀랐다. 나는 정말로 기쁜 것이다. 그래서 눈물이 멈추지 않는 것이다.

"죄송합니다, 이제 괜찮으니 다시 시작할까요?"

한참을 울다가 화장지로 눈물을 닦은 뒤 말했다. 담당관은 가벼운 목소리로 "응응" 하고 대꾸했다. 동정하는 말은 하지 않았다. 나는 그게 고마웠다.

"그럼 다음. 이제부터 신변정리를 해야 해."

"신변정리?"

"그래. 구체적으로는 말이야, 일단 주택. 그리고 관공서 쪽, 그리고 재산이지."

담당관은 그렇게 말하더니 내게 서류를 몇 장 건넸다.

"즉 이런 얘기야. 죽은 뒤에 살던 맨션 해약이나 소지품 처분, 돈을 어떻게 할 건인지, 그런 문제를 확실하게 정해놓는 거야. 그러면 나중에 모두 편하잖아. 돈도 지금이 있으면 버릴 수도 없고."

"듣고 보니."

받은 서류를 훑어보았다. 임대 맨션 해약 후의 소지품 정리에 대한 항목이 있었다. 몇 가지 선택지가 제시되어 있다. 소지품은 전부 처분할 것인가, 누군가에게 양도할 것인가. 양도한다면 누구에게 할 것인가 등. 하지만 양도할 상대는 기본적으로 자살통지서를 보내는 상대로 국한되는 듯했다. 꼭 통지를 보내는 상대가 아닌 사람에게 양도하고 싶을 경우 다섯 번째, 즉 마지막 면담 전에 직접 처리하는 것이 원칙이었다. 그때 자살센터에 다닌다는 말은 물론 해서는 안 된다. 발설하면 벌칙이 있다. 나머지는 국민건강보험이나 연금을 어떻게 할 것인가, 예금을 어떻게 할 것인가에 대한 내용의 서류였다.

"그거 일단 전부 훑어보고, 사인은 다음에 해줘. 지금은 사인할 필요 없어."

"아, 이건 가지고 돌아가도 됩니까?"

내가 묻자 감당관은 눈썹을 찌푸렸다.

"말도 안 되는 소리. 센터에서는 서류 한 장도 반출할 수 없어. 거기에 있는 내용을 꼼꼼히 읽고, 다음에 어떻게

쓸지 고민해둬. 아, 메모는 해도 돼."

나는 건네받은 열네 장의 서류를 읽고, 메모장에 간단히 메모를 했다. 쉽게 죽지는 못하는 것이다. 결정해야 할 일, 해야 할 일이 산더미처럼 많다. 내가 메모를 하는 사이, 담당관은 구석으로 가서 담배를 피우며 기다렸다. 세븐 스타다. 지난번 면담 때도 피웠던가? 생각해보아도 기억이 나지 않았다. 하지만 어쨌든 그는 세븐 스타를 피우고 있다. 남이 피우는 담배의 상표를 기억하는 것은 내 오래된 버릇이었다. 의미 없는, 이상한 버릇. 담당관은 세븐 스타.

메모는 10분 만에 끝났다. 담당관은 그 사이 담배를 두 개비 피우고, 둥근 휴대용 금속 재떨이에 꽁초를 넣고 눈앞의 자리로 돌아왔다.

"다음으로 넘어가기 전에 다시 묻겠는데, 역시 당신, 자살할 거야? 그만둘 마음은 없어?"

바로 고개를 끄덕였다. 몇 번을 물어도 답은 변함없다. 흔들리지 않는다. 나는 이제 그만 죽고 싶다. 그렇게 생각하니 온몸이 단숨에 지쳐버린 느낌이었다. 이런 대화에서 빨리 벗어나고 싶었다.

"그래. 확실하게 알아먹었어. 그런데 다음은 언제 할

까? 면담 말이야."

"이번에도 제일 빠른 닷새 후면 됩니다."

"그렇다면."

담당관은 큰소리를 내며 굵은 손가락으로 수첩을 넘기기 시작했다.

"오늘이 5일이고, 일이삼사오, 10······. 어라. 이날은 예약이 전부 차버렸네. 어떻게 할까? 그 다음 날 11일 괜찮아?"

"예. 괜찮습니다."

"그럼······ 13시하고 16시 반이 비어 있는데."

나는 잠시 생각해보고 대답했다.

"13시에 부탁드립니다."

"그래, 알았어." 담당관은 볼펜 뚜껑을 입으로 열고 수첩에 기입했다.

"12월 11일, 13시, 도이 씨 네 번째 면담."

"오늘은 이것으로 끝난 겁니까?"

"그래, 끝. 다음 주는 그거야, 이것저것 서류에 기입을 해야 하니까 잘 생각해보고 와. 인감도 필요해. 그리고 어머님께 통지서를 보낼지도 결정하고."

"알겠습니다."

내가 고개를 끄덕이자 담당관은 안경을 고쳐 쓰며 노트북으로 뭔가를 입력하기 시작했다. 나는 남아 있는 커피를 비웠다.

"그런데 만나고 싶은 사람은 만나봤어?"

"예." 고개를 끄덕였다. "만났습니다."

구로세는 아직 만나지 못했지만, 조만간 만날 수 있겠지. 담당관은 "흐음" 하고 심드렁하게 대답하더니 안경을 벗었다.

"아, 그래, 맞다, 전화, 전화."

담당관이 수화기를 들었다.

"끝났으니까 데리러 와. 19호실. 응? 그래? 응, 알았어, 그래."

수화기를 내려놓았다.

"데리러 올 때까지 시간이 좀 걸리나 봐. 그래 봤자 10분 정도지만."

"예. 알겠습니다."

나는 코트에서 소설을 꺼냈다. 폴 오스터의 『리바이어던』이다. 첫 페이지를 펼치고 문장을 읽고 있는데 맞은편에서 시선이 느껴져 고개를 들었다. 담당관이 테이블 위에 깍지 낀 손을 얹고 내 쪽을 쳐다보고 있다.

"어, 무슨 용건이라도?"

담당관은 눈썹을 씰룩거리더니 퉁퉁한 얼굴로 환하게 웃었다.

"아니, 좀, 데리러 올 때까지 시간이 있으니 잡담이라도 하면 어떨까 싶어서."

"잡담?"

"그래. 잡다하게 이것저것 담화를 나누는, 잡담 말이야."

잡담이란 그런 의미가 아니라고 생각하지만, 어쨌든 나는 고개를 끄덕이고 책을 덮어 코트 위에 내려놓았다.

"한번 물어보고 싶었던 게 있거든. 이건 어디까지나 잡담이야."

"네, 뭔데요?"

"형님 이야기."

나는 눈썹을 찌푸렸다. "형 말씀인가요?"

"응." 담당관은 시무룩한 표정을 짓더니 작은 목소리로 말을 이었다.

"말하기 싫으면 안 해도 돼. 이건 잡담이니까."

나는 조금 고민하다가 고개를 끄덕였다.

"아니, 괜찮습니다."

"그래?"

담당관은 한시름 놓은 표정으로 고개를 끄덕이더니 노트북 화면을 쳐다보았다.

"이거, 14년 전에 자살한 형님 말인데. 사인이 과다출혈이던데, 그게 어떤 상황이야?"

당시 일은 기억의 바다에서도 극히 얕은 곳에 떠 있었다. 손을 뻗으면 금방 닿아, 무엇이든 선명히 기억해낼 수 있다.

"손목을 그었습니다."

"손목? 식칼 같은 걸로? 리스트 컷 같은 거야?"

담당관은 눈썹을 찌푸리며 속사포처럼 질문했다. 나는 "아닙니다"라고 했다.

"전철이었어요. 술에 취해 한밤중에 선로에 들어가, 전철이 들어온 순간 선로 위에 손목을 올려놓았어요."

나중에 경찰에게 들은 바에 의하면 전철이 형의 손목을 날려, 사방으로 튄 살점이 50미터 이상 떨어진 곳에서도 발견되었다고 한다.

"전철로." 담당관은 얼어붙은 표정으로 신음했다.

"그 후 형은 1킬로미터 가까이 걸어갔다고 합니다. 그리고 어느 맨션 주차장에서 발견되었어요. 저는 구급차에

실려 간 형을 병원에서 만났습니다."

비좁은 방에서, 상반신을 드러낸 채로 누워 있는 형.

형은 죽어 있었다. 얼굴에는 고뇌도, 고통도 없었다. 온화한 표정, 마치 잠들어 있는 것 같았다. 오른쪽 손목 아래가 없었지만 상처에는 붕대가 감겨 있었다. 손목이 떨어져 나가 죽은 형. 나는 그대로 시체와 한 방에서 네 시간을 보냈다.

"그랬구나. 미안. 힘든 질문을 했네."

나는 고개를 저었다. "괜찮아요. 원래 형은 세상을 초탈했다고 할까, 현실에 적응하지 못하는 면이 있었습니다. 그래서 막연히, 마음속 어딘가에서 예상을 했었던지 큰 충격은 없었습니다."

그 소식을 들었을 때, 세상에서 중력이 사라진 듯한, 이상한 부유감을 느꼈다. 슬픔이 밀려온 것은 한참 후, 시체를 보고 집으로 돌아온 후였다. 그 순간, 나는 세상에서 유일하게 이어져 있던 존재를 잃고, 연결되는 선이 단 하나도 없는 '점'이 되었다. 나는 혼자가 되었다.

나는 형을 마음 깊이 사랑했다. 슬픔은 한없이 깊었고, 내 안에서 뭔가 커다란 부분을 앗아갔다.

"형님을, 좋아했어?"

바로 끄덕였다.

"예. 정말 좋아했습니다. 부모님 대신 저를 키워준 것도 형이었고요. 중학교 때 한 번 전학을 간 적이 있었습니다. 그래서 새로운 중학교에서 괴롭힘을 당했는데, 그 사실을 안 형이 수업 중에 저희 반에 불쑥 찾아와 교실 맨 뒤에 서는 거예요. 아무 말도 없이. 회사도 안 가고."

"호오."

"당연히 쫓겨났죠. 그런데 또 바로 저희 반에 오는 겁니다. 마치 수업 참관을 온 학부형처럼. 그런 일이 몇 주 이어지니, 자연히 괴롭힘도 사라지더군요. 다른 의미에서 주목을 받았지만요. 하지만 그런 식으로, 형은 형만의 방식으로 저를 지켜주었던 겁니다."

"그래. 좋은 형님이었구나." 담당관이 미소를 지었다.

"미안, 미안, 한 가지만 더. 형님이 돌아가신 건 서른네 살 때였지. 그리고 당신은 지금 서른네 살에 죽으려고 해. 이건 단순한 우연인가?"

"우연……이지요. 저도 몰랐습니다."

생각도 못 했다. 단순한 우연인데, 나이가 똑같아졌다는 사실에 기분이 이상했다. 뭐라 말할 수 없는, 표현할 수 없는 기분이다. 나하고 형은 지금, 하나로 만난 것이다. 똑같은 서른네 살이 되어.

"그렇구나. 미안, 이상한 잡담을 꺼내서."

담당관이 또 사과했다.

"아니, 정말 괜찮습니다. 형의 죽음에 대해서는 오래 전에 마음을 정리했다고 할까, 있는 그대로 받아들였으니까요."

담당관이 힘없이 고개를 끄덕였다. 내가 그에게 미소를 짓자 그도 안심한 듯 가만히 웃었다.

"그나저나 잡담하는 김에 뭐 좀 물어봐도 될까요?"

"뭔데뭔데뭔데뭔데? 뭐든지 물어봐도 돼."

담당관이 자세를 가다듬더니 콜록 하고 헛기침을 했다.

"두 가지, 마음에 걸리는 점이 있어서."

"OK." 담당관이 크게 고개를 끄덕였다. "질문 컴온."

"저, 죽는 방식에 대해서인데요. 면담이 끝나고 본관에 들어가면 어떻게 죽는 겁니까? 통증이 있나요?"

담당관의 복스러운 얼굴에 한가득 웃음이 떠올랐다. "그거, 제일 많이 하는 질문이야."

"그건가요? 혹시 자기 손으로 하는, 혼자서 하는 장치나 그런 게 있는 겁니까?"

"당신은 잭 케보키언의 장치 같은 걸 말하는 거지?"

"맞아요. 그겁니다. 그런 걸로 죽는 겁니까?"

잭 케보키언은 미국에서 의사로 활동했던 남자다. 말기 환자의 안락사를 주창해, 환자가 혼자서 자살할 수 있는 기계 '자살 장치'를 개발했다. 말기 환자의 자살을 방조해 백삼십 여 명을 죽게 했다. 이 사건은 세계적인 논쟁을 불러일으켰고, 그는 '죽음의 의사'로 불리게 되었다.

"타나트론과 머시트론 말이지. 우리는 그런 건 안 써. 기본적으로 자살센터하고 케보키언은 입장이 다르니까. 그 사람은 말기 환자의 적극적인 안락사를 주창했어. 하지만 이 센터는 자살을 주창하는 게 아니야. 국내의 자살을 관리하는 거지. 다시 말해 기본적으로는 자살을 부정해. 하지만 면담을 통해 부득이하다고 판단하면 자살을 돕는 거지. 다른 사람들에게 피해가 가지 않도록, 최선의 방법을 고민해가며."

내가 그 말뜻을 고민하는 사이 담당관이 "두 번째 질문은?" 하고 물었다. 결국 어떻게 죽는지는 가르쳐주지 않았다. 어쩌면 말할 수 없는 건지도 모른다.

"두 번째 질문은, 굉장히 이상하다고 할까, 조금 신경 쓰이는 문제예요. 이름 말입니다만."

내 말에 그는 "이름? 그것도 흔한 질문이야. 궁금해?"

하고 즐거운 표정으로 말했다.

"예. 궁금합니다."

"그럼 가르쳐주지……. 그렇다고 해도 그리 대단한 비밀을 말해줄 수 있는 건 아니지만. 뭐라고 해야 하나. 요컨대 세 개의 기호를 부여받는 거야. 동네 이름, 알파벳, 그리고 숫자. 그래서 나는 모미지마치, K, 3, 이렇게 된 거지. 만약 도쿄 긴자에 있는 센터였다면 긴자 K3가 되었을지도 몰라."

"오호라. 하지만 거기에 뭔가 의미가 있는 건가요?"

"있지있지있지있지, 있고말고. 전부 세 가지, 이 이름으로 지은 이유가 있지. 그중 두 가지는 기밀이라 말할 수 없어. 한 가지만 말할 수 있는데, 직원의 개인정보를 지키기 위해서야. 이곳은 국내뿐만 아니라 외국에서도 온갖 소리를 듣는 시설이잖아? 몇 번이나 습격을 당했다는 거 당신은 알고 있어?"

"예. 알고 있습니다. 사망자도 몇 명 나왔다고."

담당관이 아픔을 느낀 것처럼 얼굴을 일그러뜨리며 말을 이었다.

"그래. 정말 끔찍한 일이야. 군이 출동하는 소동으로 번진 적도 있고."

그것은 당시, 전 세계가 지켜보는 뉴스로 보도되었다.
무장집단에 점령당한 센터에 군대가 돌입하는 장면은 나
도 생방송으로 본 기억이 있다. 농성하던 열세 명 전원이
사살되었고, 그중에는 세 명의 여성과 미성년인 소년이
있었던 것도 기억한다.

"그래서 센터 경비원은 물론이고, 다른 직원들의 신변
에도 이런저런 위험이 있다고 본 거야. 직원들은 전원 이
름을 바꾸게 되었어. 호적도 새로 만들어서 무슨 수로도
개인정보를 찾아낼 수 없도록 했지. 그리고 또 직원은 모
두 관사에 살게 되었어. 이건 한 3년 전부터 생긴 규칙이
야. 하지만 아이들도 있고, 이것저것 문제가 많아. 어쨌
건 생긴 지 몇 년 안 된 기관이니까. 아무래도 우왕좌왕하
게 되지."

경비원을 포함해 직원이 위험에 노출되어 있다는 이야
기는 들은 적이 있다. 자살센터 직원이라는 이유로 비난
을 받거나, 차별과 괴롭힘을 당하는 피해도 있다고 한다.

"뭐, 사람의 죽음을 다루는 곳이니까 아무래도 이런저
런 문제도 있고, 논쟁거리도 되는 거지. 종교 문제가 되기
도 하고. 전면적으로 찬성해주는 건 네덜란드하고 스위스
정도일까?"

담당관은 굵은 손가락으로 코를 긁적이며 한숨을 내쉬었다.

"요즘에도 아직 뉴스에 나오지만, '14세 신드롬'이라는 문제도 있잖아. 하지만 난 이곳에서 일하겠다고 마음먹었으니 싫은 소리 듣는 역할은 윗사람들한테 맡겼어. 나는 일만 할 뿐이야. 자부심이랄까, 옳은 일을 하고 있다는 의식을 가지고 말이지."

"옳은 일? 자살이 말입니까? 아니면 자살센터 근무가?"

"자살센터 근무가 내게는 옳은 일이야. 어쨌든 자살률은 감소하고 있으니까."

그렇게 말하는 담당관의 목소리에 열기가 감돌기 시작했다. 이런 곳에서 일하면 여러모로 고생도 많고 감회도 다르겠지.

"지금도 계속 반대하는 정치가도 있고, 반대하는 시민 단체도 있지만 실제로 자살률은 감소했어. 사람의 목숨을 몇이나 구한 거야. 말해두지만 연간 자살자가 4만 명 이하로 떨어진 건 센터가 생긴 이후야. 나도 이 손으로 몇십 명의 자살을 막았지. 지금까지 상담 센터나 행정 기관에서 몇십 년 동안 하지 못했던 일을, 결과를 내지 못했던 일을 하고 있는 거야. 그게 중요해. 그런 거 아니겠어?"

담당관의 눈에 자랑스러운 빛이 뚜렷하게 감돌았다. 나는 고개를 몇 차례 끄덕이다가 잠시 후에 물어보았다.

"한 가지 더 물어봐도 됩니까?"

담당관이 고개를 끄덕였다.

"여기에서 일하는 이유가 뭡니까?"

담당관은 잠시 침묵했다가 망설이는 표정을 보이더니 이윽고 뭔가 결심했는지 가볍게 고개를 끄덕이고는 입을 열었다. 하지만 "있지—" 하고 말했을 때, 현관 쪽에서 문이 열리는 소리가 들렸다. 담당관이 말을 끊고 미소를 지었다.

"그럼 오늘은 여기까지. 또 다음에 봐."

내가 고개를 끄덕이자 거실 문이 소리도 없이 열리더니 모미지마치 G4가 고개를 내밀었다.

"오래 기다리셨습니다, 도이 님. 그럼 가실까요?"

밤. 담당관의 이야기나 어머니를 떠올리고 있는데 휴대전화가 울렸다. 휴대전화 화면에는 '마에하라 유리'라는 글자가 떴다.

"여보세요? 무슨 일이야?"

내 말에 전화 너머의 유리는 대답하지 않았다. 조용한 숨소리만이 수화기 너머에서 들려왔다.

"유리?"

"아, 요스케."

들리는 목소리는 나른하고, 조금 혀가 꼬여 있었다.

"응……. 유리?"

"응."

"혹시 취했어?"

키득키득, 작은 웃음소리. 그리고 조용한 숨결.

"왜 그래? 무슨 일이라도 있었어?"

나는 신중하게, 천천히 물었다. 유리가 술을 마시는 경우는 거의 없다. 마신다고 해도 맥주 한 잔 정도지, 그 이상은 결코 마시지 않는다. 그러므로 유리가 술에 취한 이유가 무엇인지, 상상할 수 없었다.

유리는 일 분쯤 지나 또다시 키득키득 웃더니, 그제야 대답했다.

"스카이 빌딩에서 말이야."

스카이 빌딩. 모미지마치에서 가장 높은 빌딩이다. 레스토랑이나 잡화점 등 다양한 가게가 입점해 있다. 옥상에는 360도 둘러볼 수 있는 전망대가 있어 이 동네에서는 커플이 자주 가는 데이트 명소이다. 그러고 보니 요전에 본 뉴스 아나운서가 촬영했던 곳도 스카이 빌딩 옥상이었다. 분명 절단마 뉴스였을 것이다.

"스카이 빌딩 말이구나." 나는 다시 신중하게, 천천히 말했다.

"오늘, 친구하고 갔어. 위층에 있는, 야경이 보이는, 중화요리 가게."

"중화요리? 비싼 가게?"

"응, 엄청 비싸. 계산할 때 후회돼서 눈물이 날 정도로, 비싸."

"하지만 갔구나, 친구하고."

"응, 갔어. 식욕의 계절이니까."

"식욕의 계절?"

분명 전에 만났을 때도 그런 말을 했다. 뭔가 맛있는 걸 먹고 싶다고. 그리고 내가 '토머스 & 뤼미에르'에 데려가자, "여자가 맛있는 걸 먹고 싶다는데 카페? 여전히 센스 한 번 독특하구나"라고 했던 것을 기억해냈다. 믹스 샌드위치를 맛있다고 했던 것도.

"식욕의 계절이 아직 안 끝났구나."

"응, 아직이야."

유리가 또다시 키득키득 웃었다.

"그 가게에서 말이야……. 그 가게에서는 말이지."

유리가 딸꾹질하는 소리가 들렸다. 곧바로 다시 한 번 딸꾹질.

"그 가게에서는?"

"벌써 장식을 하더라."

"장식? 무슨?"

유리는 뜸을 두다가, 키득거리더니, 큰 소리로 말했다.

"메리, 크리스마스!"

"아아."

크리스마스인가. 그러고 보니 벌써 그런 시기다. 전혀 몰랐다.

"그래서 요스케는 크리스마스, 어떻게 할 거야?"

"어떻게 하긴, 여행 간다니까. 예정은 그것뿐이야."

"그래. 혼자서 크리스마스라니 쓸쓸하네. 하지만 여행 지에서 크리스마스를 맞는 것도 괜찮지."

유리가 그런 말을 하다니 희한했다. 요 몇 년 동안 크리스마스 이야기는 한 번도 한 적이 없었기 때문이다. 하지만 지금은 취했다. 무슨 일이 있었는지도 모른다.

"유리는 어떻게 할 거야? 크리스마스."

내가 묻자 유리는 "비밀"이라고 말하며 웃었다. 그리고 내가 뭐라 말할지 고민하는 사이 전화는 뚝 끊겼다. 나는 한참 휴대전화를 물끄러미 바라보다가 테이블에 내려놓았다.

크리스마스라. 캔 맥주를 마시며 생각했다. 이 나라에는 놀랄 정도로 많은 이벤트와 축제가 있다. 사람들은 저마다 이벤트를 누리지만, 내게는 아무 상관도 없었다. 아들이 죽고 6년, 뭔가를 축하한 적은 한 번도 없다.

캔 맥주를 열두 개 비우고, 일 년치는 족히 되어 줄어들 기미가 전혀 없는 수면제 여덟 알을 먹고 침대에 들어갔다.

최근 그 하얀 꿈을 꾸지 않는다. 수면제와 알코올 덕분인지, 아니면 꿈을 꾸고 있지만 잊어버리는 건지. 어쨌든 그 꿈을 꾸기는 싫었다. 의미를 모르기 때문이다. 좋은 꿈인지 나쁜 꿈인지, 상상도 안 된다. 단 하나도 의미를 알 수 없다. 애초에 아무 의미도 없는지 모르지만.

전에 갔던 서점의 청년이 말한 것처럼, 꿈을 이해할 필요는 없을지도 모른다. 그 전에 자신을 이해하는 게 먼저일까? 하지만 어째선지 그 꿈이 무섭다. 하지만 일단 자신을 이해하는 게 먼저. 하얀색, 뼈, 코끼리. 자신. 나. 나라는 인간. 내가 나아갈 길.

꾸벅꾸벅 졸고 있으려니 머리맡에 둔 휴대전화가 울렸다. 또 유리일지 모른다는 생각에 잠이 번쩍 깼다. 황급히 휴대전화를 붙잡아 통화 단추를 눌렀다.

"여보세요?"

"아, 나야."

귀에 들린 것은 남자의 굵게 갈라진 목소리였다. 짐작 가는 바가 전혀 없어 그대로 아무 말도 할 수 없었다.

"어이, 나야. 이 몸께서 전화하는데 무시해? 어이, 요스케, 듣고 있어?"

이 잘난 말투의 정체를 깨닫자 무심코 웃고 말았다.

"뭘 웃어? 어이, 괜찮아, 요스케?"

"구로세." 나는 말했다. "오랜만이야."

"오오, 살아 있었냐, 이 망할 백수 녀석아."

"그래, 유감스럽게도 아직 살아 있나 봐. 그쪽도 살아 있는 것 같아 유감이네."

내가 말하자 구로세도 "내가 더 유감이야"라고 말하며 웃었다.

"그나저나 뭐야? 전화했지? 급한 용건이야?"

급한 용건이라고 생각했다면 좀 더 빨리 전화를 했어야
지, 하고 생각하면서 대답했다.

"급한 일은 아니지만, 조만간 식사라도 하자고."

"허, 술도?"

"그래, 술도."

"어쩔 수 없지. 가주마. 언제야?"

"난 아무 때나 괜찮지만 넌?"

"모레라면 비어 있어. 9시 어때?"

"알았어. 모레 9시."

"좋아. 그럼."

구로세는 그 말을 끝으로 전화를 끊었다. 나는 잠시 휴
대전화를 바라보다가 머리맡에 내려놓고 눈을 감았다.

기리코는 만났다. 다음은 구로세다.

아들이 살해당했을 때, 언론의 집요한 취재로 피폐해진
나를 한동안 재워준 일은 지금도 잊지 않았다. 그리고 구
로세는 이 세상에서 유일하게 친구라고 부를 수 있는 상
대였다. 죽기 전에 한 번은 만나야 한다. 구로세를 만나면
만나고 싶은 사람은 전부 만난 셈이다. 그것으로 끝이다.

그러고 보니 형은 옛날에, 사람의 인생은 한 권의 소설
같다는 말을 자주 했다. 다들 다른 이야기를 가지고, 결말

도 제각각이라고, 들은 적이 있다.

'형의 인생은 어떤 소설이야?'

형은 진지하게 뭔가 생각하는 표정을 짓다가 이윽고 대답했다.

'내 소설은 짧아. 남은 페이지가 얼마 안 돼.'

그것은 형이 상해죄로 체포되기 일주일쯤 전에 나눈 대화였다. 당시 형은 서른네 살, 나는 스무 살 대학생이었다. 그 후 형은 두 남자를 폭행해, 체포되었다. 재판이 끝나고 구치소에서 나온 형은 집에 돌아오지 않고, 밤까지 어디선가 시간을 보냈다. 나와 아버지는 집에서 식사도 하지 않고, 대화도 없이, 그저 기다렸다. 그런 상황을 알지도 못하고 형은 어디서 술을 마시고 곤드레만드레 취해, 높은 펜스를 뛰어넘어, 전철이 오기 직전, 선로 위에 손목을 올려놓았던 것이다.

형. 형은 뭘 하고 싶었던 거야?

나는 몇 번이나 물었다. 형이 폭행한 두 남자에게도 물어보았지만 그들은 형을 알지도 못할뿐더러, 길을 가는데 형이 갑자기 덤벼들었다고 했다. 그들은 재판에서도 그렇게 주장했고, 목격자 가운데 경찰관이 있어 그 증언을 뒷받침했다.

형은 태어나서 그때까지 누군가에게 폭력을 휘두른 적이 한 번도 없었는데. 중학교 때 괴롭힘을 당했던 나를 지켜주었고, 밤낮으로 일해 내가 고등학교에 갈 학비를 마련해주었고, 밥도 매일 차려주었던 다정한 형. 그런 형과 폭력이 내 안에서 도저히 연결되지 않았다. 하지만 모든 것은 형의 죽음으로 인해 어둠 속에 파묻혔다. 내 손이 닿지 않는, 깊은 곳으로.

형. 형은 뭘 하고 싶었던 거야?

어둠 속에서, 다시 물어본다.

물론 대답은 없다. 만약 형이 살아 있었더라도 대답해주지는 않았으리라. 중요한 이야기는 해주지 않는다. 형은 그런 사람이었다. 구치소에서도 모든 면회를 거부했을 정도다.

형. 유키하고 함께, 기다려줘. 나도 이제 금방이야. 이제 곧 거기로 갈 테니. 형은 그때, 내게 자살한 이유를 가르쳐줄까?

내게 남은 페이지는 얼마 안 된다.

잠들기 직전, 누군가가 페이지를 넘기는, 희미한 소리를 들었다.

나의 페이지다.

네 번째

구로세는 입을 열자마자 "대체 뭐야, 이 망할 백수 녀석아" 하고 내게 험한 말을 퍼붓더니 "잘 지냈냐, 요스케" 하고 웃었다. "그럭저럭 잘 지낸다고 할까"라고 대답했다.

구로세는 커다란 몸을 휘적거리며 선술집 방으로 들어와 내 눈앞에 앉았다. 오늘도 회사에 나갔기 때문인지 회색 양복 차림이었다.

구로세는 물이 든 유리잔을 들고 온 점원에게 생맥주를 주문했다. 그리고 "아아, 후우" 하고 말하며 물수건으로 얼굴을 닦기 시작했다.

"그래서 오늘은 무슨 용건이야? 바쁜 이 몸을 불러내다니."

"딱히 별다른 용건은 없는데."

내 말에 구로세는 "하하하!" 하고 호쾌하게 웃더니 내 가슴께를 손가락질했다.

"그나저나 백수 녀석이 왜 양복 같은 걸 입고 있어?"

나는 지금 걸치고 있는 검은 양복을 쳐다보았다.

"아니, 요즘 입질 않아서 가끔은 괜찮을 것 같아서. 그리고 양복을 입으면 백수로 보이지 않잖아."

구로세는 또 호쾌하게 웃었다. 나는 구로세의 웃음이 좋았다. 큰 소리로, 뭐든지 내보여주는 웃음.

점원이 맥주를 가져오자 구로세는 손으로 귀를 덮고 손가락으로 긁적였다. 점원이 물러나 장지문을 닫자 그제야 손을 내렸다.

나는 구로세를 타일렀다.

"아직 못 고쳤네."

"뭘?"

"귀를 가리는 버릇. 네 와이프도 그랬잖아. 그런 걸 신경 쓰니까 안 되는 거라고."

"시끄러워. 별로 신경 쓰지 않아. 버릇이야, 버릇."

구로세는 어렸을 때부터 유도를 해서 그런지, 귀가 만두처럼 납작하다. 흔히 '유도 귀'라고 하는 것이다. 구로세는 그런 귀를 누가 보는 게 싫은지, 처음 만난 사람이나 가게에 들어갈 때면 손을 올려 귀를 가리는 버릇이 있다. 내가 "숨기고 싶으면 머리를 기르지 그래?" 하고 제안하자 "덥잖아"라며 일축했다. 커다란 덩치에 어울리지 않게 꽤나 까다로운 남자다.

"그나저나 요스케, 전보다 마른 것 아니야?"

그 말에 뺨을 만져보고, 몸을 굽어보는데 순간 새하얀 뼈가 보인 것 같았다.

"왜 그래?"

구로세가 의아한 표정으로 묻는다. 나는 눈을 껌뻑거리다 다시 몸을 굽어보고, 만져보았다. 양복을 입고, 가느다란 넥타이를 하고 있다. 마르긴 했지만 뼈는 보이지 않는다. 고개를 들어 "별일 아니야"라고 말했다. 몸이 바르르 떨렸다. 진정하기 위해 작게 숨을 토해냈다.

"그나저나 와이프는 건강해? 아키코 씨 말이야."

내 물음에 구로세는 눈썹을 찌푸렸다.

"뭐, 여전히 건강하다고 할까, 씩씩하다고 할까. 기가 찰 정도로 기운이 넘쳐."

그렇게 말한 구로세에게서는 당연하게 존재하고, 반복되는 단조로운 생활의 냄새가 났다. 내가 그 '당연한 생활'을 잃었기 때문일까. 무척 신선했다. 하지만 어째선지 조금, 쓸쓸해졌다.

"그렇구나. 좋은 일이네. 여전히 요리 솜씨도 좋고?"

"당연하지. 우리 집사람 요리가 맛있다는 건 너도 몇 번이나 먹어봤으니 알잖아? 아키코는 언젠가 요리 책을 낼 거야. 그리고 날개 돋친 듯 팔려서 한몫 단단히 벌겠지. 음식의 힘은 우습게 볼 수 없어. 게다가 제2탄, 제3탄을 출판해서 우린 꿈같은 인세 생활에 돌입하는 거지."

구로세는 자랑스럽게 웃더니 맥주를 단숨에 들이켰다. 테이블에 있는 단추를 눌러 점원을 불러, 생맥주 세 잔을 추가했다. 물론 전부 내가 마실 술이다.

점원이 장지문을 닫고 떠났다. 구로세는 나무젓가락을 갈라, 눈앞에 있는 계란말이를 호쾌하게 베어 물었다. 맛이 만족스러운지 기쁜 듯이 눈웃음을 친다. 계란말이는 옛날부터 변함없이 구로세가 좋아하는 음식이다. 술집에 가면 반드시 세 개는 주문한다. 구로세는 우물우물 입을 움직이며 "그러고 보니 나, 이사했다"라고 말했다.

"이사? 어디로?"

"아니, 근처이긴 해. 아파트 단지야, 단지."

그렇게 말하며 의미심장하게 웃었다.

"단지라는 것 말이야, 뭔가 음이 좋지 않아? 들어봐, 단, 지."

뭐가 좋다는 건지 도저히 이해할 수 없어 "어디가?"라고 물었다.

"단지라니까? 단지 단지, 아파트 단지의 주부. 어때?"

그래도 무슨 뜻인지 몰라 어리둥절한 표정을 지으니 구로세가 또 혀를 차고는 말을 이었다.

"느낌이 좋잖아. 아파트 단지의 주부. 뭔가 섹시하지 않아? 섹시."

그는 능글맞게 웃더니 섹시, 하고 입을 벙긋거리며 동의를 구하듯 나를 쳐다보았다. 체념한 나는 "응" 하고 수긍했다. "그러네."

"그렇지? 다음에 한번 와. 꽤 넓고 값도 싸."

"싸?"

"당연하지. 같은 면적 임대 맨션의 3분의 1 정도일까. 싸지, 넓지, 이건 정말 최고야. 추첨에 붙는 데 시간이 걸렸지만."

"아파트는 추첨이야?" 나는 깜짝 놀라 물었다.

"이래서 시티보이하고는 말하기 싫다니까."

구로세는 기가 막힌다는 듯이 말했다.

"이것저것 조건이 까다로워. 하지만 맨션에 비하면 이웃 교류가 귀찮아. 열람판이나 배수구 청소처럼 이웃하고 어울려야 하는 이벤트가 산더미야."

장지문이 열리더니 점원이 생맥주 캔 세 개를 테이블에 내려놓았다. 구로세는 또 귀를 손으로 가렸다. 점원이 떠나자 담배를 꺼내 물고 라이터로 불을 붙였다. 담배는 말보로였다. 내가 일을 그만두었을 때 그대로다. 구로세가 맛있다는 듯이 담배를 빨아들이고, 천천히 연기를 내뱉었다. 나를 향해.

"그런대로 좋은 곳이야. 조용하고, 밤에는 어둡고, 역은 멀고, 근처에 편의점은 없고, 이웃하고 어울릴 일도 많아 재밌어. 집사람은 고생이지만."

아파트 생활에 대한 뜨거운 강의가 한참 더 이어진 후, 구로세가 뭔가 생각났다는 듯이 "그러고 보니"라고 말했다. 나는 "뭐?" 하고 남아 있던 생맥주를 비웠다.

"그러고 보니 너, 아직 그 커다란 맨션에 사냐?"

"그래."

구로세가 한쪽 눈썹을 찌푸렸다.

"여전히 혼자서?"

"그렇지."

구로세가 얼굴을 확 일그러뜨렸다.

"17층이었지? 방 세 개?"

"네 개."

"그런 고층 맨션은 힘들지 않아? 일도 안 하면서, 집세 내기 힘들잖아. 더군다나 혼자서."

나는 잠자코 고개를 끄덕이고 처음에 주문했던 진저에 일을 마시면서 집세 내는 것도 이제 곧 끝나, 하고 가슴속으로 대답했다.

"누구 좋은 상대 없어?"

구로세가 진지한 얼굴로 물었다.

나는 "딱히 없어"라고 대답하고 화제를 바꾸려고 질문을 던졌다.

"그나저나 야스히로는 잘 지내?"

그 질문에 구로세는 아주 잠깐, 당혹스러운 표정을 지었다. 그리고 "그럭저럭" 하고 짧게 말하고는 고개를 숙이고 계란말이에 젓가락을 가져갔다.

구로세의 아들은 내년에 중학교에 들어간다. 구로세는 아들을 끔찍이 아껴, 옛날에는 묻지도 않았는데 줄기차게 아들 이야기를 하곤 했다.

야구를 시작했다. 시험에서 좋은 점수를 받았다. 반에서 키가 제일 크다. 글짓기 실력이 좋다. 버스에서 노인에게 자리를 양보했다. 노래를 잘한다. 게임은 별로 안 한다. 어이, 요스케, 우리 아들은 나중에 거물이 될 거야. 그것도 그냥 거물이 아니야. 거물 중의 거물이지. 하지만 그런 이야기를 들은 것도 내 아들이 살해당하기 전까지였다. 그날 이후로는 마음을 쓰는 건지, 아이 이야기는 일체 하지 않게 되었다.

구로세는 계란말이를 다 먹고 고개를 들더니 이제야 기억났다는 듯이 물었다.

"그래, 그거다, 모스라. 기억해?"

물론 기억한다. 내가 있었던 부서의 부장으로, 회식 때면 꼭 바닥을 애벌레처럼 꿈틀꿈틀 기어다니며 "모스라입니다" 하고 개그를 하는, 밝고 활달한 사람이었다.

"모스라 말이야, 아직 네 후임을 안 뽑았어."

"정말?"

"그래. 아직 뽑을 마음이 없는가 보더라. 적어도 내년 초까지는. 네가 그만둔 후로 쭉 광고는 외주로 돌리고 있어."

나는 제작부에서 단 한 명뿐인 카피라이터였기 때문에

그만두면 바로 다른 사람을 고용할 줄 알았다. 쭉 외주를 쓰고 있다는 말에 왠지 심경이 복잡했다.

"그래서 오늘 너를 만난다고 했더니, 할 말이 있다고 그러는 거야. 도이 선수에게 전해달라고."

모스라 부장은 기분이 좋을 때나 남을 칭찬할 때 상대를 '선수'라고 불렀다. 의미는 알 수 없었지만 나는 도이 선수라고 불렸다.

"모스라 부장이 뭐라고 해?"

구로세는 양쪽 눈초리를 손가락으로 잡아당겨 축 처진 눈매를 만들더니 입술을 비죽였다. 그 얼굴이 모스라 부장과 조금 닮아 있어 피식 웃었다.

"어이, 도이 선수!"

구로세가 모스라 부장의 목소리를 흉내 내어 말했다.

"언제든, 돌아와라."

일순, 후회 같은, 아픔 같은, 그런 감정이 치밀었다.

이런 내게. 이런, 가치 없는 내게.

도이 선수. 언제든, 돌아와라.

정말로 모스라 부장의 목소리가 들린 것 같아 조금 슬퍼졌다.

"뭐, 모스라뿐만 아니라 회사 사람들 모두 네가 돌아오길 바라고 있어. 나는 아니지만."

구로세가 그렇게 말하고는 호쾌하게 웃었다. 나도 덩달
아 웃었다.

"뭐, 다음에 나의 멋진 아파트에 맛있는 밥이나 먹으러
와라. 집사람도 너하고 이야기하고 싶다니까, 언제든지."

구로세는 명함 뒤에 새 주소를 적어 내밀고는 한 번 더
"맛있는 밥이나 먹으러 와"라고 말했다.

그 후로는 구로세가 올림픽에 대해 열변을 토했다. 나
가타가 살아 있었다면 프랑스한테 지지 않았을 거라는 이
야기를 한참이나 듣다가 가게에서 나왔다.

"그럼, 또 보자."

얼굴이 벌게진 구로세가 그렇게 말하고 집을 향해 걸어
갔다. 나는 차가운 하늘 아래, 구로세가 시야에서 사라질
때까지 하염없이 바라보았다. 자살한다는 말은 할 수 없
었다. 이거면 된다. 붉은 편지는, 물론 보내지 않겠다. 나
는 그렇게 결심했다. 이렇게 끝맺으면 된다. 구로세에게
는 해외로 이민을 갔다는 편지를 써야겠다. 그대로 시간
이 흘러, 그의 안에서 내 기억이 사라지면 된다. 저 행복
한 얼굴에 그늘을 드리울 필요는 어디에도 없다. 앞으로
도 매일, 행복하길 바란다.

나는 코트 주머니에 손을 넣고 걸음을 뗐다. 오늘도 잔뜩 마시겠지. 그리고 잠에 빠져. 페이지가 넘어간다. 모든 것은 마지막을 향하고 있다.

남은 페이지는 얼마 안 된다.

네 번째 면담 전날, 저녁 8시에 휴대전화가 울렸다.

유리일지도 몰라 파스타를 삶던 가스 불을 줄이고 거실 테이블에 두었던 휴대전화를 들었다. 하지만 화면 표시를 보고 마음이 무겁게 가라앉았다.

"……여보세요."

"요스케냐?"

쉰 목소리가 들렸다.

"그래요. 무슨 일이에요? 지금 파스타 삶는 참인데."

"저기 말이다." 그렇게 말하던 아버지가 입을 다물었다. 메마른 침묵에서 망설이는 기색이 느껴졌다.

"왜요?"

"저기 말이야, 이번 달엔, 아직인데."

무슨 말을 하는지 도통 알 수 없었다. 주방으로 돌아가 가스 불을 키웠다.

"뭐가요?" 되물었다.

또다시 침묵이 흘러나와 점점 울화가 났다. 그리고 한참 생각하다가, 이윽고 이해했다.

"저기."

"돈 말이죠?" 그렇게 말하며 가스 불을 끄고 소파에 앉아 한숨을 쉬었다.

"그래. 이번 달에는 아직 안 들어와서, 무슨 일인가 싶어서."

"돈 내놓으라고 독촉하는 거예요?"

내가 차가운 목소리로 말하자 아버지는 침묵했다.

"그런 건, 아니다만."

그 나약한 목소리에 울화가 단숨에 치밀어, 마구 욕설을 퍼붓고 싶었다. 돈을 독촉할 때만 연락하는, 당신 같은 인간에게—.

그래도 나는 가까스로 감정을 억눌렀다. 묻고 싶은 게 생각났기 때문이다. 아버지하고는 죽을 때까지 만날 마음이 요만큼도 없지만, 그래도 확인해야 할 일이 있다. 이것이 마지막 전화가 될 테니까.

"아버지, 뭐 좀 물어봐도 돼요?"

"그래, 무슨 일이라도 있었느냐?"

"아무 일 없어요. 돈은 꼭 부칠 테니까, 질문에 대답해

쥐요."

침묵. 의심하고 있다. 나는 잠자코 기다렸다.

"뭘 묻고 싶은 게냐?"

이윽고 아버지가 체념하고 입을 열었다. 나는 냉정하게
말했다.

"먼저, 지금부터 질문을 몇 개 할 거예요. 그 질문에 대
답하지 못하거나, 내가 거짓말이라고 느끼면 앞으로 돈은
영영 부치지 않을 겁니다."

침묵.

"애당초 나는 아버지한테 매달 돈을 부칠 이유도, 의무
도 없어요."

그 사실이 아버지 머릿속에 똑똑히 스며들기를 기다렸
다가 말을 이었다.

"이해했어요? 아버지, 잘 생각해야 합니다. 질문에 똑
똑히 대답하고 돈을 받을 건지, 대답하지 않고 돈을 받지
않을 건지. 어쩔 건지 대답해요."

아버지는 일 분쯤 침묵했다. 하지만 나는 아버지가 어
떻게 대답할지 잘 알고 있다. 이 노인은 아들이 보내는 돈
이 없으면 생활이 불가능하다. 가능하다 해도 최저한의
생활이다. 삶의 낙인 파친코를 못 하게 된다. 이 노인이

그런 생활을 견딜 수 있을 리 없다.

"알겠다."

마지못한 아버지의 대답을 들은 나는 소파에 몸을 깊이 기댔다.

"당신은 자기 자식을 한 번도 사랑하지 않았어요."

나는 말했다.

"적어도 내가 철이 든 후로는 당신에게 사랑받고 있다고 느낀 적이 한 번도 없었어요. 형도 똑같은 생각을 했어요. 그리고 당신은 우리를 돌보기를 일체 포기하고, 형에게 전부 떠맡겼죠. 나는 형 손에 자란 거나 마찬가지예요. 형이 일해서, 내 학비를 냈고, 밥을 차려줬어요. 하지만 당신은 아무것도 하지 않았어. 자기 방에 틀어박혀 아침이 되면 파친코 가게에 가고, 돌아오면 자버렸죠. 당신은 한 번도 우리를 생각하지 않았어요. 형 재판에도 가지 않았고요. 왜죠?"

답답한 침묵이었다. 내가 이런 질문을 할 줄은 생각도 못 했으리라. 나도 그랬다. 이런 식으로 과거의 일을 물을 셈은 아니었다. 하지만 나는 곧 죽는다. 묻고 싶은 걸 물어보는 게 어떻단 말인가.

"대답해요." 재촉했다.

침묵이 한참 더 이어지다가, 쉰 목소리가 들렸다.

"잘 몰랐다."

"몰랐다고요? 뭘?"

아버지가 조용히 숨을 토해내는 소리가 들렸다. 그리고 다시 숨을 들이쉰다.

"내게 아이가 있고, 움직이고, 성장한다는 게. 그걸 봐도 실감이 나지 않았고, 내게 아이가 있다는 게 어떤 일인지, 정말 몰랐다. 네 어미 노부코도 집을 나가버렸고."

전화 너머에서 오열하는 소리가 들렸다.

내게 아이가 있다는 게 어떤 일인지, 정말 몰랐다.

아버지의 말이 거짓이 아니라는 것은 감으로 알 수 있었지만 받아들이기는 쉽지 않았다. 한 남자의 고백은 얼음처럼 차갑게, 가슴속에 커다란 동굴을 만들었다. 그 동굴에 차가운 바람이 불어, 어디론가 빠져나갔다.

"그랬군요."

나는 대답했다. 이 이상 무슨 말을 해야 좋을지 몰랐다. 이 이야기에는 종착점도 없고, 미래도 없다. 그만 끝내자. 하지만 마지막으로 한 가지만, 물어보자.

"우리 형제를, 사랑하지 않았던 거죠?"

영원하게 느껴질 정도로 긴 침묵이 흐르고, 이윽고 아

버지가 갈라진 목소리로 말했다.

"그런지도 모른다."

또다시 차가운 바람이, 가슴의 동굴을 빠져나갔다.

"그렇군요. 저도 그래요." 나는 말했다. "하지만 형은 아버지를 사랑했어요. 몇 번이나 그렇게 말하는 걸 들었어요."

나는 그 말이 그에게, 세포 하나하나에 파고들기를 기다린 다음 뒷말을 이었다.

"돈은 부칠게요. 그리고 조만간 아버지한테 편지를 쓸 거예요. 제가 보내는 마지막 편지입니다. 분명 기뻐하시겠죠."

붉은 봉투에 든 편지다. 놀라고, 그리고 기뻐하겠지.

아버지가 "요스케" 하고 신음하듯 말했지만 무시했다. 이로써 이 남자와는 이별이다.

"안녕. 정말, 지금까지 고마웠어요."

하얀색이 퍼진다. 나는 둥둥 떠 있었다. 또 두 마리 코끼리가 나오겠구나, 멍하니 생각했다.

둥둥 떠다니며 코끼리를 찾았다. 하지만 코끼리는 없었다. 그렇지만 사람이 두 명, 보였다.

한 명은 드러누워 있는 여성. 해골이 아니다. 얼굴도 보인다. 입술이 두툼하다. 노란 귀걸이를 하고 있다. 머리카락이 길다. 나이는 서른 중반쯤일까? 그 여성은 어째서인지 알몸으로 하얀 땅바닥에 누워 있었다.

한편, 그 옆에는 남자가 서 있다. 얼굴은 잘 보이지 않는다. 안개가 끼어 있는 듯하다. 이 남자도 알몸이었다. 몸매로 볼 때 중년 남성 같다.

자세히 보니 남자는 손에 커다란 톱을 들고 있었다. 느릿느릿 몸을 웅크리더니 톱날을 여성의 목에, 겨누었다.

그리고 그었다.

붉은색. 하얀색 속에 흘러넘치는 붉은색은 선명했다. 목에서 흘러넘치는 붉은색.

나는 눈을 돌려 평소의 코끼리를 찾았다. 하지만 코끼리는 없다. 하얀색밖에 없다. 눈에 보이는 것은 여성의 목을 톱으로 잘라내려는 남자. 그리고 붉은색을 목에서 뚝뚝 떨어뜨리는 여성.

깨어나고 싶다. 간절히 바랐다. 스스로도 이것이 꿈이라는 것은 인식하고 있기 때문이다. 하지만 잠이 깨지 않는다. 뼈를 자르는 빠각거리는 소리가 들렸다.

이윽고 여성의 목이 잘려나가, 데굴데굴 굴러갔다.

남자는 여성의 몸을 굽어보고 있다. 얼굴을 덮은 안개에서 부우우웅, 하는 나지막한 소리가 들리기 시작했다.

나는 여성의 얼굴을 하염없이 바라보았다.

이윽고, 목이 절단된 여성의 눈이 감겼다가, 번쩍 소리를 내며 다시 한 번 뜨이자 눈알이 검게 변했다. 나는 도움을 청했다. 하지만 내게는 몸이 없고, 목구멍도 없다. 목소리는 나오지 않고, 시선을 돌릴 수도 없었다.

상점가 중심에 있는 분수 옆에서 취재진을 발견했다.

양복을 입은 젊은 기자가 분수 앞에 서서, 팔짱을 끼고 주위를 살피고 있다. 그 옆에 있는 카메라맨은 분수 가장자리에 앉아 커다란 카메라를 무릎에 얹고 있다. 조금 떨어진 곳에서는 야구 모자를 쓴 젊은 남자가 바닥에 세운 삼각대에 턱을 괴고 있었다.

주위를 살피던 기자는 한 중년 여성을 점찍어 다가갔다. 카메라맨은 재빨리 일어서서 카메라를 메고 여성에게 돌렸다. 이 거리에서 무엇을 취재하는지는 고민할 필요도 없다. 절단마다. 새로운 희생자가 나왔는지도 모른다. 나는 카메라에 찍히지 않도록 길가를 따라 걸었다. 이발소 앞에 도착하자 바쁜 걸음으로 계단을 올랐다.

"어머, 어서 와."

'토머스 & 뤼미에르'의 주인, 시오자키 사에코는 남색 기모노를 입고 있었다. 선명한 하얀 꽃무늬도 보인다. 이 색상 조합은 그녀의 짧은 단발에 잘 어울렸다.

"따뜻한 커피하고, 믹스 샌드위치를."

나는 카운터에 앉아 주문했다. 시오자키 사에코는 조용히 웃으며 주방으로 들어갔다. 낮이라 그런지 테이블 석은 꽉 찼고, 카운터에도 손님이 두 명 있다. 양복을 입은 회사원이 많았다.

나는 오른쪽 손목을 어루만졌다. 오늘 아침 일어났을 때부터 아팠다. 하지만 못 견딜 정도는 아니라 병원에 갈 필요는 없을 것 같았다. 코트를 벗고, 주머니에서 문고본을 꺼내 읽기 시작했다. 곧 따뜻한 커피가 나왔고, 몇 분 후에 믹스 샌드위치가 카운터에 놓였다. 그것을 보고 냄새를 맡으니 요즘 통 없었던 식욕이 솟아오르는 것을 느꼈다. 신비한 믹스 샌드위치다.

"그나저나 뉴스 봤어?"

카운터 안에서 글라스를 닦으며 시오자키 사에코가 물었다.

"절단마. 이번으로 여섯 명째래."

얼굴을 찌푸리며 "언제쯤 잡힐까?" 하고 탄식하듯 말했다.

"뉴스는 보지 않았지만 밖에 취재진이 있던데요. 그 취재겠네요."

"어머, 아직 있었어? 뉴스 나올지도 모르겠다."

시오자키 사에코는 카운터 안에 있는 텔레비전을 켜고 뉴스 채널을 찾았다. 보고 싶은 내용은 바로 나왔다. 절단마 뉴스다. 무심코 텔레비전을 보니 피해자로 보이는 여성의 사진이 비쳤다. 회사원일까? 회사 유니폼 차림으로 여럿이서 찍은 사진이었다. 나는 금세 그 얼굴이 눈에 익다고 생각했다. 긴 머리. 두터운 입술. 어젯밤 꿈에 나왔던 여성과 판박이다. 하지만 그것도 단순한 우연이리라. 닮은 사람은 수없이 많다. 나는 어젯밤 꿈과 사건을 연관 짓지 않으려 애썼다. 하지만 손끝은 바들바들 떨리고 있었다.

시오자키 사에코는 한숨을 쉬며 절단마가 음식점에 주는 경제적 타격에 대해 더듬더듬 논하기 시작했다. 그녀의 말에 따르면 절단마가 처음 사람을 죽인 후로 밤에 외출하는 사람들이 극단적으로 줄었고, 새로운 살인이 발생하면 외출 인구는 더욱 줄어든다고 한다. 음식점뿐만 아

니라 이 거리의 경제 자체에 대한 영향도 심각하다고 한
다. 그 화살은 범인을 체포하지 못하는 경찰에게 돌아가,
역 앞 파출소에 돌팔매질을 하거나, 벽에 스프레이로 낙
서를 하는 피해 사례도 나왔다(그 낙서의 내용은 '일 좀 해
라'였다고 한다).

나는 이야기를 들으며 믹스 샌드위치를 먹었고, 시간이
12시 반이 되자 커피를 비우고 코트를 입었다. 손끝의 경
련은 이미 멎었다. 이것은 나의 단순한 착각이다. 게다가
그것은 그저 꿈이다.

"잘 먹었습니다."

자리에서 일어나 시오자키 사에코에게 말했다.

"벌써 돌아가게?"

시오자키 사에코는 아쉬운 기색으로 눈썹을 찌푸렸다.
그 얼굴을 새삼스럽게 쳐다보니 이 사람은 대체 몇 살일
까 궁금했다. 스물다섯이라고 해도 믿겠고, 마흔이라고
해도 믿겠다. 요염하고도 단정한, 신비한 얼굴이다.

"또 올게요."

계산을 마치고 말했다.

"알았어. 다음에 천천히 얘기해줘."

"네? 뭘요?"

내가 묻자 시오자키 사에코는 얼굴을 살짝 들이대고 귓가에 속삭였다.

"여행 이야기. 유급 휴가 내고 여행 다녀왔다면서?"

지하 거실로 들어가 코트를 벗자 모미지마치 G4가 말했다.

"도이 님, 네 번째군요."

나는 순간 무슨 말인지 몰라 눈썹을 찌푸렸지만 곧 그것이 면담을 뜻한다는 것을 깨달았다.

"그러네요. 네 번째입니다."

모미지마치 G4는 고개를 끄덕이고 컴퓨터에 연결된 기계에서 붉은 카드를 뽑아 양복 안주머니에 넣었다. 그리고 자세를 가다듬더니 무표정하게 내 쪽을 바라보았다. 오늘은 카드와 맞춘, 붉은 넥타이를 매고 있다.

"저, 왜 그러십니까?"

내가 묻자 그는 순간 뭐라 말하려 했지만 바로 고개를 가로젓더니 다시 나를 멍한 표정으로 바라보았다. 나는 불편한 마음에 눈을 피해 테이블에 있는 그의 손가락을 쳐다보았다. 유난히 긴, 열 개의 손가락. 여전히 깔끔하게 손질한 손톱은 광택을 발하고 있다. 관절 부분의 주름이 묘하게 옅어, 어딘가 어린아이 손처럼 보였다. 길쭉한, 아이의 손가락.

"그럼 잠시 기다리십시오."

그가 일어날 때 한순간이지만 눈이 마주쳤다. 그는 바로 등을 돌려 빠른 걸음으로 방에서 나갔다. 조금 있다가 문이 여닫히는 소리가 났다.

나는 그가 있었던 공간으로 시선을 돌려, 머릿속으로 조금 전의 기억을 재생해보았다. 위화감이 있었다. 마지막에 눈이 마주친 순간, 그의 눈동자에 평소에는 없는 내면 같은 것이 있었다.

지금까지는 대화도, 미소도, 전부 가짜 같아 내면이나 입체감, 온도조차 느껴지지 않았다. 하지만 방금 전의 그는 아주 잠깐이었지만 눈에 뭔가가 감돌았다. 그것은 무엇일까 곰곰이 고민했다. 거기에는 뭔가, 감정 같은 것이 있었다. 눈동자가 단순히 렌즈로써 나를 비추었던 게 아니라, 감정을 가진 시선이었다. 한참 고민해보았지만 아무 소득도 없었다. 딱 한 가지 알아낸 것은 그에게도 감정이란 것이 있고, 내면과 온도도 있는 보통 사람이라는 사실이었다. 나하고 무엇 하나 다르지 않은, 보통 사람이다. 그 사실에 나는 왠지 마음이 놓였다.

기회가 있으면 뭔가 말을 걸어볼까. 상대방도 뭔가 하고 싶은 말이 있는 눈치였고.

나는 오른쪽 손목을 가만히 바라보았다. 통증은 서서히 가라앉고 있었다.

"여엉차영차, 영—차!"

담당관은 테이블에 서류 다발을 턱 내려놓더니 후우, 하고 숨을 내뱉었다. 손등으로 이마의 땀을 닦는다.

"미네랄워터면 될까요?"

나는 주방에서 물었다.

"앙? 아아, 물이면 돼. 미네랄 그거 있지? 고마워서 어쩌나."

나는 그의 앞에 미네랄워터 페트병을 내려놓고 맞은편에 앉았다. 주방에서 가져온 스틱슈거를 커피에 넣어 스푼으로 저었다.

"아이고야, 여기는 정말 더워서 싫다니까. 밖은 저렇게 추운데, 여기는 진짜 덥네. 답답해."

담당관은 그렇게 말하며 잿빛 양복 재킷을 벗고 줄무늬 넥타이를 헐렁하게 풀었다. 페트병 마개를 따서 미네랄워터를 벌컥벌컥 소리 내며 마신다.

"온도 좀 낮출까요?"

나는 그렇게 말하고 에어컨을 쳐다봤지만 담당관이 바로 "불가능해"라며 손을 젓더니 얼굴을 찌푸리며 말했다.

"이곳 온도는 관리실에서 일괄 관리해서 각 방에서 조절할 수 없어. 정말, 쓸모없는 방이야 진짜. 그나저나 그거 봤어?"

"네? 그거라니 뭡니까?"

내가 묻자 그는 얼굴을 잔뜩 찌푸리며 집게손가락을 빙글빙글 돌렸다.

"그거 말이야, 그거, 절단마."

"아아." 그거였나. "아까, 상점가에서 취재진을 봤습니다. 아마 절단마를 취재하는 거겠지요."

"그렇다니까, 나도 봤어, 경찰서 앞에서. 이번에 살해당한 게 몇 번째지? 다섯 번째? 여섯 번째?"

조금 생각해보고 대답했다.

"여섯 번째일 겁니다. 다섯 번째 피해자가 살해당했다는 뉴스를 지난달에 봤으니까요."

또다시 목이 잘려 살해당한 여성의 꿈을 떠올렸다. 그 꿈에 나온 여성이 피해자와 닮았다는 사실도. 하지만 가볍게 고개를 저으며 그 생각을 떨쳐내려 했다. 그리고 나는 오른쪽 손목을 문질렀다. 나아가던 통증이 다시 심해진 기분이 들었기 때문이다.

"여섯 번째." 담당관이 얼굴을 찌푸렸다. "그런 쓸모없는 인간이 이 동네에 있다니, 최악이야 진짜. 게다가 지난번하고 이번 범행, 간격이 짧지 않아? 아직 지난 사건에서 한 달도 지나지 않았잖아?"

"그러네요. 확실히 빠르군요. 전에는 2년 정도 간격이 있었는데."

담당관은 말세라느니, 최악이라느니, 경찰은 뭘 하느니 하며 절단마 이야기를 몇 분 동안 늘어놓다 범인은 경찰 관계자일지도 모른다는 지론을 펼쳤다. 잡히지 않는 이유가 수사수법을 숙지하고 있기 때문이라고. 이 동네는 절단마 소문으로 난리라고 했다. 내가 대충 맞장구를 치자 "뭐, 일단은 시작할까?"라고 말했다.

"어, 우선은 이거야, 이거."

담당관이 서류 다발에서 종이 몇 장을 꺼내 내밀었다.

"그거, 지난번에 말했던 주거 맨션이나 지금 같은 걸 어떻게 할지에 대한 서류야. 이미 생각했겠지만 한 번 더 전부 읽어보고, 그다음에 사인해. 인감도 찍고."

나는 담당관이 내민 서류를 받아들고 다시 찬찬히 훑어

보았다. 이번에 결정할 내용에 대해서는 거의 망설일 필요가 없었다. 맨션 처리는 전부 센터에 맡긴다. 남은 기물은 전부 폐기. 보험이나 연금, 신용카드 해약, 처리도 센터에 맡긴다. 예금이나 생명보험 해약금은 전부 아버지에게 송금한다. 돈이 들어가면 아버지는 기뻐하겠지. 덤으로 사랑한 적도 없는 아들이 죽었다는 통지도 받는다. 기뻐서 덩실덩실 춤출지도 모른다.

나는 서류를 한 장, 한 장, 꼼꼼히 읽고, 가급적 깔끔한 글씨로 서명하고, 천천히 힘 있게 인감을 찍었다. 담당관은 그 사이 노트북 화면을 노려보며 뭔가 키보드를 두드리고 있었다.

모든 서류를 처리하는 데 30분 가까이 걸렸다. 도중에 주방에 가서 커피를 한 잔 더 탔다. 이번에는 설탕을 넣지 않았다.

"어디어디어디어디, 잠깐 확인할게."

담당자는 안경을 쓰고 서류를 한 장, 한 장 확인했다. 부족한 부분이 있으면 채우게 하고, 글자를 잘못 쓴 곳에는 사선을 긋고 그 위에 인감을 찍으라고 했다. 내가 인감을 찍자 후후 입김을 불어 말렸다.

그리고 10분 만에 서류 확인이 끝나자 담당관은 미네랄워터를 비우고 냉장고에서 새 병을 꺼내러 주방으로 갔다.

"그나저나 통지서, 어머님께 보낼지 말지 결정했어?"

담당관이 맞은편에 앉으며 물었다. 나는 "보내지 않기로 했습니다"라고 대답했다. 이유는 담당관이 지난번에 어머니가 '행복해 보인다'라고 했기 때문이다. 내가 그 행복을 깨서는 안 된다. 언젠가 알게 될지도 모르지만, 내가 알리고 싶지는 않았다.

담당관은 "아, 그래" 하고 한마디 하더니 그 이상 아무것도 묻지 않았다.

"그럼 한 통이네."

"저, 한 통 더 보내도 되겠습니까? 아직 고민하는 상대가 있어서요."

"한 통 더? 고민하는 상대?" 담당관이 눈썹을 찌푸렸다. "아니, 이젠 시간이 없어. 일단 네 번째 면담 때까지는 정해야 하니까, 다시 말해서 오늘이지."

"그렇습니까."

그 말을 듣고 어깨가 축 늘어졌다. 기리코에게는 보내지 않고(아니, 보낼 수가 없다), 그리고 구로세에게도 보내지 않기로 결심했다. 하지만 유리에게 보낼지 말지, 나는 아직 고민하고 있었다.

유리에게는 아마도 내가 죽었다는 사실을 숨길 수 없을 것이다. 해외로 이사 갔다느니 하는 그런 거짓 편지를 써도, 언젠가는 어떤 형태로 알게 될 날이 온다. 유리는 내 고향집 주소를 알고 있으니 언젠가 아버지에게 물어볼지도 모른다. 이것이 반대로, 만일 그녀가 거짓말을 하고, 나중에 그녀가 자살했다는 사실을 알았을 때, 나라면 어떻게 느낄까 생각해보았다. 아마도, 깊이 절망하리라. 그것은 커다란 배반이 아닌가? 언젠가, 내가 죽고 한참 지난 후라도, 알게 되었을 때 절망할 것이다. 그렇다면 하다못해 내가 직접, 종이쪽지이긴 하지만 사실을 전달하는 게 옳지 않을까, 그런 생각이 들기 시작했다.

내가 고개를 숙이고 고민하고 있자 담당관이 체념한 듯 커다란 한숨을 쉬었다.

"알았어. 댁한테는 두 손 들었어. 4라운드 판정패. 좋아, 다음번까지 기다릴게."

나는 깜짝 놀라 고개를 들었다. "괜찮으세요?"

"괜찮은 셈 쳐야지. 특별히. 단, 그 상대의 이름과 주소만은 알려줘. 그래야 신청할 수 있으니까. 만약에 보내지 않겠다면 이름을 지우도록 할게."

"죄송합니다. 고맙습니다."

"뭐, 됐어. 여기도 관청이라 이것저것 규칙 같은 게 있어. 그래서 이름하고 주소는?"

"예, 이름은 마에하라입니다. 마에하라 유리."

"자, 여기 종이에 써."

나는 담당관이 내민 종이를 받아들고 유리의 이름을 썼다. 그리고 주소를 쓰는 도중에 내가 유리의 정확한 주소를 모른다는 사실을 깨달았다.

"죄송합니다, 사실은 주소를 정확히 모르는데요."

"생년월일은 알아?"

"예. 알고 있습니다."

"이 동네에 살아?"

"예. 여기 살아요."

"아, 그래. 그럼 이름하고 생년월일만 써놔."

나는 유리의 이름과 생년월일을 적은 종이를 담당관에게 건넸다.

"뭐, 이름하고 생년월일만 알면 주소도 대충 알 수 있거든. 센터에서는 상대가 어디에 있든 찾아내서 반드시 자살통지서를 전달해. 형무소에 보낼 때도 있고, 부탄 산속이라 해도 보내지."

부탄 산속. 상상해보았지만 전혀 이미지가 떠오르지 않

았다. 부탄이라고 하면 윤회전생을 믿는 사람이 많다는 지식밖에 없다. 그나저나 붉은 편지가 부탄까지 날아가다니, 받은 사람은 어떻게 생각할까?

"어라." 담당관이 종이를 보며 말했다.

"이 사람, 전처 아니야?"

나는 "그렇습니다"라고 대답했다. 담당관이 "허어" 하고 나를 흘깃 쳐다보았다.

"저기, 그렇지? 나도 이혼해봐서 아는데, 전처 얘기를 이것저것 묻는 건 싫지? 응, 그렇겠지."

담당관은 혼자서 납득한 듯 고개를 끄덕거리더니 종이를 옆에 내려놓았다. 나는 사실 물어봐도 아무 상관 없는데, 마음을 써준 것 같아 잠자코 있었다.

"그리고 말이야, 드디어 본관 메뉴, 짜잔!"

담당관은 그렇게 말하며 A4 용지를 내밀었다. 종이를 받아 읽어보니 '본관 희망 식사 메뉴'라고 적혀 있었다.

"이게 뭡니까?"

"그거, 글자 그대로, 다섯 번째 면담이 끝나고 들어갈 곳이 본관이야. 거기에 들어간 다음에 먹는 식사 메뉴. 원하는 메뉴를 적어놓으면 그 음식이 나와."

본관. 무장한 경비원이 있는 잿빛 건물. 안에 들어가면 결코 돌아오지 못하는 장소.

"식사라니, 들어가서 바로 죽는 게 아닌가 보네요?"

"뭐, 일단 이것도 기밀이라 자세히 말할 순 없지만, 안에 들어가면 이런저런 설명을 해줘. 그런 다음 이것저것 준비도 해야 하지. 그 사이에는 끼니가 꼬박꼬박 나와."

나는 다시 종이를 바라보았다.

"메뉴를 쓰는 칸이 전부 아홉 칸 있는데요. 이게 아침 점심 저녁이라면 본관 안에 사흘이나 있어야 하는 겁니까?"

"아니, 아니야. 다만 안에서 며칠이나 있는지는 몰라. 준비도 필요하고, 다른 사람 순서도 있겠지. 뭐, 길어야 이틀 정도 아니겠어? 하지만 혹시 모르니 메뉴는 사흘치를 준비하는 거야."

"그렇군요. 이 서류도 오늘 제출해야 합니까?"

"응, 오늘. 특별히 떠오르는 게 없으면 차림표도 있어."

담당관은 더블클립으로 집어놓은 서류를 들고 팔락팔락 넘겼다. 거기에는 컬러 요리 사진이 붙어 있었다.

"이 중에서 정할래?"

"예, 일단은."

나는 메뉴를 받아 사진을 보면서 요리를 골랐다. 요리

에는 각각 번호가 붙어 있어 종이에 숫자만 적으면 끝이다. 나는 첫째 날 아침 식사로 낫토 정식을 고르고 번호를 적었다.

"아, 그런데 여기에 없는 메뉴는 시킬 수 없나요?"

"예를 들면 어떤 거?"

"예를 들면 어디 가게에서 포장 주문할 수 있는 메뉴나."

담당관은 조금 생각하다가 대답했다. "되긴 하는데, 극단적인 건 안 돼. 어디 고급 요정에서 파는 요리 같은 건 못 줘. 패스트푸드라면 괜찮아."

"상점가 안에 있는 카페인데, 거기 메뉴를 먹고 싶어서요. 안 될까요?"

"괜찮아. 아마 주문할 수 있을 거야. 가게 이름하고 대략적인 위치하고 메뉴를 적어줘."

나는 첫째 날 점심 식사에 '토머스 & 뤼미에르'의 믹스 샌드위치를 적었다. 다른 건 몰라도 그 가게의 믹스 샌드위치는 내 식욕을 자극한다. 참 이상한 일이지만. 나머지 메뉴는 번호를 적당히 채워 넣었다. 딱히 먹고 싶은 음식은 없었다.

기입한 종이를 건네자 담당관은 내용을 훑어보았다.

"흐음. 이 토머스 어쩌고 하는 곳의 믹스 샌드위치가 맛있어?"

나는 고개를 끄덕였다. "꿀맛입니다."

담당관이 통통한 얼굴로 미소를 지었다.

"다음에 한번 먹어볼까?"

"꼭 드셔보세요."

"몇 가지 주의사항이 남아 있어. 원한다면 메모를 해도 돼."

나는 고개를 끄덕이고 코트 주머니에서 메모지와 볼펜을 꺼냈다.

"말씀하세요."

"먼저 이번 면담이 실질적으로 마지막 면담이야. 다섯 번째 면담은 서류 기입뿐이고 그대로 본관으로 들어가 버려. 그러니까 실질적으로, 오늘이 마지막."

다음 차례에는 죽을 수 있다고 생각하자 기분이 이상했다. 머릿속에 유키의 기억이 떠올랐다. 그 기억을 황급히 차단하고 담당관을 보았다.

"예, 알겠습니다."

"그리고 본관에 들어간 후에 맨션이나 예금 처분이 시작돼. 그러니까 남들 눈에 보이기 싫은 게 집에 있다면 그 전까지 처분해둬. 그리고 본관에는 아무것도 반입할 수 없어. 휴대전화 같은 것도 거기에서 처분하니까, 만약에 메모리를 남들이 볼까 봐 걱정된다면 데이터도 지워둬. 지갑이나 신분증, 은행 카드도 입구에서 맡겨야 해. 입을 옷도 이쪽에서 준비하니까 당신은 아무것도 가져올 필요 없어."

"소설은 가지고 갈 수 없나요?"

"응. 소설은 안 돼. 잡지나 영화도 안 돼. 하지만 입구에서 영화 비디오나 게임기는 빌려줘. 본관에 가면 독방에 들어가는데, 텔레비전도 있어. 아, 맞다맞다."

담당관이 뭔가 생각났다는 듯이 손뼉을 쳤다.

"사진은 가지고 갈 수 있어. 사진만. 일단 열 장까지는 가지고 들어갈 수 있어."

나는 메모지에 사진 열 장까지 소지 가능, 이라고 썼다. 그리고 휴대전화와 컴퓨터 데이터를 지울 것, 그 외 남들에게 보이기 싫은 것을 처분, 이라고 썼다.

"펜하고 종이도 가지고 갈 수 없어. 만약 유서나, 누군가에게 남길 말이 있다면 전부 자살통지서 안에 넣어. 그러고 보니 내가 자살통지서에 편지도 같이 넣을 수 있다는 말을 했던가?"

나는 잠시 생각하다 애매하게 고개를 끄덕였다. "들었는지도 모르지만 기억이 안 나네요."

"현재 통지서는 보내기로 결정한 상대가 한 명, 검토 중인 상대가 한 명인데, 편지를 쓸 거면 다음번 면담까지는 가져와."

나는 고개를 끄덕이며 메모를 했다.

"달리 뭐가 있더라?" 담당관이 천장을 올려다보았다. "응. 대충 이 정도야. 본관 입소에 대해 질문 있어?"

안 될 줄 알면서도 물어보았다.

"수면제는 가지고 갈 수 있습니까? 불면증이라서요."

예상대로 담당관은 바로 고개를 저었다.

"아니, 안 돼. 하지만 약은 과거에 받은 처방전 같은 게 있으면 똑같은 약을 준비할 수 있을지도 몰라. 잘은 모르지만."

수면제를 가지고는 있지만, 그것은 의사가 처방해준 것이 아니다. 이 부분은 포기하는 수밖에 없을 것 같다. 일단 몇 알 주머니에 넣어 가지고 가보자. 들키지 않으면 다행이고.

"다른 질문은 없어?"

"저, 붉은 편지……. 자살통지서 말인데요, 언제 배달

됩니까?"

"빠르면 본관에 들어가는 당일이나, 이튿날 정도일까. 보내는 상대는 둘 다 근처에 살지? 그럼 당일에 도착하지 않을까. 다른 질문은?"

생각해보았지만 딱히 떠오르지 않았다.

"이제 없는 것 같습니다. 없습니다."

담당관이 고개를 끄덕였다. "음. 만약 꼭 묻고 싶은 게 있다면 센터에 전화해. 내 이름을 대면 어느 정도는 대답해줄 거야. 접수 직원이 대답하지 못하면 나를 바꿔줄 거야. 내 시간이 비어 있다면 말이지."

"예. 알겠습니다. 고맙습니다."

담당관은 의자에 기대어 눈을 감고 기지개를 켰다.

"아아, 쑤신다. 온몸이 쑤셔."

목을 주무르며 나를 쳐다보았다.

"그런데 말이야, 대충 알아냈어."

"뭘 말입니까?"

"끈덕지다 싶을지도 모르지만, 자살 동기 말이야. 여기에서는 그게 가장 중요하니까, 계속 고민하면서 조사하고 있었어."

등줄기가 순식간에 굳었다. 또 이 화제인가. 또 내 기억을 파헤쳐 상처 입힐 작정인가?

"뭐, 일단 들어봐. 내 추리랄까, 알아낸 사실을."

담당관이 자세를 가다듬고 안경 위치를 손가락으로 고쳤다. 입가에도 힘을 주어 표정이 진지해졌다. 나는 고개를 숙여 손바닥을 바라보았다.

"당신이 여기에 처음 온 게, 11월 25일이었어. 그 전날, 11월 24일이 아들의 기일이었지?"

나는 고개는 끄덕이지 않고 잠자코 이야기를 들었다.

"이유가 계속 궁금했어. 지금까지도 기일은 몇 번 있었는데, 이번 기일의 다음날. 당신은 아침부터 센터에 전화를 걸어 예약했지. 이유를 조사하고 있었는데 어제야 겨우 깨달았어. 그놈 때문이지? 간바라 나오야."

눈을 감았다. 하지만 뇌리에, 간바라 나오야의 비쩍 바른 뒷모습이 선명하게 떠올랐다. 칙칙한 갈색 머리에, 가느다란 목. 나는 그 뒷모습을 줄곧 노려보고 있었다. 재판 내내 그는 한 번도 방청석을 쳐다보지 않았다.

"5월이지. 올해 5월에, 간바라 나오야는 사형당했어. 그 사건으로부터 6년이 지나서야 겨우 죽은 거야."

재판소에서는 아무 연락도 없었다. 재판이 열리는 동안에는 빈번하게 연락하더니, 사형일은 가르쳐주지 않았다.

편지 한 장 없어, 나는 사형 이튿날에 뉴스로 그 사실을 알았던 것이다.

"그리고 당신은 회사를 그만두고, 아들의 금년 기일에 성묘를 하고, 그 이튿날 센터에 연락했어. 그만 끝내려고."

나는 아무 말도 하지 않았다. 몸이 떨리는 게 느껴진다. 봉인했던 기억의 덮개가 또다시 열리려는 기척이 느껴졌다.

"그래서 하는 말인데, 다른 사람을 이해한다는 건 정말 어려운 일이지만 나는 당신이 느낀 감정을 내 나름대로 상상해봤어. 그랬더니."

"알 리가 없어!"

정신을 차리고 보니 고함을 지르고 있었다. 고개를 숙인 채로, 부르짖듯, 토해내듯, 말이 흘러넘친다.

"아무도 상상할 수 없어! 제 아들을, 겨우 한 살짜리 아들을 살해당한 사람의 슬픔은 당사자가 아니면 아무도 알 리가 없어!"

고개를 들고 담당관을 노려보았다. 주먹을 꽉 움켜쥐고, 애원했다.

"입에 발린 말은……, 그만두세요."

담당관의 표정이 비통하게 일그러졌다.

"당신이 뭘 안다는 겁니까? 예? 뭘 안다고 그러는 겁니까?"

주먹을 거세게 움켜쥐었다. 담당관이 조용히 숨을 내뱉었다.

"물론 똑같지 않으니 전부는 이해 못 하겠지. 하지만 말이야, 상상은 할 수 있어. 나도 똑같으니까. 나도 딸을, 그렇게 잃었으니까."

분노가 일렁였다. 지금 들은 말의 의미를 잘 모르겠다.

딸을 그렇게 잃었으니까?

딸이 살해당했다.

내가 겨우 이해하자, 담당관이 다시 입을 열었다.

"자살하려고 했대. 그 자식은 당시 서른일곱에 무직이라 부모에게 돈을 타내며 살고 있었어. 그런데 어느 날, 부모가 돈을 못 주겠다고 한 거야. 이제 싫다, 네 손으로 벌어라 하고. 그러자 그 자식은 길길이 날뛰었지. 혼자 살고 있었는데, 집에 있던 잡지에 라이터로 불을 붙였어."

담당관은 거기까지 말하고는 힘없이 웃었다.

"그리고 이어서 커튼에 불을 붙였어. 그래놓고 집이 점점 불길에 휩싸이니까 그 자식, 겁이 나서 그 자리에서 도

망친 거야. 맨션에서 맨발로 달아나, 타오르는 자기 방을 올려다보고 있었어. 그러자 곧이어 옆집에도 불이 옮겨 붙었지. 훨훨, 타올라서, 안에 있던 아이가, 내 딸이, 죽었어. 네 살이었는데, 선천적으로 다리에 장애가 있어서, 피하질 못했어. 그때 나는 일을 하고 있었고, 집사람은 장을 보고 있었지. 공교롭게도."

담당관이 서글픈 미소를 보였다.

"그때 생각했어. 죽으려면 혼자 죽으면 될 것 아닌가. 하지만 그 자식은 화상 하나 입지 않고 건강히 살아남았고, 아무 상관 없는 내 딸이 죽었어. 아오모리 관청에서 일하고 있었던 나는 그 후 바로 일을 그만두고 자살센터에서 일하기 시작했어. 자살이란 뭘까, 죽는다는 건 뭘까, 곰곰이 지켜보고 고민해보기 위해서일까. 그러니까 지금까지 내 딸도, 다른 사람의 죽음도 몇 번이나 보고 느껴왔으니까 당신 마음을 상상해볼 자격은 있지 않을까?"

나는 천천히 고개를 끄덕였다. 분노는 처음부터 존재하지 않았던 것처럼, 흔적도 없이 어디론가 사라졌다. 움켜쥐고 있던 주먹을 펴니 땀이 배어 있었다. 사람이 죽는 이유는 뭘까? 죄 없는 사람이, 어째서 죽어야 하는 걸까?

"다음번, 마지막 면담 말인데, 빠르면 닷새 후에 잡을 수 있지만 조금만 더 미뤄봐."

담당관은 온화한 목소리로 말했다. 나는 그의 얼굴을 쳐다볼 수가 없었다. 목소리에 담긴 배려에 눈물이 쏟아질 것 같았다.

"일단 마지막으로 묻겠는데, 자살을 그만둘 마음은 없는 거지? 그만둔다는 선택지도 있어."

"아니요. 생각은 변함없습니다."

그렇게 대답할 수밖에 없는 스스로가 한심했다.

"아, 그래. 다음에 오면 이제 되돌릴 수 없어. 생각할 시간이 조금 늘어도 괜찮지 않을까? 죽음에 대해서는 아무리 생각해도 모자라. 결론을 서두를 필요도 없어. 지금까지도 실컷 고민했겠지만, 다시 한 번 찬찬히 생각해보고, 그런 다음 결론을 내. 다음번까지 남은 시간이, 당신이 마지막으로 죽음과 마주하는 시간이 될 테니까."

나는 고개를 끄덕였다. 닷새 후가 아니라도 좋다. 생각할 일이, 생각해야 할 일이, 내게는 아직 남아 있다.

어딘가에서 페이지가 넘어가는 소리가 들렸다. 조용한 기척이 느껴진다. 나는 그것을 알 수 있다. 눈을 감고, 조용히 숨을 내뱉었다. 죽음에 대해 생각한다.

거실 소파에 누워 멍하니 천장을 바라보았다.

다음번, 마지막 면담은 12월 26일, 월요일로 결정했다. 나는 일어나서 달력 앞으로 가, 26일에 붉은 매직으로 동그라미를 쳤다. 꼽아보니 15일 후였다. 처음 생각했던 것보다 꽤 시간이 벌어졌다. 예정보다 열흘이나 늦춰지고 말았다.

면담할 때, 담당관은 내가 돌아갈 때까지 일자를 뒤로 미룰 때의 장점에 대해 말했다.

"영화를 봐." 그는 말했다. "지금까지 보지 못했던 영화. 읽지 않은 만화책, 소설. 그리고 여행을 떠나는 것도 좋아. 어쨌든 최후의 그날까지, 여러 가지 경험을 해. 성인업소에 가보는 것도 좋지."

나는 앞으로의 일에 대해 생각했다. 일단 컴퓨터 데이터나 편지, 사진을 처분해야 한다. 그 밖에도 남들 눈에 보이기 싫은 것을 찾자. 나중에는 마음에 걸려도 이미 늦다.

그리고 해둘 일. 담당관이 말한 영화는 좋은 아이디어 같았다. 보고 싶었는데 아직 보지 못한 영화는 산더미처럼 많다. 게다가 좋아하는 영화를 한 번 더 봐두는 것도 나쁘지 않겠다.

소파에 앉아 테이블에 있는 노트를 펼쳤다. 해야 할 일을 적어갔다. 일기나 사진 처분. 컴퓨터 데이터 삭제. 그리고 하고 싶은 일도 적는다. 일단은 첫 번째.

영화를 본다.

이건 나중에 작품 제목도 쓰는 게 낫겠다. 남은 일수를 고려해 목록을 뽑자. 소설도 남은 일수를 생각하면 열 몇 권 정도밖에 못 읽겠지. 이것도 목록을 뽑아야.

팔짱을 끼고, 천장을 바라보며 달리 하고 싶은 일이 없나 생각했다. 그리고 문득 담배를 피우고 싶다는 생각을 했다. 애연가인 사장이 있는 회사에서 일한 탓에 담배 연기는 많이 맡았지만 직접 피운 적은 없다. 이것도 한 번 시도해보자. 주방에서 커피를 끓여, 또 생각난 것들을 목록에 적어보았다.

영화를 본다.

소설을 읽는다.

담배를 피운다(러키 스트라이크, 말보로, 세븐 스타).

피어스를 뚫는다.

낚시를 한다.

미술관에 간다.

그림을 그린다(커다란 캔버스에 그린다).

다 쓴 목록을 보면서 담당관이 예정을 늦추어준 것에 감사했다. 생각해보니 아직 내게도 할 일, 하고 싶은 일이 있었던 것이다. 후회하지 않도록, 목록에 적은 일은 다 해보자. 사소하고 별것 아닌 일들이지만 남은 시간이 얼마 없어 그런지, 하나하나가 요란한 축제처럼 느껴진다.

책장을 보며 소설을 체크하는데 '죽는다는 것은 사람뿐만 아니라 소설하고도 이별하는 일'이라는 당연한 사실에 생각에 미쳐, 괜히 왈칵 슬퍼졌다. 나는 폴 오스터보다 먼저 죽어, 그가 앞으로 쓰는 신작을 읽을 수 없는 것이다. 그것은 무척 단순하게 괴로운 일이었다. 죽으면 소설도 읽지 못하고, 음악도 듣지 못하고, 영화도 보지 못한다. 그 앞에는 아무것도 없는 것이다. 완전한 '무(無)'가 나를 기다리고 있다. 사후세계나 윤회전생 같은 건 믿지 않는다. 그러고 보니 형은 나와 반대로 사후세계, 유령, 윤회전생 같은, 죽은 후의 세계에 큰 관심을 보였다. 유령이 나오기로 유명한 곳이 있다는 말을 들으면 혼자서 어디든 달려갔다. 그리고 아쉬운 표정으로 돌아오는 것이었다.

형은 지금, 답을 알고 있다. 무인지, 어떠한 세계가 존재하는지. 어느 쪽이든 나는 이해할 수 없는 일이었다. 눈앞에 무가 있다기보다, 아무것도 없다. 그것이 죽음이다.

그래서 나는 무섭지 않다. 죽은 후에도 의식이 있다면 영원히 고통을 끌어안고 살아야 한다. 그런 건 사양이다. 아무것도 없어도 된다. 죽는 순간이 나라는 소설의, 마지막 한 페이지이기를 빌었다.

인터넷을 뒤져 소설과 영화 목록을 전부 정리하고 보니 한밤중이었다.

냉장고에서 캔 맥주를 꺼냈다. 전부 일곱 개밖에 없다. 내일이라도 슈퍼에 가야겠다.

텔레비전을 보면서 맥주를 마시고, 수면제도 다섯 알 먹었다. 잠이 찾아오기를 기다리기만 하면 된다. 오늘은 믹스 샌드위치밖에 안 먹었지만 식욕은 없었다. 잠이 빨리 오면 좋을 텐데.

필티알스와 엘리베이터맨

이튿날 아침, 묵직한 두통과 함께 잠에서 깨 샤워를 하고 커피를 마셨다.

커튼을 열자 환한 햇볕이 집안에 비쳐들었다. 하늘은 푸르고 구름 한 점 없었다.

10시가 되자 코트를 입고 집을 나섰다. 엘리베이터를 타니 안에 왜소한 노인이 있었다. 머리카락은 한 올도 없고, 얼굴에는 진한 주름이 흉터처럼 패여 있었다. 작은 키에 결이 고운 나무 지팡이를 들고 있다.

그는 나를 올려다보며 조용히 웃더니 나지막한 목소리로 "어서 오십시오. 좋은 아침입니다"라고 말했다. 나도

"좋은 아침입니다"라고 대답했다.

"요시오카입니다."

노인이 고개를 숙이며 인사했다. 나는 "도이입니다"라고 이름을 밝혔다.

1층에 도착해 엘리베이터가 열리자 노인은 "다녀오십시오"라며 나를 배웅하고, 자기는 엘리베이터를 탄 채로 문을 닫아 위층으로 올라갔다.

상점가 안에 있는 대여점에서 빌릴 영화를 골라, 계산대로 가서 회원 카드를 내밀자 유효기간이 지났다고 하기에 갱신을 부탁했다. 머리카락을 붉게 물들인 젊은 여성 점원은 갱신 수속을 척척 해치우고 계산을 끝내자 활기찬 목소리로 "감사합니다!"라고 말했다.

슈퍼에 들러 냉동식품과 맥주를 샀다. 맥주를 조금 많이 샀는지 짐이 무거워 집에 돌아갈 때까지 손가락이 계속 아팠다.

엘리베이터 문이 열리자 그 안에 또 노인의 모습이 보였다.

"도이 님, 잘 다녀오셨습니까?"

노인은 나지막한 목소리로 말하더니 딱딱하고 가느다

란 손가락으로 17층 단추를 눌렀다. 나는 "고맙습니다"라고 했다.

"오늘은 날씨가 참 좋습니다."

노인이 앞을 바라본 채로 말했다. 나는 그의 자그마한 뒷모습을 바라보며 "그러네요"라고 대답했다. 이윽고 엘리베이터가 멈추고 내가 밖으로 나가자 노인은 고개를 숙이며 "감사합니다"라고 말했다.

맨션 관리인일까, 부동산 사람일까? 아니면 관리회사가 엘리베이터걸(엘리베이터맨?)로 고용한 걸까? 나는 요모조모 짐작해보며 집 앞까지 걸어가 열쇠를 꺼내 문을 열었다.

사흘 동안, 집에서 나가지 않고 영화를 보며 지냈다. 중간에 소설도 읽고, 밤에는 맥주를 마시며 냉동식품을 먹었다. 달력의 지나간 날짜에는 X표를 했다. 밤이 깊으면 수면제를 먹고, 꿈도 꾸지 않고 잠들었다.

이튿날 아침, 10시가 되자 코트를 입고 대여점 봉투를 들고 집을 나섰다.

"좋은 아침입니다, 도이 님."

엘리베이터 문이 열리자마자 노인이 싱글거리며 말했다. 나는 깜짝 놀라 잠시 우뚝 멈춰 섰지만 곧 엘리베이터 안으로 들어가 "좋은 아침입니다"라고 나직하게 말했다.

"도이 님은 외출하시므로 1층으로 내려가겠습니다."

나는 아무 말도 하지 않았다. 엘리베이터가 조용히 움직이기 시작했다.

"다녀오십시오."

등 뒤로 노인의 인사를 들으며 엘리베이터에서 내렸다. 저 사람은 고용된 엘리베이터걸(혹은 엘리베이터맨?)일까? 아무래도 두 번째쯤 되니 의문이 커졌다. 관리회사에서 소식이 와 있을지도 모르니 돌아가면 우편함을 열어봐야겠다.

대여점에서 DVD를 빌리고 슈퍼에서 냉동식품과 맥주, 화장실 휴지를 사고, 편의점에서 담배를 샀다. 러키 스트라이크, 말보로, 세븐 스타, 각각 한 갑씩. 그리고 라이터를 두 개.

맨션에 도착해 우편함으로 가, 숫자가 적힌 다이얼을 돌려 우편함을 열었다. 안에는 전단지와 휴대전화 청구서 등이 산더미처럼 들어 있었다. 한데 모아 슈퍼 비닐봉투에 넣어 엘리베이터로 향했다.

"도이 님께서 돌아오셨으니, 17층으로 올라가겠습니다."

엘리베이터맨은 그렇게 말하고 17층 단추를 눌렀다. 17층에 도착해 문이 열리자 "감사합니다" 하고 고개를 숙였다.

사온 물건을 냉장고에 넣고 소파에 앉아 우편물을 확인했다. 청구서나 배달 피자 광고지, 분양 맨션, 성인업소 전단지. 맨션에서 온 통지는 없었다. 만약 관리회사가 엘리베이터를 움직이는 사람을 고용했다면 어떤 연락이 있을 터였다. 그게 없는 것을 보면 자발적으로 하고 있다는 뜻이다. 치매? 자원봉사? 하지만 상대는 노인이고, 나쁜 사람으로 보이지는 않았다. 딱히 문제는 없을 것 같았다.

캄캄한 방에서 아오이 유가 출연한 〈백만 엔 걸 스즈코〉를 보고 있는데 테이블 위에 둔 휴대전화 화면이 반짝이더니 부르르 진동하기 시작했다. 리모컨으로 일시정지 단추를 누르고 휴대전화를 들었다.

화면에 표시된 이름은 '마에하라 유리'였다.

"여보세요?"

통화 단추를 누르고 전화를 받았다. 한참 기다렸는데도 아무 소리도 들리지 않는다. 나는 한 번 더 말했다.

"여보세요?"

수화기 너머에서 희미한 숨소리가 들린 후, 전화는 뚝 끊겼다. 나는 눈썹을 찌푸리고 전화를 다시 걸었다. 하지만 전원이 꺼져 있다는 안내가 나왔다.

유리에게 무슨 일이 있었나? 지난번에도 취해서 전화를 했고, 무슨 문제라도 있는 걸까? 잠시 후에 또 걸어보았지만 받지 않았다. 하는 수 없이 영화를 다시 틀었다.

영화가 끝나자 자리에서 일어나 팔을 뻗고 기지개를 켰다. 냉장고에서 맥주를 두 캔 꺼내 소파에 앉아 마셨다. 빌려온 DVD를 테이블에 늘어놓고 다음에는 무엇을 볼까 고르고 있는데 또 휴대전화가 반짝였다. 이번에는 전화가 아니라 문자였다. 확인해보니 유리가 보낸 문자였다.

미안, 별일 아니야. 그만 잘게.

그 간결한 문장을 한참 들여다본 후에 '알았어. 잘 자' 라고 문자를 보냈다.

일어나서 불을 켜고, 기지개를 켰다. 이미 영화를 볼 마음은 사라졌기 때문에 그 대신 사온 담배를 테이블에 올려놓았다.

러키 스트라이크, 말보로, 세븐 스타, 세 갑. 소파에 걸 터앉았다.

하나씩 포장을 뜯어 안에서 한 개비씩 꺼냈다. 러키 스 트라이크를 입에 물고 불을 붙였다. 연기를 들이마시고, 내뱉었다. 딱히 아무 일도 일어나지 않았다. 다시 한 번 피우자 연기에 숨이 막혀 콜록콜록 기침을 했다. 세 개비 다 절반쯤 피워보았지만 특별한 감상은 없었다. 연기를 들이마시고, 내뱉었을 뿐이다. 아무래도 나는 담배의 맛 을 이해 못 하는 것 같다. 위스키도 맛있지는 않은데, 그 와 비슷한 걸까?

나는 공책을 펼치고 목록에 있는 '담배를 피운다' 항목 에 사선을 그어 지웠다.

엘리베이터가 열리자 안에는 또 노인의 모습이 있었다.

"좋은 아침입니다, 도이 님."

노인은 미소를 지으며 말했다. 갈색 점퍼를 입고, 잿빛 머플러를 감고 있다.

"좋은 아침입니다." 나는 그렇게 말하고 안으로 들어가 궁금했던 사항을 넌지시 물어보았다.

"이 맨션에 사시는 분입니까?"

노인은 실눈을 뜨며 고개를 끄덕였다.

"예, 11층에 삽니다."

나는 "그렇군요"라고 말했다. 관리회사가 고용한 것이 아니라, 아파트 주민이었다. 그렇다면 엘리베이터에서 엘리베이터걸 같은 일을 하는 것은 자원봉사일까, 아니면 취미일까?

문이 열리자 노인은 "다녀오십시오"라고 말했다.

"다녀오겠습니다." 나는 대답했다.

입구를 나서자마자, 양복을 입은 남자가 눈앞을 막아섰다. 무슨 이유인지 내 얼굴을 똑바로 쳐다보고 있다. 키가 크고 머리가 짧은 남자였다. 눈은 비죽 올라가 있고 눈썹은 옅다. 생김새로 보건대 사십 대 중반쯤일까?

나는 남자에게 가볍게 고개를 숙이고 옆을 지나치려 했다. 하지만 남자가 덜컥 팔을 붙잡았다.

"역시 오늘입니까?"

그 남자는 절박한 표정으로 말했다.

나는 붙잡힌 팔을 흘깃 보고 남자의 얼굴을 쳐다보았다. 뚫어져라 쳐다보아도 역시 아는 얼굴은 아니었다. 나는 다시 한 번 붙잡힌 팔을 쳐다본 뒤에, 입을 열었다.

"실례지만, 왜 이러시는 겁니까?"

남자는 붙잡고 있던 팔을 풀어주고 내 눈을 꿰뚫을 기세로 노려보며 말했다.

"역시 오늘이지요?"

나는 아무 말 없이 남자를 무시하고 걸음을 뗐다. 한참 걸어가는데 뒤에서 발소리가 들려, 나는 한숨을 쉬고 걸음을 멈추었다. 발소리도 멈췄다.

"당신은 거의 매번, 최단 기간인 닷새 후를 지정했습니다. 그러니 마지막 면담도 닷새 후인 오늘일 거라 생각했습니다."

그것이 자살센터에 대한 이야기라는 것을 알기까지 삼십 초는 족히 걸렸다. 이해한 순간 나는 고개를 돌려 남자를 똑바로 바라보았다. 역시 모르는 얼굴이다. 손도 빈손이다. 양복도 극히 평범한 옷이고, 정체를 알 만한 물건은 아무것도 몸에 지니지 않았다. 불안이 솟구쳤지만 나는 간신히 감정을 표정에 드러내지 않도록 애쓰며 남자에게 물었다.

"누구십니까? 센터 직원입니까?"

남자는 바로 대답했다.

"당신의 자살에 관심이 있는 사람입니다."

나는 하늘을 쳐다보고—날이 흐리다—눈앞의 남자를 보았다. 남자는 손을 들어 넥타이를 가다듬고는 다시 입을 열었다.

"수상한 사람은 아닙니다. 위험한 사람도 아닙니다. 하지만 당신의 자살에 큰 관심을 가지고 있습니다. 잠시 이야기 좀 나누지 않겠습니까? 중요한 이야기입니다."

나는 거절하려고 입을 벙긋 열었지만 남자의 간절한 눈빛에 눌려 아무 말도 할 수 없었다.

택시를 타고 패밀리레스토랑으로 향했다. 전에 기리코와 만난 가게였는데, 안내받은 자리도 기리코와 함께 앉았던 곳이었다.

웨이트리스가 뜨거운 커피 두 잔을 테이블에 내려놓고, 전표를 동그란 용기에 꽂아놓고 물러나자 남자는 경계하듯 주위를 둘러보았다. 맞은편 자리에도, 옆자리에도 손님은 없었다. 남자는 헛기침을 하더니 나를 쳐다보고 등을 폈다. 커피를 마실 마음은 없는 듯했다.

나는 아무것도 섞지 않은 블랙커피를 한 입 마시고, 컵을 받침에 내려놓았다. 그리고 남자의 눈을 바라보았다.

"저는 가사이라고 합니다."

남자는 그렇게 말하고는 양복 안주머니에 손을 넣어 안에서 금속제 명함케이스를 꺼냈다. 명함 한 장을 빼서 두 손에 들고 내 쪽으로 내밀었다. 오른손 가운데손가락에 굵은 녹색 반지를 끼고 있는 게 눈에 들어왔다. 넥타이도 녹색이다. 특이한 취미라고 생각하면서 한 손으로 명함을 받아 거기 적힌 내용을 훑어보았다.

이별의 빛 모미지마치 지부 대표
가사이 요시토모

그렇게 적혀 있다. 이별의 빛?

"미리 말씀드리지만 수상한 종교 단체는 아닙니다."

"종교?"

"예." 남자가 고개를 끄덕였다. "종교 단체이긴 하지만, 수상한 단체는 아닙니다. 제대로 된 경전이 있고, 전국에 지부가 있습니다. 당신에게 비싼 부적을 강매한다거나, 저희 종교에 끌어들이려는 생각은 없습니다. 부디 제 이야기를 들어주시지 않겠습니까?"

나는 지금 당장 자리에서 일어나 가게 밖으로 나가야 마땅할 것이다. 그리고 돌아가는 길에 쓰레기통을 찾아 이 명함을 버린다. 그래야 한다. 하지만 남자의 진지한 눈빛이나 열띤 목소리에서 이야기를 조금 더 들어봐도 좋겠다는 생각이 들었다.

내가 자리에서 떠나지 않으리라 확신했는지 남자는 안도한 듯 숨을 내쉬고 설명을 시작했다.

"일단 저희 교단은 자살을 인정하지 않는다는 점을 설명 드리고 싶습니다."

나는 조금 생각한 뒤에 말했다.

"저는 당신들 교단의 신자가 아닌데요."

남자가 살며시 웃더니 조용히 끄덕였다.

"물론 알고 있습니다. 하지만 자살이라는 결단은 마지막 결단입니다. 모든 것이 사라집니다. 그 전에 아직, 해야 할 일, 고민할 일이 있을 겁니다."

나는 아무 말 없이 뒷이야기를 기다렸다. 남자가 조금 뜸을 들였다가 말을 이었다.

"저희라면 당신을 구원할 수 있을지도 모릅니다."

순간, 무슨 말을 들었는지 이해하지 못했다. 구원? 구원. 구원하다. 종교단체가 나를 구원한다?

"저, 죄송합니다. 구원이라는 게 무슨 뜻입니까?"

남자의 눈빛에 열기 같은 게 깃들었다.

"간단히 설명 드리지요. 당신이 자살을 포기하고, 계속 살아가도록 해드린다는 뜻입니다."

"저, 잘 이해가 안 가는데요, 대체 뭘 하고 싶은 겁니까?"

내가 묻자 남자는 고개를 끄덕이며 등을 곧게 폈다.

"그 전에 질문 좀 해도 되겠습니까? 당신은 어째서 죽으려는 겁니까?"

내가 대답하기 전에 남자가 "당신은" 하고 말을 이었다. "당신은, 위중한 병을 앓고 있는 사람으로 보이지도 않고, 장애가 있는 것도, 사지가 마비된 것처럼 보이지도 않습니다. 즉 건강해 보입니다."

"그건 가령 중병을 앓거나 장애가 있는 사람은 자살해도 된다는 말처럼 들립니다만."

"그건 아닙니다." 남자가 고개를 저어 부정했다. "다만 그런 분들에게는 존엄사라는 선택지에 대해 토론할 여지도 있다는 뜻입니다. 그분들의 존엄사, 혹은 안락사 문제와 당신의 자살은 종류가 완전히 다릅니다."

"물론 다르다고 생각합니다. 중병 환자의 존엄사나 안락사와 제 자살을 똑같이 여기지는 않습니다. 하지만 그렇게 말한다면 똑같은 죽음은 없습니다. 사람의 죽음은 개인마다 전혀 다른 것이니까요."

남자는 인정하듯 고개를 깊이 끄덕이더니 심각한 표정을 지었다.

"당신은 소중한 존재를 잃었어요. 아닙니까?"

그게 사실이라는 점에 놀라서는 안 된다. 스스로를 타일렀다. 표정에 드러내서도 안 된다.

"당신에게 말할 생각은 없습니다. 이제 그만 가봐도 되겠습니까?"

남자는 일어서려는 나를 제지하듯 손을 들더니 "말씀하시지 않아도 알 수 있습니다"라고 단언하듯 말했다.

"당신은 소중한 존재를 잃었습니다. 그리고 죽음을 선택하려 하고 있어요. 하지만 저희는 당신을 구원할 수 있습니다."

그 말을 듣고 화가 났지만 자리에서 일어나지는 않았다. 남자의 눈동자를 노려보듯 쏘아보며 말했다.

"사람마다 '구원'의 형태는 다릅니다. 당신들이 뭘 할 수 있는지 모르지만, 제가 원하는 구원은 사는 게 아닙니다. 누군가와 이야기하는 것도 아닙니다. 죽음으로 구원받는 인생도 있습니다."

"죽음으로 구원받는 인생은 없습니다."

남자는 표정 없이 말했다.

"사람이 구원받는 조건은, 우선 살아가는 것. 그리고 저희는 그 방법을 압니다. 힘이 있습니다. 저희는 사람들을 구원하는 단체입니다."

나는 그 말뜻을 곰곰이 생각해보고 조용히 숨을 내뱉은 뒤 말했다.

"확실히 말씀하시는 바는 옳을지 모릅니다. 하지만 역시 구원이나, 삶과 죽음, 그런 건 사람마다 다르다고 생각합니다. 게다가 저는 진정 사람을 구원하는 것은 종교가 아니라고 생각합니다."

남자의 눈에 분노에 가까운 감정이 깃드는 게 보였다. 여전히 표정은 없었지만 뺨이 희미하게 붉게 물들었다. 내 말에 화를 내고 있다. 하지만 그런 건 아무래도 상관없었다.

"삶도, 죽음도, 구원의 의미도, 사람마다 다릅니다. 제가 틀렸습니까?"

"틀렸다고 말하지는 않겠습니다. 하지만 경전에서는

인류는 누구나 천수를 누려야 한다고 말씀하시며, 한 사람이 자살할 때마다 세상에 죄가 축적됩니다. 한탄스럽게도 이미 세상은 축적된 죄로 늙고 병들어, 빛이 사라지고 있습니다. 그래서 교주님은 죄를 정화하기 위하여."

나는 손을 들었다. 가사이가 입을 다물었다.

"요컨대 당신들은 어딘가에서 센터를 감시하고 있고, 센터에서 나온 사람들의 뒤를 밟아 집을 찾아낸다. 그리고 대상이 다섯 번째 면담을 하러 센터에 가기 전에 불러세워 자살을 반대하며 말린다. 목적은 교단에의 권유. 아닙니까?"

가사이는 한 차례 고민하는 표정을 짓더니 무겁게 고개를 가로저었다.

"권유는 아닙니다. 이해해주시기 바랍니다만."

나는 일어섰다. 가사이를 내려다보며 말했다.

"별로 당신들의 활동을 비난하지도 않고, 반대하지도 않습니다만 제게 간섭하지는 마십시오. 당신들은 저를 이해할 수 없고, 저는 당신들을 이해할 생각이 없습니다."

가사이가 뭐라 말했지만 무시하고 재빨리 가게 안을 지나 밖으로 나갔다. 한참 걸어가다가 자판기 옆에 있는 파란 쓰레기통을 발견하고 거기에 명함을 버렸다.

상점가에 있는 화방에서 산 이젤과 물감들을 복도에 내려놓고 슈퍼마켓 봉투를 들고 거실로 들어갔다.

봉투를 주방에 내려놓고 불을 켰다. 사온 물건들을 냉장고에 넣고 소파에 앉았다.

이젤은 예상 외로 비싸고, 크고, 무거웠다. 그림은 내일 그리자. 이상한 남자까지 만나는 바람에 피곤했다. 소파에 몸을 깊이 묻고 눈을 감았다.

조용히 심호흡을 한다.

아까 내가 했던 말에 대해 생각해본다.

진정 사람을 구원하는 것은 종교가 아니다.

나는 '종교를 믿는 사람'에게 그렇게 말했다. 그렇게 말해버렸다.

그렇다면 대체 무엇이 사람을 구원할까? 과거에 그것이 '애정'일지도 모른다고 생각한 적은 있었다. 하지만 내 안에 애정이라는 감정이 있었기에, 죽음을 선택할 정도로 절망하고 말았다는 것을 지금은 충분히 알고 있었다.

애정은 사람을 죽일 때도 있다. 그렇다면 달리 구원은 있는 것일까? 지금까지 몇백, 몇천만 명의 자살자를 막아냈고, 앞으로 있을 몇백, 몇천만 명의 자살자를 막을 수 있는 진정한 구원은 존재하는 걸까?

고요한 방에서 생각에 잠겼다. 하지만 떠오를 리가 없다. 아무리 생각해도 답이 나올 리 없다. 애초에 '정답은 없다'. 가령 있다 해도 나 같은 인간이 찾아낼 수 있을 리 없잖은가?

한참 있다가 눈을 뜨고 테이블 위의 공책을 들어 페이지를 펼치고 목록을 바라보았다.

영화 목록 30개는 완수할 수 있을 것 같다. 소설도 문제없다. 담배는 피웠다. 피어스와 낚시는 새삼 생각해보니 관심이 꽤 희박해졌다. 사실 어째서 피어스나 낚시에 관심을 가졌는지 생각이 나지 않았다(피어스는 기리코를 만났기 때문일까?). 그만두자. 볼펜으로 사선을 긋는다. 그림은 괜찮다. 도구는 갖추었으니 언제든 그릴 수 있다. 추가할 예정은 떠오르지 않았다. 그렇게 생각하자 날짜가 꽤 많이 남았다. 센터에 전화를 걸어 일정을 조금 앞당겨달라고 할 수 있을까? 한번 물어봐도 되겠지.

책을 읽고 있는데 현관 벨이 울렸다. 천천히 책을 옆에 내려놓았다. 현관 벨? 건물 입구는 자동으로 잠기기 때문에 평소에는 일단 1층에 있는 인터폰을 누르는 다른 소리가 들려야 했다. 하지만 지금, 현관 벨이 직접 울렸다. 수상쩍게 여기면서도 자리에서 일어나 현관으로 가서 도어스코프에 눈을 댔다. 아무도 없다. 문을 열고 복도를 살피니 누군가가 모퉁이를 도는 모습이 슬쩍 보였다. 황급히 구두를 신고 밖으로 나가 복도를 지났다.

엘리베이터 앞에 도착하니 이미 문은 닫혔고 아래로 내려가는 중이었다. 나는 아래로 내려가는 단추를 눌러 엘리베이터가 오기를 기다렸다. 한참 지나 올라온 엘리베이터 문이 열리자 나는 안에 있는 노인, 엘리베이터맨에게 물었다.

"지금 내려간 사람, 어떤 사람이었습니까?"

엘리베이터맨은 깜짝 놀라다가 잠시 생각하더니 "양복을 입은 남자 분이었습니다만"이라고 말했다.

"머리카락은 짧았습니까?"

엘리베이터맨이 고개를 끄덕였다. "음, 예. 분명히."

"사십 대 중반 정도 되고, 눈초리가 매섭던가요?"

"눈초리가 매서운지는 제대로 보지 못했습니다만, 녹색 넥타이를 매고 있었습니다."

가사이다. 내 뒤를 미행한 거겠지. 하지만 어째서?

내가 고민하고 있는데 엘리베이터맨은 의아하다는 표정을 지었다.

"설마, 수상한 사람인가요?"

나는 잠시 생각하다가 고개를 끄덕였다.

"그런 것 같습니다. 만일 방금 전 그 사람을 또 보면 알려주시겠습니까? 저는 이 층, 제일 안쪽 집에 삽니다."

내 말에 엘리베이터맨은 기쁜 듯 고개를 끄덕이고는 실눈을 뜨고 "의뢰는 접수했습니다"라고 말하며 기도하듯 두 손을 모았다.

나는 엘리베이터 문이 닫히자 복도를 지나 집으로 향했다. 문 앞에 도착하니 녹색 책자가 붙어 있는 것이 보였다. 표지에는 '이별의 빛'이라는 글자가 보였다. 팸플릿 같았다. 테이프를 떼서 팸플릿을 뜯었다. 집으로 돌아와 팸플릿을 찢어 휴지통에 처박았다.

어째서 나를 가만히 내버려두지 않는 거지? 격렬한 분노가 치밀었다.

휴대전화 화면으로 시간을 확인했다. 곧 12시가 되려는 참이었다.

오늘은 현관 벨이 한 번도 울리지 않았다. 휴대전화도 울리지 않았다. 밖에도 나가지 않았다. 본관에 들어가는 날까지 앞으로 9일 남았다.

나는 휴대전화를 머리맡에 두고 눈을 감고, 또 위 언저리를 눌렀다. 통증은 아침에 일어났을 때부터 계속되었다. 아니, 일어나기 전부터다. 아파서 눈을 떴으니까.

위약을 먹어도 통증은 전혀 가시지 않았다. 요 며칠 제대로 된 식사를 하지 않은 탓인지도 모른다. 하루 끼니는 냉동 피자 한 조각 정도로, 아무것도 입에 대지 않는 날도 있었다. 게다가 매일 알코올을 대량 섭취하고, 수면제도 계속 먹고 있었다. 몸이 비명을 지른다 해도 이상하지 않았다.

저녁이 되어도 침대에서 나오지 못하고 통증을 참을 수밖에 없었다. 막막한 고독을 느끼고, 유리에게 전화를 걸어볼까 했지만 아무 용건도 없는데 전화할 수는 없다. 고독하다고 말할 수 있을 리도 없다. 우리는 거리를 두기로 결정했다. 이따금 만나, 태평한 대화를 나누며 식사를 할 뿐. 이것이 나와 유리가 정한 거리이자, 규칙이었다. 그후 5년간, 우리 둘 다 거리를 좁힐 노력도 하지 않았고, 그런 이야기조차 한 적이 없다.

6년 전, 간바라 나오야는 내게서 아들만 빼앗은 것이 아니라, 부부의 인연도 앗아갔다.

질질 끄는 재판을 매번 방청하면서 나는 간바라 나오야의 인생, 가족 구성, 성격, 취미, 교우관계, 직업 등 모든 사실을 알았다.

그리고 그날 행동의 전모를 알았다.

6년 전 11월 24일, 간바라 나오야는 오전 11시 40분, 살고 있던 아파트의 집주인이 문을 두드리는 소리에 눈을 떴다.

간바라 나오야가 문을 열자 주인은 그동안 밀린 두 달 치 집세를 요구했다. 간바라 나오야는 '바로 채비를 하고 은행에 가서 자동인출기로 돈을 뽑아와서 내겠다'고 약속했다. 그리고 12시 55분, 그는 전날 가게 돈을 훔치다가 해고당한 편의점에 전화를 걸어 점장을 바꾸라고 했다. 전화를 받은 중국인 점원이 점장은 없다고 하자 그에게 전언을 남겼다. '돈은 훔치지 않았다. 열 명을 길동무 삼아 죽겠다'라는 내용이었다. 하지만 그는 실제로 돈을 훔쳤고, 방범 카메라 영상도 남아 있었다. 사건 후, 똑같은 내용이 적힌 메모가 간바라 나오야의 아파트에서 발견되었다.

간바라 나오야는 사건 두 달 전, 밀리터리 전문 상점에서 통신 판매로 구입한 전투용 나이프를 코트에 숨기고 집을 나섰다. 음식점에서 낫토 정식과 닭튀김을 먹고, 맥주를 한 병 마셨다. 그리고 지하철역에 들어가 매점에서 주간지와 영양제 드링크를 두 개 샀다. 영양제는 그 자리에서 마시고, 주간지는 읽지 않고 플랫폼의 휴지통에 버렸다.

간바라 나오야는 기본 구간 운임의 차표를 사서 선두 차량에 올라탔다. 그는 손잡이를 붙잡고 그대로 한 시간쯤 거의 꼼짝도 하지 않았다.

나는 몇 장의 사진과 뉴스에서 보여준 재현 CG를 본 덕에 그 후에 일어난 일을 선명하게 상상할 수 있다.

가장 먼저 살해당한 사람은 파친코를 경영하는 59세 한국인 남성이었다. 시각은 오후 15시 7분. 그는 손잡이를 붙잡고 있는 간바라 나오야 앞에 앉아 졸고 있었다. 간바라 나오야는 길이 27센티미터의 전투용 나이프로 남성의 안구를 찌르고, 그대로 뇌를 꿰뚫었다.

나이프를 뺀 순간, 남성 옆에 있던 30세 여성이 솟구친 피를 뒤집어썼다. 그리고 비명이 울려 퍼졌고, 다른 승객들이 이변을 눈치챘다. 간바라 나오야는 일어서려는 여성의 가슴을 찔렀다. 그녀는 의식을 잃었지만 병원에서 응급처치를 받고 의식을 회복해 목숨을 건졌다. 이후 그녀는 다시는 전철을 타지 않는다. 타지 못하는 것이라고 피해자 유족 모임에서 말했다.

간바라 나오야는 놀라운 속도로 망설임도 주저함도 없이 차례로 사람들을 찔렀다. 그곳은 선두 차량이라 이변을 깨달은 운전실에서 나온 운전사도 오른쪽 허리를 찔렸지만 그는 살아남았다. 하지만 가장 경상이었던 그는 그후 몇 번이나 비판을 받았다.

찢어질 듯한 비명과 사방에 튀는 피. 절규와 고함이 오가는 차량 안은 전쟁터처럼 소란스러웠다. 하지만 전철은 멈추지 않았다. 간바라 나오야는 공포로 몸이 굳어 바닥에 쓰러진 채 꼼짝 못하던 여중생의 등을 찔렀다. 상처는 신장까지 달해 그녀는 병원으로 호송되던 중에 죽었다. 그 아이의 아버지가 훗날 피해자 유족 모임의 대표자가 되어, 재판 때마다 기자회견을 열었다. 나도 회견에서 몇 차례 발언했다.

마지막으로 칼에 찔린 것은 운전실 바로 옆에 있던 22세 주부와, 그 아들이었다. 주부는 아들을 감싸고 목과 어깨, 그리고 팔을 다쳤다. 그래도 주부는 품에 끌어안은 아들을 놓지 않았다. 하지만 간바라 나오야는 기성을 지르며 주부의 머리카락을 움켜쥐고 바닥에 내팽개쳐, 한순간의 틈을 타 아직 한 살이었던 아이의 가슴에 전투용 나이프를 내리꽂았다. 다음 순간, 동네 야구를 즐기고 돌아가는 길이었던 47세 남성이 금속 야구방망이로 간바라 나오야의 머리를 내리쳐 혼절시켰다(그는 일약 스타가 되어 많은 텔레비전 프로그램에 출연했고 『사명』이라는 제목의 책까지 출판했다. 하지만 사건으로부터 약 2년 후, 미성년자 매춘으로 체포당했다. 그때 자택에서 일반인들을 도촬한 것으로 보이는 영상이 발견되었다).

그 직후, 허리를 찔린 운전사가 일어나 운전실로 들어가 다음 역에서 전철을 정지시켰다. 구급대원이 달려왔을 때, 주부의 의식은 없었고 한 살배기 아들의 가슴에는 전투용 나이프가 그대로 꽂혀 있었다.

병원에서 네 시간 반에 걸친 수술을 받고 의식을 되찾은 주부는 상처 입은 몸을 일으켜 망연히 곁에 앉아 있는 그녀의 남편, 나에게 물었다.

"유키는?"

나는 고개를 떨구고 손바닥을 보며 조용히 숨을 내뱉고, 눈을 감았다가, 눈을 뜨고, 고개를 들어, 작은 목소리로 말했다.

"못 구했어."

그 말을 들은 유리의 눈동자에서 눈물이 흘러넘쳐 소리도 없이 뺨을 타고 떨어졌다.

"미안해요, 미안해요."

몇 번이나 사과하는 유리에게 나는 아무 말도 할 수 없었다.

여덟 명이 죽고, 네 명이 다쳤다. 하지만 그것으로 끝이 아니었다. 살아남은 사람들도, 살해당한 피해자의 유족도, 친구도, 연인도, 영원히 이어지는 고통이 몸과 머리에 각인되었다. 끝나지 않는 절망이 시작되었을 뿐이었다.

나는 일차적으로 목소리를 잃고, 잠을 잃고, 급기야 부부의 인연까지 잃었다. 고통도 절망도, 마치 육체의 일부처럼 내 안에 계속 존재했다. 그리고 올해 5월, 나는 살아갈 이유를 잃었다.

간바라 나오야가 사형당하자, 내게는 이제 아무것도 없다는 것을 깨달았다.

위통이 잦아들어 정신을 차리고 보니 침실은 이미 어두웠다. 쌀쌀했지만 일어나서 난방기를 틀 마음은 없었다. 이불 속에서 몸을 말고, 눈을 감았다.

겨우 꾸벅꾸벅 졸기 시작했을 때, 유리의 목소리가 들렸다.

"여보, 안 자?"

나는 눈을 뜨고 방 안이 어두운 것을 확인하고 다시 눈을 감았다.

"안 자."

바로 등 뒤에서 움직이는 기척이 났다. 유리도 등을 돌리고 있는 것이리라. 확인하지 않아도 알 수 있었다.

"줄곧 고민했던 문제가 있는데."

조심스러운 목소리로, 지금 하려는 이야기가 심각한 내용이라는 것을 알았다.

나는 몸을 조금 움직여 유리에게서 떨어져 등을 돌린 채로 말했다.

"무슨 일이야?"

침묵이 1분은 족히 이어졌다. 그 후 유리가 겨우 입을 열었다.

"이혼하고 싶어."

나는 아무 말 없이 뒷말을 기다렸다. 놀랍지는 않았다. 유키가 죽은 뒤 우리는 서로의 눈을 보지 않게 되었고, 웃지 않게 되었고, 마주치는 것도 피하게 되었다. 유리는 늦게까지 일을 했고, 나는 유리가 돌아오기 전에 잠자리에 들었다. 휴일도 각자 행동했고, 하루 종일 함께 있는 것은 재판일 뿐이었다. 물론 서로 손도 건드리지 않고, 섹스도 하지 않았다. 그런 날들이 언제까지고 이어진다고 생각할 만큼 나는 낙관적이지 않았고, 상황을 바꾸기 위해서는 커다란 각오와 행동이 필요하다는 것도 알았다. 하지만 나는 그러기 위한 용기도 없었고, 그럴 의사도 없었다. 우리는 서로의 안에 만든 어두운 동굴을, 매일 조금씩 키워나갔던 것이다.

"당신하고 함께 있는 한 나는 유키를 떠올릴 수밖에 없어. 슬프고 괴로워서, 어쩔 수가 없어. 그건 당신도 마찬가지일 거야."

나는 아무 말도 하지 않았지만 유리의 말에 동의했다. 나는 유리와 함께 있는 한, 유키를 떠올린다. 매끈한 머릿결, 늘 사용했던 샴푸 향기. 보드라운 피부에, 작고 따스한 손가락. 유리를 닮은 커다란 눈동자로 나를 보며 웃는 그 얼굴. 나는 그 모습을 잊을 수 없다. 잊고 싶지는 않지만, 언제나 생각하고 싶은 것은 아니다. 하지만 유리와 함께 있으면 조건 없이, 압도적으로, 유키의 기억이 밀려든다. 멈출 수도 없이. 차가운 물에 잠기듯, 모든 세포가 떠올리는 것이다.

"아마 당신은 날 용서할 수 없을 거야. 어째서 평소에는 타지 않는 전철을 탔는지. 게다가 특별한 용건도 아니고, 그저 새로 생긴 가게에 옷을 사러 가기 위해서, 겨우 그런 일을 위해서, 어째서 그날, 그 전철을 탔는지. 당신은 그걸 용서할 수 없을 거야. 그리고 그 인간에게, 간바라 나오야에게 찔렸을 때, 어째서 유키를 지키지 못했는지 화가 날 거야. 게다가 유키는 죽었는데, 나만 살아남아서. 그런 걸 용서할 수 없을 테지. 그것도 아마 평생 용서 못 할 거야. 당신은 죽을 때까지 나를 용서하지 않을 거야."

그렇지 않다고 말해야 한다. 나쁜 건 간바라 나오야고, 당신은 책임이 없어. 게다가 당신은 유키를 제대로 감쌌잖아. 그 증거로 몇 군데나 찔려서 크게 다쳤잖아. 그래도 유키가 죽은 것은 간바라 나오야 탓이야. 당신은 아무 잘못 없어. 그렇게 말해야 했다. 하지만 말하지 못했다. 나는 다시는 되돌릴 수 없는 말을, 유리가 아직 입원해 있을 때 입에 담고 말았던 것이다.

어째서 전철을 탔던 거야? 옷? 겨우 옷 한 벌 사려고 그런 전철을 탔던 거야? 당신이 옷을 사려고 하지 않았더라면 그날, 그 전철을 타지 않았더라면, 유키는 살아 있었을 텐데.

미안해요, 미안해요, 미안해요, 미안해요.

상처 입은 몸으로 울면서 사과하는 유리에게 나는 그런 말을 하고 말았다. 이제 와서 그것이 거짓이라거나, 이제 그런 생각은 하지 않는다고 말해도, 어디로도 돌아갈 수 없다. 현실은 앞으로만 나아간다. 과거는 지울 수 없다.

"물론 나도 나를 용서할 수 없어. 몇백 번, 몇천 번이나 후회했지만 과거로 돌아갈 수 없어. 그러니까 나는 나를 용서할 수 없어. 당신이 날 미워하는 것도 알고, 이해도 해. 만일 반대였다면 나도 당신을 미워했을 테니까."

"미워하지 않아."

나는 그렇게 말했다. 그것은 진심이었다. 유리에 대한 분노나 증오가 있었다 해도 그것은 이미 사라졌다. 나는 그저 슬플 따름이었다. 어렸을 때부터 가족이 무엇인지 이해할 수 없었던 나는, 아들이 태어남으로써 모든 것을 되찾은 기분이었다. 나를 사랑하지 않는 아버지도, 기억에도 없는 어머니도, 나를 두고 죽은 형도, 모든 것을 용서할 수 있을 줄 알았다. 나는 모든 것을 되찾았고, 새로 시작할 수 있다고, 가족과 행복해질 수 있다고 확신했다. 그런데 유키는 태어난 지 겨우 일 년 만에 죽었다. 간바라 나오야라는 최악의 남자에게, 살해당했다. 그 사실이 그

208

저 슬펐다. 나는 또다시 모든 것을 잃은 것이다. 하지만 유리를 미워하지는 않는다. 그것은 사실이었다.

"나쁜 건 당신이 아니라 간바라 나오야. 만약 당신에게 책임이 있다면, 당연히 내게도 있어. 내가 그날, 회사에 가지 않았더라면. 집에서 당신 곁에 있었더라면. 어쨌든 나는 당신을 미워하지 않아. 당신에게 책임이 있다면, 내게도 있어."

그 슬픈 거짓말은 내 영혼을 얼룩지게 만들었다. 그 얼룩은 이윽고 내 영혼을 멸하고, 지워버리리라. 사후세계가 있다 해도 나는 유키와 같은 곳에 가지 못할 것이다. 반드시, 지옥에 떨어질 것이다. 그날 나는, 회사에 가지 않았다. 유급 휴가를 받아, 혼자서 떠났다. 아내와, 아들을 두고. 그날, 유리에게 거짓말을 했다. 양복을 입고 현관으로 가서, 가죽 구두를 신고, 배웅하는 유리에게 마치 일하러 가는 것처럼 "다녀올게"라고 말했던 것이다. 그런 내게 유리를 탓할 자격은 없다. 오히려 내가 질책당해야 한다.

내가 후회에 짓눌려 있는데 유리가 말을 이었다.

"그리고 이혼이라고 해도 두 번 다시 만나지 않는 게 아니라, 가끔 밥이라도 먹으러 가는, 그런 거리가 좋을 것 같아. 나는 돌처럼 굳어져서, 당신에게나 내게나, 이제 아무것도 열어줄 수 없지만, 그렇다고 당신이 싫어진 건 아니야. 다만 함께 생활할 수 없을 뿐. 게다가 이 집에도 못 있겠어. 아이 방이 있으니까, 나는 이제 여기에는 있을 수 없어."

나는 아무 말도 하지 못했다. 유리도 아무 말이 없었다. 어둠 속에서, 서로의 숨소리만 들렸다. 그리고 내가 잠에 빠질 때, 등 뒤에서 유리가 움직이는 기척이 느껴졌다. 그리고 흐느끼는 소리가 들렸다.

나는 조용히 일어나 유리의 얼굴을 바라보았다. 유리는 두 손으로 얼굴을 감싸고, 하염없이 울고 있었다.

"유리."

얼굴을 감싼 채로, 유리가 말했다.

"꿈을 꿔. 그 아이 몸에, 나이프가 꽂히는 꿈. 그 아이는 깜짝 놀란 얼굴로, 나를 쳐다봐. 새까만 눈으로 나를 보면서, 고통스러운 얼굴로, 울음을 터뜨리면서, 나이프가 꽂힌 채로 내 쪽으로."

울음을 터뜨린 유리를 보며 나는 해야 할 말을 찾았다. 하지만 어떤 말도 떠오르지 않았다. 적절한 말을 찾기 위해 머릿속을 뒤질 연료도 부족했다. 나는 아들의, 생명이 빠져나가 메마른 눈동자를 생각했다. 영혼을 잃고, 차갑고 딱딱하게 굳은 피부를 생각했다. 유리의 목덜미에 남은 흉터를 생각했다.

그러는데 현관 벨이, 갑자기 현관 벨 소리가 들렸다. 착각했나 싶어 가만히 있는데 또다시 벨 소리가 울렸다.

나는 눈을 뜨고 몸을 일으켜 세 번째 벨소리를 듣고서야 겨우 꿈을 꾸고 있었다는 것을 깨달았다. 옆에 유리는 없었다. 나는 혼자였다.

간신히 침대에서 나와 현관으로 가서 도어스코프로 밖을 보니 그곳에는 엘리베이터맨의 주름진 얼굴이 있었다.

"무슨 일입니까?"

문을 열고 물었다.

엘리베이터맨은 복도를 살피듯 쳐다본 뒤 작은 목소리로 말했다.

"늦은 시간에 죄송합니다. 하지만 봤습니다. 그 남자, 매서운 눈매에 녹색 넥타이를 맨 수상한 자를."

나는 순간 그게 누구인지 몰랐지만 곧바로 이별의 빛이라는 그 종교단체의 가사이라는 사실을 깨닫고 얼굴을 찌푸렸다.

"어디에서 보셨습니까?"

"엘리베이터를 타려고 하더군요. 하지만 저를 보더니 서둘러 어디론가 가버렸습니다. 아마 계단 쪽으로 간 것 같습니다."

"그래서 계단을 올라갔을까요?"

"예. 제가 혹시나 싶어 이 층까지 와봤더니, 한참 있다 계단에서 올라오더군요."

"그래서 어떻게 하셨습니까?"

"또 저하고 눈이 마주치자 허둥거리며 계단을 내려갔습니다."

나는 잠시 생각한 뒤에 말했다.

"그 남자가 틀림없습니까?"

엘리베이터맨은 확신에 찬 표정으로 끄덕였다. "그 남자가 틀림없습니다. 그리고 보니 넥타이도 똑같은 녹색이었습니다."

나는 무슨 말을 해야 할지 몰라 잠시 망설인 뒤에 "일단 여기에서는 뭐하니 잠시 들어오시겠습니까?" 하고 문을 활짝 열고 안을 가리켰다.

"아니요, 괜찮습니다. 어라?"

엘리베이터맨은 집안을 쳐다보다가 눈썹을 실룩였다.

나는 그의 시선을 좇았다.

"저거, 이젤인가요? 그림 그릴 때 쓰는."

그가 가리킨 것은 요전에 사온 이젤이 든 상자였다. 표면에는 조립 후의 이젤 일러스트가 인쇄되어 있다.

"예. 일단은."

내가 대답하자 엘리베이터맨은 환한 얼굴로 감탄스럽다는 듯이 말했다.

"호오. 그림을 그리시는군요."

"아니, 그린다고 해야 하나, 그리기 시작했다고 해야하나. 혹시 그림을 그리십니까?"

엘리베이터맨은 고개와 손을 동시에 저으며 부정했다.

"아뇨, 아뇨. 저는 아닙니다. 제 집사람이 그렸었지요. 나이 먹은 후에 그리기 시작했는데, 몇몇 콩쿠르에서 상을 받으면서 개인전을 열어보지 않겠냐는 말까지 들었답니다."

그렇게 말한 그의 표정은 무척 자랑스러워 보여, 순간회춘한 것처럼 보이기도 했다.

"개인전이요? 대단하군요. 혹시 앞으로 개인전을 열 계획입니까?"

"아니오." 엘리베이터맨은 확고하게 말했다. "예정은

있었지만, 그 전에 죽고 말았습니다."

내가 아무 말도 못 하는 사이 그는 "그럼, 보고는 끝났으니 이만" 하고 고개를 숙이더니 복도를 걸어갔다. 나는 그 뒷모습을 향해 "고맙습니다"라고 말하고, 문을 닫았다.

창문을 열고, 베란다로 나갔다. 밑을 굽어보아도 주차장뿐, 사람 모습은 보이지 않았다. 추위를 견뎌가며 뚫어져라 굽어보면서 귀를 기울였다. 하지만 사람은 없다. 움직이는 물체도 보이지 않는다. 아무 소리도 없다. 몇 분 기다렸다가 방으로 돌아와 창문을 닫았다.

불안이나 공포는 느끼지 않았다. 다만 어쩌면 좋을지 몰랐다. 가사이는 아직 내 자살을 막으려고 한다. 생판 남인데, 나를 살리려고 행동하고 있다. 나는 그 감정이나 이유를 잘 이해할 수 없었다. 그가 몸담은 교단의 가르침이라고는 해도, 남의 뒤를 밟아 집까지 찾아오다니 제정신은 아니다.

나는 작업실로 가서 컴퓨터를 켜고, 구글 페이지를 열었다. '이별의 빛'을 검색했다. 처음에 표시된 것은 '이별의 빛' 공식 홈페이지였다. 열어보니 손바닥 로고와 퉁퉁하게 살찐 남자가 미소를 지으며 하늘을 가리키는 사진이 있었다. 보아하니 쉰 후반에서 예순 초반 같았다. 머리카락은 없지만 턱수염이 목 언저리까지 뻗어 있다. 새까만 눈썹은 굵고, 입술에는 정력적인 윤기가 흘렀다. 복장은 녹색 기모노 같은 옷으로 자세히 보니 손가락에 녹색 반지를 끼고 있었다. 녹색이 이 교단을 상징하는 색인지도 모른다.

차분히 뜯어보아도 남자의 사진에서는 관록이나 영기 같은 기운은 전혀 느껴지지 않고, 그 미소 뒤에는 음습한 본성이 숨어 있는 것만 같았다. 사진 밑에 '창시자 히다 무라쿠'라는 글자가 쓰여 있었다. 히다 무라쿠라고 읽는 게 맞나? 신자 수가 전국에 사십만 명, 매달 책자를 발행해서 신자에게 보내고 있다. 책자는 일반인들도 구입할 수 있다. 인터넷으로 헌금도 모으고 있다. 하지만 정작 중요한 경전이나 활동 내용은 거의 적혀 있지 않았다. '함께 죄를 정화하자'는 것이 주된 메시지였다. 창시자 히다 무라쿠의 블로그도 있지만 한 줄도 읽고 싶다는 생각은 들지 않았다.

공식 홈페이지 말고 다른 자료들을 살펴보니 교단에 피해를 입은 사람들의 고발이나, 교단에 몸담은 유명인의 이름이 나왔다. 개그맨이나 여배우, 국회의원, 프로레슬러, 소설가 등의 이름이 있었다. 과거에 두 번, 출판사를 상대로 고소를 한 적이 있다. 주간지 기사에 대한 것이었다. 하지만 역시 활동 내용이나 경전의 상세 내용은 알 수가 없어 실태가 눈에 보이지 않았다. 나는 컴퓨터를 끄고 한숨을 쉬며 거실로 돌아왔다.

맥주를 마시며 앞으로 무슨 일이 벌어질지 생각했다. 가사이는 포기하지 않았다. 그렇다면 두 번째 접촉도 있을까? 그렇게 생각하니 우울해졌다. 나는 조용히 죽고 싶을 뿐인데, 어째서 알지도 못하는 남, 그것도 종교 단체의 방해를 받아야만 하나? 자살을 막는다는 행위 자체는 틀리지 않았고 이해도 할 수 있지만, 집에 찾아오거나 미행을 하다니 도저히 용납할 수 없다. 깊은 한숨이 새어나왔다. 무게가 늘어난 것처럼 몸이 무거웠다.

이튿날 아침, 근처를 맴돌아보았다. 가사이의 모습은 보이지 않았고, 감시를 당하는 느낌도 없었다.

편의점에서 우유와 녹차, 맥주를 사서 집으로 돌아왔다. 점심때가 되자 다시 집을 나와 패밀리 레스토랑에 갔지만, 역시 가사이의 모습은 찾지 못했다. 소설을 읽으며 커피를 세 잔 마시고, 시저 샐러드와 토스트를 먹고 가게를 나섰다.

집으로 돌아와 달력 앞에 서서, 지나간 날에 파란 펜으로 X표를 쳤다. 센터에 가는 날까지 남은 일수는 앞으로 8일이었다.

소파에 앉아 공책에 쓴 목록을 보았다. 영화는 잔뜩 봤고, 소설도 읽고 있다. 이제 딱히 목표로 삼을 만한 게 없기 때문에 볼펜으로 사선을 그었다. 담배를 피운다는 항목에도 사선을 그었다. 남은 것은 미술관에 간다, 그림을 그린다, 이 두 가지다. 하지만 미술관에 대한 흥미는 이미 내 안에서 사라졌기 때문에 사선을 그어 지웠다. 그림만은 남겨두기로 했다. 도구는 이미 샀고, 이것이 사라지면 예정이 하나도 남지 않기 때문이다.

리모컨으로 텔레비전을 켰다. 음악 방송이 나오고 있었다. 여성 탤런트 두 명이 최신 히트송을 소개하고 있다. 그 프로그램을 한참 보았지만 어느 곡도 마음에 들지 않았고, 불쾌하기까지 했다. 내게는 이미 음악이 필요 없는 것인지도 모른다. 영화도 소설도, 조만간 필요 없어질까? 그렇게 되면 내게 무엇이 남을까? 생각해보았지만 짐작이 가지 않았다. 결국 내게는 아무것도 남지 않는다. 아무것도 필요 없다. 살아갈 목적도 의미도 없는 것처럼, 필요한 것도 없고, 이제는 그저 사라질 뿐. 그렇게 생각하니 이상하게도 마음이 편안해지면서 충족된 기분이 들었다. 아무것도 없다. 아무것도 필요 없다. 이제는 남은 나날을 소화하기만 하면 된다.

　가사이를 다시 만난 것은 그로부터 사흘 후, 12월 21일 이었다.

　나는 늘 가는 패밀리 레스토랑에서 커피를 마시며 시저 샐러드를 먹고 있었다.

　들고 온 소설을 다 읽고 커피 리필을 부탁하려고 하는데, 맞은편 자리에 한 남자가 소리도 없이 조용히 앉았다. 가사이였다. 여전히 넥타이는 녹색이다. 그의 양복이 젖어 있기에 밖을 쳐다보니 비가 내리고 있었다. 언제부터 비가 내렸을까? 전혀 몰랐다. 내가 가사이에게 눈길을 돌리자 그는 온화한 표정으로 잠시 나를 바라보며 미소를 지었다.

　"그만두신 거죠?"

　내가 대답하기 전에 뒷말을 이었다.

　"이것으로 당신은 필터알스가 될 자격을 얻었습니다."

　나는 그가 무슨 말을 하는지, 그리고 어떻게 발음했는지 전혀 이해할 수 없어 곤혹스러운 마음으로 그를 쳐다보았다.

웨이트리스가 다가와 물이 든 잔을 내려놓고 주문을 물었다. 가사이는 뜨거운 레몬티를 부탁했다. 나는 웨이트리스가 테이블에서 멀어진 것을 확인하고 그에게 물었다.

"지금 뭐라고 했습니까?"

가사이는 온화한 미소로 내 질문을 받아들이더니 고개를 끄덕이며 테이블 위에서 깍지를 꼈다. 굵은, 녹색 반지가 보였다.

"필티알스입니다. 이 말의 뜻은 나중에 설명하겠지만, 지금은 우선 축복하렵니다. 축하합니다."

진심으로 기뻐하며, 축복하듯 따스한 눈길을 받은 나는 등줄기가 얼어붙는 공포를 느꼈다. 나는 축복받을 이유도 없거니와 애초에 이 남자와 마주 앉아 대화할 이유도 없다. 게다가 이 남자는 지금 뭐라고 했지? 필, 티알스?

"가사이 씨." 나는 정신을 가다듬고 말했다. "멋대로 축복하지 마십시오. 게다가 멋대로 거기 앉지도 마세요. 여기는 지금 제 자리고, 당신은 남입니다. 저는 당신하고 이야기하고 싶지 않습니다."

내가 그렇게 말해도 가사이는 눈썹을 살짝 실룩였을 뿐, 주눅 드는 기색도 부끄러워하는 기색도 없었다. 온화한 미소는 무너지지 않았다.

"저희는 줄곧 확신을 갖지 못했습니다. 당신은 최단 기
간인 나흘 간격으로 센터에 다녔습니다. 그런데 어찌된
일일까요?"

가사이의 미소가 점점 커지더니 얼굴 전체로 퍼져나갔
다. 웨이트리스가 그의 앞에 뜨거운 레몬티를 내려놓고
떠나자 그는 뒷말을 이었다.

"오늘로 벌써 열흘입니다. 최단 기간인 나흘 간격으로
센터에 다녔던 당신이, 벌써 열흘이나 센터에 가지 않았
어요. 갈 기색도 없고, 요즘 자주 외출하고 있죠. 그래서
저희는 확신을 가졌습니다. 당신은 자살센터라는 시설의,
근본적인 실수, 그리고 벌을 깨닫고 자살을 포기하고 살
아갈 결심을 했다는 것을. 그리고 필티알스가 될 자격을
얻었다는 것을."

가사이는 '필티알스'라고 발음할 때 힘차게, 똑똑하게,
그것이 선한 상징인 것처럼 말했다. 나는 도움을 바라며
주위를 둘러보았지만 이쪽에 신경을 쓰는 사람은 아무도
없었다. 웨이트리스도 눈에 보이는 곳에는 없었다. 나는
포기하고 가사이를 보았다. 확신에 찬 온화하고 깊은 미
소에 속아 넘어가지 않도록, 자세를 가다듬고 그 눈동자

를 노려보았다. 그리고 그의 단언을 부정하기 위해 냉담하고 단호하게 말했다.

"저는 자살을 포기하지 않았습니다. 그만둘 마음도 없습니다. 그리고 그 점에 대해 타인인 당신과 이야기할 생각은 없습니다."

가사이의 얼굴에 떠올랐던 순수하고도 완전한 미소는 냉수를 뒤집어쓴 것처럼 단숨에 사라졌고, 버림받은 강아지처럼 곤혹스럽고도 고통스러운 표정이 퍼져나갔다.

"그렇다면, 당신은."

"센터에 또 갈 겁니다. 하지만 그 날짜를 당신에게 알려줄 마음은 없습니다. 저는 필티알스가 뭔지도 모르고, 알고 싶지도 않습니다. 당신네 교단이 어떤 것을 믿고 무슨 짓을 하는지는 모르겠지만, 수법이 완전히 빗나갔습니다. 저는 컬트 교단과 어울릴 정도로 정신적인 여유가 없습니다. 그러니 대화할 필요도 없고, 더 이상 당신과 같은 공간에 있을 생각도 없습니다."

나는 코트와 전표를 들고 일어나 상처 입은 표정의 남자를 내버려두고 계산대로 향했다. 한 번도 돌아보지 않고 계산을 마치고 가게에서 나왔다. 바깥의 냉기를 접한 순간 책을 두고 왔다는 사실을 깨달았지만, 이미 읽은 책인 데다 또 읽고 싶으면 사면 그만이다. 나는 코트를 입고 후드를 뒤집어쓰고, 빗속을 걸었다.

걸음을 뗀 지 몇 분 후, 횡단보도에서 기다리는데 옆에 왜건 차량이 멈춰서더니 뒷좌석이 열렸다. 그러더니 갑자기 누가 옆에서 목덜미를 붙잡고, 반대쪽에서 팔을 잡아당겼다. 두 남자가 나를 끌어당겼다. 정신을 차리고 보니 차 안에 갇혀 있었다. 내 목을 붙잡은 덩치 큰 남자가 뒷좌석 문을 닫자 조수석에 앉은 남자가 뒤를 돌아보았다.

"아직 이야기는 끝나지 않았습니다."

가사이는 싱긋 웃었다. 온화한 태도는 그 어디에도 없었다.

얼마나 맞았을까?

몇 차례 의식을 잃었다가 강한 충격과 함께 의식이 돌아왔다. 주위는 높은 담에 둘러싸여 있었고 가사이와 세 남자 외에 인기척은 없었다. 맞고 차이고, 바닥의 모래나 비가 입과 코에 들어갔다. 몸에 힘이 들어가지 않는다. 구역질이 났다. 이윽고 폭력이 끝나자 쓰러진 내 옆에 가사이가 몸을 숙였다. 가사이는 쏟아지는 비를 맞으며 들개를 처량히 여기는 눈빛으로 나를 굽어보고 있었다.

　"자살 건은 일단 차치해두지요."

　나는 아무 말 없이 그의 차가운 눈동자를 쳐다보았다. 숨은 가쁘고 구역질도 가라앉지 않았다. 그리고 온몸에 격렬한 통증을 느꼈다. 하지만 통증 그 자체보다도 내가 어이 없이 간단히 납치당해 낯선 장소에 끌려왔다는 것이 내게는 더 충격이었다. 그 단순한 사실이 마음을 약하게 만들었다.

　"저는 말입니다, 도이 씨. 자살을 포기하고 말고는 결국 그분의 판단이기 때문에 물러날 때도 있습니다. 실제로요. 하지만 교단을 모욕하면, 제가 평생 믿어온 것을 더럽히면 참을 수 없어요. 물러나지 않겠습니다. 용서하지 않을 겁니다. 당신은 교단을 컬트라고 불렀습니다. 저는 그것을 용서할 수 없어요. 하지만 당신은 모르겠지요. 교단의 가르침이 얼마나 훌륭하고, 이 세상에 필요한 것인지. 무신론자에 아무것도 믿지 않고 그저 방황하는 당신 같은 마리쿠누코무누, 아아, 죄인이란 뜻입니다, 그런 사람은 이해 못 할 겁니다. 죽는 순간까지도, 죽은 후에도 말입니다."

　나는 터져나갈 듯한 고통을 참으며 간신히 호흡을 가다

듣고, 나를 굽어보는 가사이를 향해 입을 열었다.

"사람을 납치해놓고 폭력을 휘두르다니. 이게 당신 교단에서는 용납되는 일입니까?"

"호오. 이 상황에서도 떠드는군요." 가사이는 감탄스럽다는 듯이 말했다.

"신기한 일이군요. 일단 대답하자면 용납되고 자시고 할 게 없습니다. 당신이 잘못했으니까요. 당신은 벌을 받아 마땅합니다."

갑자기 눈앞이 가물거릴 정도로 커다란 분노가 온몸을 꿰뚫었다. 가사이에게, 교단에게, 그리고 가장 커다란, 눈에 보이지 않는 것에 대해, 내가 죽음을 선택한 것은 살아갈 이유가 없으니까, 그리고 고통을 끝내기 위해서였다. 그런데 또다시 새로운 고통에, 통증에 휩싸였다. 대체 인간은 혼자서 얼마나 되는 고통을 짊어져야 하는 걸까? 한 사람의 인간이 겪는 고통에, 통증에, 한도라는 건 없는 것일까?

나는 고통을 견디며, 거센 비를 맞으며, 간신히 말했다. "미쳤군요." 당신도. 교단도. 이 나라도. 그리고 아마, 나도.

가사이는 그 말을 듣고 미소를 지었다.

"맞습니다. 이 세상은 미쳤습니다. 당신 같은 인간이 죄를 흩뿌리며, 세상을 더럽히고, 이윽고 가라앉히는 겁니다. 그러므로 저희는 그것을 저지해야만 합니다. 당신도 우리의 일원, 잘만 하면 필티알스가 될 수 있었는데 유감입니다. 아, 그래요, 죽이지는 않을 테니 나중에 경찰에 가도 됩니다. 단 제가 이 자리에 없었다고 증언할 사람은 많으니, 별로 권하지는 않겠습니다만. 하지만 안타깝군요. 우리라면 당신을 구원할 수 있었는데."

나는 고통을 참으며 겨우 입술을 일그러뜨리고 눈을 가늘게 떴다. 웃는 얼굴로 보여야 할 텐데.

"전에도 말했지만, 가사이 씨. 진정한 의미로 사람을 구원하는 건 종교가 아닙니다. 그리고 저는 필티알스가 뭔지도 모르고, 되고 싶지도 않고, 이해할 마음도 없습니다."

가사이의 얼굴에 경악이 감돌았다. 나는 죽기로 작정했다. 죽음을 각오한 사람이 왜 폭력을 두려워하겠는가?

"보세요, 가사이 씨. 필티알스인지 무슨 티알스인지 모르겠지만, 멋대로 하세요. 멋대로 믿으시라는 말입니다. 하지만 남한테 강요하는 건 잘못입니다. 그런, 시시한 사상을."

가사이가 벌떡 일어나 발을 치켜들었다. 가죽 구두가 얼굴에 닿은 순간, 눈앞이 새빨갛게 폭발했다.

어둠 속, 처음 눈에 보인 것은 연기였다.

허공을 맴돌다 사라지는 연기. 그리고 냄새. 아무래도 나는 어디에 누워 있는 것 같았다. 옆을 보니 깜빡거리는 붉은 담뱃불과, 다리를 꼬고 의자에 앉아 있는 가녀린 여성이 보였다.

쇼트커트 머리를 한 여성, 그녀는 책을 읽고 있다. 그녀의 얼굴을 본 순간, 탁했던 의식이 명료해지는 감각이 느껴졌다. 나는 가사이에게 납치되어 폭행을 당하다 의식을 잃었던 것이다. 그리고 이곳은 아마도 병원일 것이다. 기억이 순간적으로 흘러넘친 뒤에, 나는 간신히 입을 열었다.

"어째서 네가 여기에?"

입을 달싹이자 입술에 날카로운 통증이 느껴졌지만 겨우 참았다.

담배를 피우던 여성은 나를 돌아보더니 책에 책갈피를 끼우고 근처 선반에 내려놓았다. 연기를 천천히 천장에 내뿜고, 다시 나를 쳐다보았다. 그리고 입을 연다.

"기분이 어때?"

기리코가 표정 없이 물었다. 아직 시야가 멍해서 그런지 그녀의 뺨에 있는 숫자 타투가 흐릿하게 보였다.

"별로 좋지는 않아. 솔직히 말해서."

"그렇겠지."

기리코는 그렇게 말하더니 또 연기를 내뱉고 담배를 휴대용 재떨이에 넣었다.

"뼈는 부러지지 않았으니 크게 걱정할 일은 없다고 의사도 그랬지만, 며칠은 입원해야 한다나 봐."

"그렇구나."

스스로는 얼마나 다쳤는지 알 수 없었다. 약 때문인지도 모르지만, 얼굴 말고는 별로 통증을 느끼지 못했다.

새삼 기리코의 얼굴을 쳐다보니 그제야 숫자가 확실히 보였다. 왼쪽이 '914'이고 오른쪽이 '2615'다. 피우고 있는 담배는 러키 스트라이크일 것이다.

"그래서, 일단 경위를 설명해줄 수 있을까? 네가 여기에 있는 이유도."

"무라카미가 당신을 발견해서 여기로 옮겼어. 그리고 나한테 연락했지. 나는 두 시간쯤 전에 여기에 왔어. 달리 궁금한 건?"

무라카미. 기리코의 조수 같은 사람이다. 모습은 본 적도 없고, 남자인지 여자인지도 모른다. 하지만 그 무라카미 씨가 나를 발견해서 이리로 옮겨주었다. 그건 이해했다. 그리고 그 우연에 무심코 웃고 말았다.

"우연이라는 게 있긴 하구나. 만일 그 무라카미 씨가 발견해주지 않았더라면 나는 아직도 바닥에 뻗어 있었을 테지."

기리코는 내 얼굴을 한참 바라보다가 기가 막힌다는 표정으로 작게 한숨을 쉬었다.

"바보 아니야?" 그렇게 말하며 눈썹을 찌푸렸다. "우연히 찾아냈을 리가 없잖아. 내가 부탁했어. 당신을 관찰하라고. 그랬더니 그 가게에서 당신은 웬 남자하고 다투고 가게를 떠났고, 그 남자가 차로 당신 뒤를 쫓았지. 무라카미는 그 남자 뒤를 쫓았을 뿐이야."

내가 열 가지도 넘는 질문을 생각해내고 입에 담기 전에 기리코가 말을 이었다.

"미리 말해두겠는데, 여긴 무라카미가 아는 사람이 하는 병원이야. 경찰이 올 일은 없어. 만약에 경찰에 가고 싶으면 직접 가."

내가 더 많은 질문을 떠올린 순간, 또 기리코가 입을

열었다.

"그리고 또 한 가지. 당신을 두들겨 팬 놈들 말인데, 지금은 다른 병원에 있어. 다들 중상이지만 죽지는 않았어. 하지만 한동안 움직이지 못할 거야. 일단 자세히 설명하자면 네 명 다 양팔이 부러졌어. 나머지는 턱하고 늑골도 부러진 것 같아. 세 명은 의식이 있지만 한 명은 의식이 없어."

"누가 그런 거야? 무라카미 씨?"

기리코가 고개를 끄덕였다.

"그래서, 그래서 무라카미 씨는 안 다쳤고?"

나는 간신히 물었다.

"조금 다친 것 같아. 하지만 괜찮아. 죽이려고 해도 좀처럼 안 죽을걸, 그 녀석은." 기리코는 그렇게 말하고는 담뱃갑에서 담배를 한 대 꺼냈다

나는 지금 얻은 정보를 제대로 이해하지 못하고 혼란스러워 "병실은 금연인데"라는 말을 지껄이고 말았다. 기리코는 내 말을 완전히 무시하고 담배에 불을 붙이더니 나를 향해 연기를 내뱉었다. 그러고 나서 예상치도 못한 말을 했다.

"당신, 옛날에 경찰에 신고한 적 있지 않아?"

기리코가 무라카미에게 나를 관찰하도록 지시했고, 가사이 일행은 입원했고, 내가 옛날에 경찰에 신고? 무슨 말인지 도통 모르겠다.

나는 천천히 몸을 일으켰다. 온몸이 쑤시고 아팠다. 호흡을 가다듬고 질문했다.

"미안, 지금 막 정신을 차려서 그렇겠지만 잘 모르겠어. 그건 무슨 얘기야?"

기리코는 다시 한 번 연기를 뱉었다. 그러고 나서 말을 이었다.

"당신 옛날에, 이웃 마을에 있는 시부타라는 곳에 살지 않았어?"

또 영문을 모르겠다. 하지만 그곳에 살았던 것은 사실이다.

"살았어. 옛날에. 하지만 벌써 십 년은 더 된 옛날 일인데."

"맨션이었지? 메종 크라운 시부타."

"네가 그걸 어떻게?"

기리코는 내 질문을 무시하고, 휴대용 재떨이에 재를 떨어뜨렸다.

"당신은 거기에 애인하고 둘이서 같이 살았지. 옆집에

는 부부와 아이 둘이 살았는데, 부부는 아이들을 학대했
어."

"응, 그런 일이 있었지. 하지만……."

"아이들은 어린 자매였어. 하지만 당신이 신고했을 때,
동생은 이미 죽었고, 언니는 동생 시체하고 두 달이나 한
방에서 살고 있었어."

그것은 꽤나 오래된 이야기였다. 나하고 유리가 아직
막 사귀기 시작했을 무렵이었다.

이웃집에서 들리는 비명과 울음소리로 학대 사실을 눈
치챈 우리는 아동상담소에 신고했지만, 이웃집 부부는 상
담소 직원을 집에 들이기는커녕, 우리를 명예훼손으로 고
소하겠다고 했다. 그리고 실제로 고소당했다. 하지만 일
주일 후, 또다시 울음소리와 비명을 들은 우리는 아동상
담소에 전화를 하고, 경찰에도 신고했다. 학대가 틀림없
다고 생각했기 때문이다. 만일 그것이 착각이라서 재판에
서 죄를 묻는다 해도, 우리는 개의치 않았을 것이다. 무엇
보다 소중한 것은 아이이기 때문이다.

"하지만, 네가 그걸 어떻게?"

어스름 속에서 기리코가 나를 가만히 바라보았다. 담배
를 휴대용 재떨이에 넣고, 잠깐, 눈을 감았다. 그리고 다

시 나를 보았다.

"동생은 죽었지만 언니는 살았어. 부모는 체포당해 지금도 형무소에 있어. 살아남은 언니는 아동보호시설에 들어가, 제법 터프해졌지."

그녀의 얼굴에 떠오른 서글픈 미소를 보고, 둔한 나도 그제야 깨달았다. 동생은 죽었지만, 언니는 살았다.

"그 아이는 성장해서 여러 사람들을 만났고, 여러 일을 했어. 그리고 어느 날 신고해준 두 사람에 대해 조사해 만나러 갔지. 두 사람은 결혼했지만, 태어난 지 얼마 되지 않은 아이를 잃었어. 하지만 부인은 평범하게 생활하는 것처럼 보였어."

기리코는 거기에서 말을 끊고, 미소를 지웠다.

"하지만 남편 쪽, 당신은, 매일 술에 절어 최악으로 살고 있었어."

몸이 떨렸다. 술에 절어도 잠들지 못했던 날들에 나타났던, 얼굴에 타투를 한 소녀, 기리코는 학대당하던 소녀였다. 나하고 유리가 신고했다. 그리고 부모는 체포되었고, 그녀는 살아남았다. 그리고 지금, 내 눈앞에 있다.

"당신들이 신고하지 않았더라면 그 아이는 죽었을지도 몰라. 하지만 살았지. 그래서 이번 일로 그 아이는."

별안간 기리코의 목소리가 떨렸다. 기리코는 고개를 푹 떨구었다.

"그 아이는, 빚을 갚았을까?"

나는 크게 숨을 들이쉬고, 그녀를 바라보며 대답했다.

"처음부터 빚 같은 건 없었어."

기리코는 고개를 들지 않았다. 어깨가 가늘게 떨리고 있다.

"네가 없었다면 나는 이번에 죽었을지도 몰라. 게다가 전에도 약을 줘서 날 구해줬어. 그러니 빚이 있는 건 내 쪽이야. 너하고, 무라카미 씨에게는 감사를 해야지."

기리코는 고개를 숙인 채, 등을 돌리고 눈가를 훔쳤다.

"또 한 가지. 당신이 어째서 그런 놈들하고 다투었는지는 모르겠어. 그놈들한테도 묻지 않았고, 당신한테 물을 생각도 없어. 그리고 당신이 어떻게 살든, 어떻게 죽든, 그것도 당신 자유야."

나는 그녀의 자그마한 뒷모습을 보며 고개를 끄덕였다.

"하지만 당신이 구한 생명이, 지금도 이 세상에 살아 있다는 것만은 알아줘. 동생은 9월 14일에 태어나, 2,615일 밖에 살지 못했지만, 언니는 아직 살아 있어. 그리고 앞으로도 계속 살아갈 거라는 것만은 알아줘."

기리코는 그렇게 말하고는 자리에서 일어나 코트 주머니에 책을 넣고 문 앞으로 걸어가 등을 돌린 채로 말했다.

"일단 나는 돌아갈게. 당신이 앞으로 어쩔 작정인지는 모르겠지만, 또 약이 필요하면 연락해."

기리코는 그 말만 남기고는 문을 열고 나가버렸다. 그녀가 떠난 자리에는 아직 잔상이 남아, 온도마저 느껴지는 듯했다.

울컥, 눈물이 솟구쳤다. 나와 유리가 신고해, 살아남은 소녀와 만나 이야기할 수 있었다. 그것은 대단히 기쁜 일이다. 하지만 나는 이제부터 죽을 작정이다. 생명을 내던지려 하고 있다. 그것은 정말 옳은 일일까? 나는 정말로 생명의 가치를 이해하고 있는 걸까? 이해하고도 자살이라는 길을 선택해, 이제 그 길을 걸어가려는 것인가?

유키, 가르쳐다오.

나는 옳은 길을 가고 있니? 이제 죽음은 피할 수 없니? 이제부터 내가 갈 곳에 너는 있니? 눈물이 뺨을 타고 흘렀다. 얼굴을 감싸고, 소리 없이 울었다.

내 안의 결론이 변하지 않았기 때문이다. 기리코의 고백조차 내 마음을 바꾸지는 못했다. 나는 최악의 남자다. 그런데도 삶이라는 길을 선택할 수 없다니. 하지만 달리

가야 할 길이 보이지 않는다.

나는 살아 있다는 사실이 너무나도 고통스럽다.

통증과 발열, 그리고 구토감이 이어졌지만 큰 상처는 없었다. 입술이 찢어지고, 이가 두 개 부러졌지만 다행히 어금니였고, 뼈는 부러지지 않았다. 잠이 들자 오랜만에 그 하얀 꿈을 꾸었다. 코끼리와 해골이 나와 뭔가 떠들었다. 해골은 오른쪽 손목만 살에 덮여 있었다.

입원해 있는 동안, 가사이가 말한 '구원'에 대해 생각했다. 만일 가사이를 따라가서 그의 교단에 들어가면 나는 구원받았을까?

단 하나, 문제점은 내가 구원을 바라지 않는다는 점이었다. 나는 끝내고 싶다. 그들은 이어가고 싶다. 정반대를 바라보는 존재와의 교류는, 뭔가를 자아낼 수 있을까? 하지만 이미 그 대답은 보이지 않는다. 선택지 자체가 사라졌다.

사흘 후에 퇴원해, 맨션으로 돌아가 엘리베이터 문을 열자 엘리베이터맨이 웃는 얼굴로 "어서 오십시오"라고 말했다. 나는 통증을 참아가며 미소를 지었다.

"다녀왔습니다."

안녕

집을 정리하는데 침실 선반에서 앨범이 나왔다.

피사체는 대부분 나였고, 찍은 사람은 형이었다. 아버지 사진은 한 장도 없었다. 물론 어머니 사진도 없었다.

나는 한 장 한 장 훑어보며 자잘하게 찢어 휴지통에 버렸다. 사진 속의 나는 해마다 다양한 옷을 입고 다양한 장소에 있었지만, 늘 혼자였다. 형이 찍었기 때문에 형과 함께 찍은 사진은 한 장도 없었다. 사진은 기억을 거의 자극하지 못했고, 마음을 흔드는 일도 없었다. 나는 훑어본 뒤에 찢어서, 버렸다. 그중에서 형의 사진을 발견하고, 손이 멎었다.

사진 속 형은 검은 교복을 입고 있었다. 아마 중학교 때 사진이겠지. 낯선 골목에 서서, 벽을 배경으로 꼿꼿이 서 있다. 이 사진은 기억에 없었다. 혹시 아버지가 찍은 걸까? 아니면 어머니가?

형은 카메라 쪽을 바라보고 있었지만 그 눈은 카메라 속, 그보다 더 깊은 곳을 보는 듯한, 아득한 눈빛을 하고 있었다. 이 무렵의 형은 매일 교복을 입고 있었지만, 학교에는 거의 가지 않았다. 나와 형은 고등학교도 같았고, 담임도 같았다. 그 담임 여교사에게 들은 바로는 형이 학교에 오지 않아 아버지에게 알리기 위해 집에 찾아왔을 때, 아버지는 "별로 상관없습니다. 제게는 상관없는 일입니다"라고 했다고 한다. 말문이 막힌 담임은 부모의 책임에 대해 긴 설교를 했다고 한다. 이 남자는 부모도 아니고, 우리를 사랑하지도 않는다는 것을 깨달은 게 그때였다.

나는 오래도록 망설인 끝에, 그 사진을 갈색 봉투에 넣었다. 찢을 수도 없고 보존할 수도 없으니 아버지에게 보내는 붉은 편지에 함께 넣을 생각이었다. 내 사진도 넣을까 싶었지만 그만두었다. 아버지는 나를 사랑하지 않는다고 고백했다. 사진을 받는다고 기뻐할 리가 없다.

사진을 전부 처분한 다음 편지를 정리하기 시작했다.

같은 학년 여학생에게 받은 편지나, 옛 연인에게 받은 편지도 있었다. 나는 그것을 읽지 않고 찢어서 휴지통에 버렸다. 나는 하얀 봉투를 들었다. 형이 보낸 편지로, 적혀 있는 것은 구치소 주소였다. 검열 도장도 있다. 이것만은 읽어둘까 싶어 안에서 편지를 꺼냈다. 세로쓰기식 편지지 한 장이 전부인, 짧은 편지였다. 특징적인 딱딱한 글씨가 겨우 몇 줄, 늘어서 있었다.

　너는 괴로운 인생을 살겠지.
　인생에 정답은 없다. 그러니 전진하고, 배워나갈 수밖에 없어.
　내가 먼저 죽겠지만, 사후세계라는 게 있다면 가급적 네 힘이 되고 싶다.
　전진할 수밖에 없다고, 가족들에게 전하렴.
　그리고 면회는 오지 않아도 된다. 언젠가 다시, 만날 테니까.

　나는 그 편지를 다섯 번 읽고, 방금 전 사진을 넣은 봉투에 넣었다. 이것도 처분할 수 없으니 아버지에게 보내야겠다.

너는 괴로운 인생을 살겠지.

확실히 그래, 하고 나는 마음속으로 형에게 말했다.

어머니는 철들기 전에 집을 나갔고, 아버지에게는 사랑받지 못하고―직접 사랑하지 않는다는 말까지 듣고, 유일하게 소중한 가족이었던 형은 자살했다. 그리고 성장한 나는 사랑하는 사람을 만나 결혼하고, 아이를 낳아 행복을 손에 넣었다고 생각했지만, 그 아이는 살해당했고, 아내와는 이혼했다. 알코올과 수면제가 없으면 잠들지 못하게 되었다. 최근에는 종교단체 신자에게 납치당해 끔찍한 폭행을 당했다.

"하하."

나는 무심코 웃고 말았다.

너는 괴로운 인생을 살겠지. 그래. 나는 괴로운 인생을 살고 있어. 마음속으로 형에게 말했다. 나는 불행하다. 때때로 행복한 사람을 저주하고 싶을 정도로, 불행하다.

정답은 없다.

그렇다면. 나는 죽음을 선택하기로 결심했다. 형이 남긴 말을 보고 나는 결심했다. 형이라면 내 결단을 이해할 수 있을 것이다. 이해하지 못한다 해도, 탓하지는 않을 것이다. 자기도 자살해서, 나를, 상처 입혔으니까.

책장을 정리하면서 한 권씩 상자에 담고 있는데, 책에서 사진 한 장이 팔랑거리며 바닥에 떨어졌다. 주워서 사진을 보았다.

사진에 찍힌 것은 형이었다. 나이는 아마 이십 대 후반이나, 서른쯤. 죽기 직전과 다름없는 형이 그곳에 있었다. 형이 죽었을 때, 유품에 소설이 잔뜩 있어서 나는 그것을 집으로 가지고 왔다. 그 안에 섞여 있었던 건지도 모른다.

찍혀 있는 것은 형 혼자였는데 늘 그렇듯 카메라 너머를 보는 듯 아득한 눈빛이었다. 코트를 입고 있어 때가 겨울임을 알았다. 그리고 나는, 형의 뒤쪽에 찍혀 있는 것에 시선을 빼앗겼다. 커다란 충격을 받고, 등줄기가 오싹했다. 나는 눈을 부릅뜨고 형의 등 뒤에 찍힌 것을 한참이나 바라보았다. 사진은 동물원에서 찍은 것이었다. 형의 뒤에는, 기다란 코를 하늘로 쭉 뻗은 코끼리가 찍혀 있었다.

캔 맥주 여덟 개와 수면제 다섯 알을 먹고 잠이 들어, 또 하얀 꿈을 꾸었다.

작은 코끼리가 나와 뭔가 말했다. 오른쪽 손목에만 살

이 있는 해골이 덜컥덜컥, 턱뼈를 울렸다. 커다란 코끼리가 어디선가 나타났는데 배에 나이프가 꽂혀 있어 피가 줄줄 흘렀다. 그 모습을 보니 영상이 일그러지고 소리가 커지면서 고통이 온몸을 꿰뚫었다. 비명을 지르며 눈을 떠, 화장실로 달려갔다. 위에 든 내용물을 변기 속에 전부 토해냈다. 입안에 위액만 남자 눈물이 흘러넘쳤다. 나는 소리 높여 울었다. 어째서 우는지, 나도 알 수 없었다. 그리고 나는 전신의 세포를 모두 사용해 세상을 저주했다. 나를 이런 세상에 태어나게 한 부모를 저주했다.

넋 나간 사람처럼 텅 빈 껍질로 있었다.

줄곧 무언가를 생각하고 있었지만, 그것이 무엇인지 전혀 이해할 수 없었다. 떠오른 이미지는 금세 산산이 흩어졌고, 생각난 라인은 툭 끊겨버렸다. 손을 뻗으면 뭔가 잡힐 듯한데, 아무것도 잡히지 않고 귀울림만 날 뿐이었다. 수면제와 알코올 외에는 아무것도 먹지 않았다. 전화도 현관 벨도 울리지 않았다. 그저 이따금 형의 목소리가 들리는 것 같았다. 유키가 곁에 있는 것 같았다. 그리고 페이지는 넘어갔다.

"이런, 어떻게 된 겁니까? 몸이라도 안 좋으십니까?"

241

엘리베이터맨의 말에 바로 대답할 수 없었다. 거의 아무것도 먹지 않고 알코올과 수면제만 줄기차게 먹으면서 수염도 깎지 않고, 세수도 하지 않았다.

대체 나는 지금 어떤 몰골로 보일까? 이렇게 걱정스러운 눈빛으로 바라볼 만큼 심각한 상태일까? 내가 간신히 "괜찮습니다"라고 말하자 엘리베이터맨은 고개를 무겁게 끄덕이며 1층 단추를 눌렀다.

엘리베이터의 문이 닫혔다.

'토머스 & 뤼미에르'는 닫혀 있었다. 그대로 꼼짝도 않고 있으려니 뒤에서 누가 말을 걸었다.

"잠깐."

뒤를 돌아보니 기모노를 입은 여자가 눈을 가늘게 뜨며 의아한 표정으로 나를 쳐다보고 있었다.

"무슨 일이라도 있어? 왜 그래?"

걱정스러운 목소리로 묻는다. 내가 스스로도 무슨 말을 하는지 모를 목소리로 웅얼거리자 여자는 나를 밀치고 계단을 올라가 열쇠를 꺼내 문을 열었다.

안으로 들어가 불을 켠 여자, 시오자키 사에코는 기가 막힌다는 듯이 말했다.

"아직 아침 일곱 시밖에 안 됐어. 이렇게 이른 시간에 무슨 일이야?"

카운터 끝에 작은 크리스마스트리가 있었다. 작은 선물 상자와 별, 그리고 폭신한 솜이 달려 있었다.

믹스 샌드위치를 먹고, 커피를 두 잔 마시고, 화장실에서 얼굴을 박박 씻었다. 눈을 감고 심호흡을 되풀이하자 얼마간 기분이 상쾌해졌고 멀어졌던 사고가 제자리를 찾았다. 그리고 눈의 초점을 맞추어 거울에 비친 남자를 바라보았다. 하지만 바로 눈을 돌렸다. 수치와 죄책감이 들끓었다. 뺨은 홀쭉하고 입 언저리는 덥수룩한 수염에 뒤덮였으며, 얼굴은 창백하고 머리는 산발이라 마치 시체 같았다.

"꽤 즐거웠나 보네."

시오자키 사에코가 테이블을 닦으며 말했다.

"뭐가요?"

내가 묻자 그녀는 어이가 없다는 얼굴로 깊은 한숨을 쉬었다.

"여행 말이야. 당신, 요전에 유급 휴가를 받아서 여행을 떠난다고 했잖아. 그 후로 여기 두 번 왔는데, 그때마다 말라가네. 대체 여행을 어디로 간 거야? 아니면 아직 안 간 거야?"

나는 또다시 뭔가를 웅얼거리며 얼버무렸다. 믹스 샌드위치가 맛있어서, 맛있다고 했다. 시오자키 사에코는 더 이상 여행에 대해서는 묻지 않았다.

시오자키 사에코가 BGM을 틀었다. 흘러나온 곡은 캣파워의 〈시 오브 러브〉였다. 션 마셜의 허스키하고도 부드러운 목소리가 귀를 간질였다. 나는 눈을 감고 목소리와 소리에 귀를 기울였다. 나는 음악 속에 들어가, 그저 소리만을 듣는 존재가 되었다. 나는 귀. 그리고 소리. 이제, 다른 것은 아무래도 좋았다.

곡이 끝나자 자리에서 일어나 계산대에서 돈을 내려고 했지만 시오자키 사에코는 카운터에서 꼼짝하지 않았다.

"저, 계산을."

내가 말하자 그녀는 고개를 홱 저었다.

"오늘은 크리스마스니까 내가 사는 거야. 그 대신."

그녀가 눈을 가늘게 뜨며 탐색하듯 나를 바라보았다.

"그 대신, 또 여기에 와. 무슨 일이 있었는지는 모르지만 그것만은 약속해줘."

나는 고개를 끄덕이고 가게를 나섰다. 안녕이라고 말해야 했다. 계단을 한 걸음씩 내려가면서, 격렬한 후회에 사로잡혔다. 그녀는 카페 주인이고, 나는 일개 손님이었지만 몇 년이나 다니는 사이 친해졌고, 여러 모로 다정하게 대해주었다. 그리고 방금 전, 진심으로 걱정해주었다. 그런데 나는 안녕이란 말도 없이 가게에서 나왔다. 하지만 돌아갈 마음은 없었다. 내게는 돌아갈 용기가 없다. 돌아갈 만큼 강한 정신이 내게는 없다.

계단을 내려가 역을 향해 걸음을 뗐다. 뒤는 돌아보지 않았다.

선술집과 클럽, 라면 가게가 늘어선 거리를 지나 길 중간쯤에 나와 있는 회색 간판 앞에서 걸음을 멈추었다. '책'이라는 글자 하나만 떡 하니 적혀 있고 화살표도 없다. 옆을 보니 지하로 내려가는 기다란 계단이 있었다. 기리코는 이 가게가 망했다고 했지만, 나는 어쩐지 그 말을 믿을 수 없었다. 가까이 가보니 확신으로 변했다. 이 가게는 아직 영업을 하고 있다.

계단을 내려가, 조각이 새겨진 중후한 문을 열었다.

이곳에는 두 번째 오는 것이지만 역시 그 면적에 압도

되었다. 높은 책장이 정렬한 병사들처럼 즐비하게 늘어서 장엄하다고도 할 수 있는 공간을 자아내고 있다. BGM은 없다. 입구에 다른 손님의 모습은 보이지 않았다. 바깥과 비슷할 정도로 공기가 차가웠다. 조용히 안으로 들어갔다. 카운터가 보이고, 안에 사람 모습이 있다. 역시 이곳은 문을 닫지 않았다. 기리코의 착각이거나, 다른 가게를 말한 것이리라.

카운터 앞에 도착해 안에 있는 청년에게 말을 걸었다.

"안녕하세요?"

청년은 읽고 있던 책에서 고개를 들어 내 얼굴을 보더니 바로 "당신이군" 하고 말했다. "오랜만이네."

"날 기억해?" 깜짝 놀라 물었다.

"그럼."

청년은 당연하다는 듯이 고개를 끄덕이고는 앞머리를 쓸어 올렸다.

"여기에 두 번 오는 손님은 없거든. 적어도 올해 들어서는 당신뿐이야."

헤에, 하고 무슨 뜻인지도 모르고 대꾸하자 청년이 말을 이었다.

"당신이 요전에 온 건 11월 25일."

"날짜까지 기억하나?" 또 깜짝 놀랐다.

"내 눈을 보고, 그 자리에서 쓰러질 뻔했잖아. 내가 의자를 내줬지. 당신은 꿈 이야기를 했어. 그리고 『나가타 사건』이라는 책을 사갔지."

나는 그 기억력에 놀랐고, 어째선지 웃음이 나왔다. 그것을 본 청년도 덩달아 소리 내어 웃었다.

"얼굴에 난 상처에 대해선 묻지 않는 게 나을까?"

청년이 불쑥 물었다. 나는 그럴싸하게 얼버무릴 말이 떠오르지 않아 "그렇지"라는 말밖에 못 했다. 그런가. 상처는 아직 눈에 띄나.

"알았어. 묻지 않을게. 그래, 오늘은 무슨 책을 찾으러 왔어? 또 꿈에 관한 책?"

"아니, 딱히 뭘 찾는 건 아니야. 읽을 책이 없어서 뭐 없나 하고."

내가 말하자 청년은 책을 옆에 내려놓고 카운터에 쌓여 있는 책을 쳐다보았다. 뭔가를 찾는 눈길로 제목을 훑어 간다. "이상하네"라고 중얼거렸다.

"해몽 책이라면 여기에 있었는데. 아, 있다."

청년이 하드커버 책을 꺼냈다.

"해몽?"

청년이 고개를 끄덕였다.

"그래. 해몽이랄까, 꿈풀이랄까. 당신이 지난번에 꿈의 의미가 궁금하다고 해서 괜히 신경이 쓰여서."

"그렇구나."

최근에 그 하얀 꿈은 많이 꾸지 않는 편이다. 아니, 그냥 잊고 있는 걸까?

"그런데 어떤 꿈이야? 당신이 자주 꾼다는 꿈은?"

"내용?"

"그래. 수상쩍은 책에서 얻은 지식이라도 괜찮다면 해석해줄 수 있을지도 몰라."

"해몽 말이야?"

"뭐 그렇지. 해몽하고 꿈풀이. 그 분야 책을 세 권쯤 읽었어."

"그래? 그럼 부탁해볼까."

내가 말하자 청년은 팔짱을 끼고 언제든지 물어보라는 듯 자신만만한 미소를 지었다.

"일단, 하얘."

내가 말하자 청년은 눈썹을 찌푸리며 "하얗다고?"라고 물었다.

"그래. 흰색."

"뭐가 하얀데?"

나는 두 손을 크게 벌리고 좌우를 쳐다본 다음, 청년을 보았다.

"전부."

"전부?"

"응. 그 공간은 전부 하얀색이야. 바닥도, 벽도, 내 존재도 거기 있는 느낌인데, 그런 것들이 전부 하얘."

"그래서?" 청년이 뒤를 재촉했다.

"거기에 코끼리가 두 마리 나와."

청년은 피식 웃었다. "코끼리처럼 동물이 나오는 꿈은 나약한 마음, 또는 걱정거리를 뜻해."

"나약한 마음?"

"그래. 이 수상쩍은 책에 의하면 동물이 나오는 꿈은 걱정거리나 고민이 있어서, 의논할 상대를 찾는다는 사인이래. 그 외에는?"

"그 코끼리가, 말을 해."

청년이 눈썹을 찌푸렸다. "무슨 말?"

나는 고개를 저었다. "몰라. 아니, 기억이 안 나."

말을 한다는 것은 기억한다. 그 검은 눈동자를 부릅뜨고, 코끼리가 내게 뭔가 말한다. 들었을 때는 제대로 의미를 이해하는데, 잠에서 깨면 내용이 가물가물하다.

"그걸로 끝이야?" 청년이 물었다.

나는 조금 생각한 뒤에 입을 열었다.

"그리고 해골이 나와."

"해골? 해골은 죽음을 상징해. 소중한 것을 잃는다는 암시야. 혹은 질병의 경고."

"죽음의 상징에 질병의 경고라."

어깨에서 힘이 빠졌다. 눈에 보이는 그대로의 의미 아닌가.

"뭐, 신경 쓰지 마."

청년이 격려하듯 말했다.

"꿈풀이는 결국 정확한 게 아니야. 어떤 과학적 근거도 없어. 점 같은 거잖아."

"그렇지."

"마음에 걸리면 이 책 살래?"

청년이 하드커버 책을 들었다.

"1,800엔인데."

금액을 말하는 청년에게 무심코 웃고 말았다. 코트에서 지갑을 꺼냈다.

"살게."

청년은 웃으며 "당신은 좋은 손님이야"라고 말했다.

"하지만 이런 책은 한 권만으론 의미가 없어. 왜, 똑같은 동물이 나오는 꿈이라도 쓰는 사람마다 해석이 다르잖아. 그러니 제대로 분석하려면 최소 다섯 권은 봐야 해. 물론 다른 저자의 책으로 다섯 권. 그렇게 생각하지 않아?"

나는 "그렇지"라고 말했고, 청년은 웃으며 일어섰다. "역시 당신은 좋은 손님이야."

책에 커버를 씌우면서 청년이 말했다.

"있지, 예전에 동생이 물어보던데."

"동생이? 뭐라고?"

"'사람은 죽으면 어떻게 돼?'라고 묻더라. 당신은 어떻게 생각해?"

갑작스러운 질문에 바로 대답할 수 없었다. "죽은 사람?" 하고 물었다.

"그래. 사람한테는 영혼이라는 게 있다나 봐. 죽으면 그 영혼은 어디로 가는 걸까?"

"글쎄. 나는 잘 모르겠어."

그 정도 대답밖에 할 수 없다. 청년이 묻는 질문의 의도도 모르겠다.

청년은 커버를 씌운 책을 갈색 종이봉투에 넣어 내 앞에 내려놓았다.

"천수를 누린 사람과, 살해당한 사람. 영혼이 가는 장소가 같을 것 같아?"

시선이 마주쳤다. 쌍꺼풀 밑 눈동자가 나를 바라본다. 머리에 공백이 퍼져나간다. 지갑을 꺼내려고 했지만, 지갑이 어디 있는지 모르겠다. 그 눈동자에 꿰뚫린 채로 나는 꼼짝도 할 수 없다. "살해당한 사람의 영혼은 어디로도 가지 못하는 것 아닐까? 하지만 언젠가는 어디론가 가야 해. 언제나 같은 곳에 있을 수는 없으니까. 그러니 그런 영혼을 위해, 동생 같은 영혼을 위해서, '길'이 생기는 거야. 하지만 길을 만들 수 있는 사람은 한정되어 있어. 뭐, 그 길도 어디로 통하는지 아무도 모르지만. 하지만 언젠가 알겠지. 당신도 언젠가 죽을 테니까. 그리고 당신은, 길이 될 거야."

정처 없이 거리를 걸었지만 딱히 가고 싶은 곳도 없고, 보고 싶은 것도 없었다. 상점가로 돌아가 캔 커피를 사서 중심에 있는 분수 가장자리에 앉았다. 상점가 스피커에서는 머라이어 캐리의 캐럴송이 흐르고 있었다. 나는 오가는 인파의 흐름을 멍하니 바라보며 커피를 홀짝거렸다. 캔 커피는 너무 달아 평소에는 절반만 마시는데, 오늘은 단맛이 거슬리지 않았다.

청년이 한 말을 거의 기억하지 못했다. 방금 산 책도 손에 없었다. 또 처음 갔을 때처럼 의식이 날아갔던 것이다. 이유는 모르겠다. 하지만 불쾌하지는 않다. 나는 긴 터널을 빠져나온 듯한, 신비한 해방감을 맛보고 있었다.

한참 지나자 조금 떨어진 장소에 이십 대 남녀가 앉았다. 남자 쪽은 탄탄한 몸집에 파란 야구 모자를 쓰고 있었다. 여자는 하얀 피부에 쇼트커트. 옷차림은 검은 다운 재킷이다. 두 사람 앞에는 차양이 달린 파란 유모차가 있었다. 내가 앉은 자리에서 마침 안에 있는 아이의 얼굴이 보였다. 아직 한 살이나 두 살쯤일까. 평안한 얼굴로 눈을 감고 곤히 잠들어 있다. 그 얼굴을 가만히 바라보는데 아마도 어머니일 옆자리의 쇼트커트 머리를 한 여성이 수상쩍은 눈빛으로 나를 바라보고 있는 것을 깨달았다. 남편은 어깨를 축 늘어뜨린 채 쇼핑 봉투를 양쪽에 내려놓고 있었다.

"죄송합니다." 나는 그 어머니에게 말했다. "저도 아이가 있어 그만 쳐다보고 말았군요. 참 귀엽네요."

어머니는 그 말을 듣고 경계를 풀었는지 "한 살 반이에요. 그쪽도 비슷한 또래인가요?"라고 물었다. 야구 모자를 쓴 남편도 나를 쳐다보았지만 딱히 경계하는 기색은 없었다.

"아니요. 지난달에 일곱 살이 되었습니다."

만약, 살아 있다면 말이지만.

다시 잠든 아이의 얼굴을 가만히 바라보았다. 이만한 나이의 아이를 보면 좀체 눈을 뗄 수가 없다. 자연히, 빨려들어 간다. 나는 숨을 내쉬며 겨우 아이에게서 눈을 떼고 말했다.

"하지만 아이들은 이때가 제일 귀엽죠. 손도 많이 가지만."

"많이 가죠. 이 사람은 별로 도와주질 않아서."

그녀가 그렇게 말하며 한쪽 눈썹을 실룩거리며 남편 쪽을 타박하듯 쳐다보았다. 남편은 모르는 척하며 쇼핑 봉투 속을 들여다보고 있었다.

"아, 어머니."

아이 어머니가 고개를 들었다. 유모차 옆에 머리카락이 새하얀 초로의 여성이 서 있었다. 빨간색과 초록색 포장지에 싸인 상자를 손에 들고 있었다. 손자에게 줄 크리스마스 선물인지도 모른다.

"많이 기다렸지."

부부와 아이, 할머니로 보이는 여성은 내게 가볍게 목례를 하고 떠났다. 그 행복해 보이는 뒷모습이 시야에서 사라질 때까지, 하염없이 바라보았다. 부부와 아이, 할머니. 그리고 크리스마스 선물. 부럽지는 않았다. 하지만 어째서 나는 저런 인생을 살지 못했을까, 생각했다.

나는 그렇게 커다란 행복을 원했던 게 아닌데. 그저 가족이 있고, 평화롭게 살 수 있다면 그것으로 족했는데. 많은 돈도 필요 없다. 비싼 차도, 큰 집도 필요 없다. 단지 가족끼리, 셋이서, 평범하게 살 수 있다면 그것으로 족했는데. 그것만으로 족했는데. 이윽고 앞을 지나가는 사람들이 내 쪽을 이상한 표정으로 쳐다본다는 것을 깨달았다. 왜 그러나 생각하는데 "괜찮으세요?" 하고 누가 물었다. 양복에 갈색 코트를 입은 중년 여성이었다.

"예." 나는 입을 열었다. "아무것도 아닙니다. 괜찮습니다."

내 대답에 여성은 말하기 껄끄럽다는 표정으로 물었다.

"그럼 어째서 우는 거예요?"

집에 돌아와 코트를 벗고 얼굴을 씻었다. 청소 상태를 마지막으로 확인하기로 했다.

먼저 거실. 텔레비전과 테이블 같은 가구는 그대로지만, 바닥은 청소기를 돌려 먼지 하나 없다.

주방으로 가서 냉장고를 열었다. 안에는 아직 온갖 음식들이 남아 있다. 나는 쓰레기봉투를 벌려 냉장고에 든 음식들을 버렸다. 계란이 있기에 유통기한을 봤더니 이미 2주 전에 지났다. 버린다. 와사비, 겨자, 마늘 같은 양념도 버린다. 이마에 붙이는 해열 시트도 나왔다. 버린다.

맥주만 남기고 전부 버린 다음, 이어서 냉동실을 치웠다. 랩으로 싼 고기가 나왔다. 언제 적 고기인지, 무슨 고기인지, 전혀 짐작도 가지 않았다. 버린다. 오늘 먹을 냉동 볶음밥만 빼고 전부 버린다. 이것으로 주방은 끝. 그릇들은 남기고 가도 되겠지. 센터가 처분해줄 것이다.

쓰레기봉투는 복도에 모아놓았다. 이것으로 쓰레기봉투가 여덟 개가 되었다. 이렇게 버릴 물건이 많다니, 나도 조금 놀랐다. 잠시 망설였지만 코트를 입고 봉투 세 개를 들고 구두를 신고 밖으로 나갔다.

"날이 춥네요."

엘리베이터를 타자 노인이 말했다.

"그러네요"라고 대답했다.

1층 쓰레기장에 쓰레기를 내다버리고 집으로 올라와 다시 봉투 세 개를 들고 밖으로 나가, 엘리베이터를 탔다.

"크리스마스라고 하네요." 노인이 말했다.

"그런 것 같네요"라고 대답했다.

쓰레기장에 쓰레기를 내놓고 엘리베이터를 타고 집으로 올라와, 다시 쓰레기를 들고 엘리베이터로.

"대청소입니까?" 노인이 의아한 표정으로 물었다. "그런 셈이죠"라고 대답했다.

노인이 1층 단추를 누른 후에, 문득 궁금했던 걸 물어봐야겠다고 생각했다.

"요시오카 씨 맞으시죠?"

노인이 고개를 돌렸다. "예, 요시오카 맞습니다."

"어째서 엘리베이터를 움직이고 계신 겁니까?"

노인은 주저 없이 웃으며 대답했다.

"예. 집사람을 흉내 내는 겁니다. 집사람은 처음 만났을 때 도쿄에서 엘리베이터걸로 일하고 있었죠. 지지난달 세상을 뜬 집사람이 어떤 기분으로 일했을지 궁금해서 하는 겁니다."

노인의 미소는 무척 자랑스러워 보였다.

"좋은 일이네요." 나는 말했다. 자연히 얼굴에 미소가 번졌다. "부디 앞으로도 계속해주세요."

"물론입니다." 노인은 웃는 얼굴로 답했다.

쓰레기를 전부 내다 버리자 코트를 벗어버리고 소파에 걸터앉았다. 리모컨을 들어 텔레비전을 켰다. 채널을 몇 개 바꾸어보았지만 딱히 관심이 가는 프로그램은 없었다. 벽시계를 보았다. 두 시 반이 지났다. 잠들기엔 아직 이른 시간이지만 더 할 일이 없었다. 하고 싶은 일도 없다. 빌려온 DVD는 전부 반납했고, 소설도 읽었다. 소파에 몸을 깊이 묻고 깊고 긴 한숨을 내뱉었다. 눈을 감는다.

할 일이 없다.

이대로 밤이 되면 잠이 들어, 내일은 자살센터 본관에 들어간다. 거기에서 내 인생은 끝난다. 이제 얼마 남지 않았다. 내일 아침까지 시간을 죽이면 된다. 하지만 아무것도 머릿속에 떠오르지 않는다. 끝내지 못한 일이 없는지 생각해보았다.

만나야 할 사람은 만났다. 유리, 기리코, 구로세. 아버지는 만나고 싶지 않다. 달리 만나고 싶은 사람은 없다.

컴퓨터 데이터는 전부 지웠다. 사진은 형 것만 남기고 처분했다. 편지나 서류도 처분. 통장과 은행 카드, 신분증, 임대계약서는 봉투에 넣어 테이블 위에 두었다. 버려야 할 것은 버리고, 필요한 것은 준비했다.

"그렇지."

몸을 일으켰다. 테이블 위의 공책을 펼쳤다. 영화, 소설, 담배, 하고 싶은 일 목록을 훑어보다가 한 가지가 남아 있는 것을 발견했다.

그림을 그린다(커다란 캔버스에 그린다).

그림. 그렇지, 그림이다. 벌떡 일어나 복도로 갔다. 상자에 든 이젤이 있다. 그것을 거실로 가져와 상자를 뜯었다. 조립식 삼각 이젤이다. 설명서가 있지만 그리 복잡한 것은 아니다. 나는 부품을 꺼내 조립하기 시작했다. 드라이버가 필요한 부분이 있어 침실로 가서 드라이버를 찾았다. 다 조립하는 데 20분쯤 걸렸다. 내 목 언저리까지 오는 이젤. 색은 갈색이고 재질은 천연목이다. 화방 주인의 말에 따르면 꽤 고급품이라고 했다.

24색 세트 아크릴 물감을 꺼내 목제 팔레트에 빨강색과 파랑색 같은 기본적인 색을 순서대로 짰다. 다음은 붓이다. 뭐가 필요한지 몰라 굵기가 다른 붓을 네 개 샀다. 봉투에서 꺼내, 테이블에 내려놓았다. 주방 선반에서 유리잔을 꺼내 물을 담아, 그것도 테이블에 나란히 두었다. 그리고 확인했다. 이젤, 물감, 붓. 물. 텔레비전을 끄고 커튼을 전부 걷었다. 밝은 햇살이 거실을 비추었다. 드디어 시작이다. 나는 크게 숨을 들이마시고 복도로 갔다.

뭘 그릴까. 어떤 걸 그릴까 고민하며 복도를 둘러보았다. 없다. 거실로 돌아가, 방을 둘러보았다. 없다. 캔버스가 없다. 나는 잠시 얼이 빠졌다가 혼자 웃었다. 껄껄 웃으며 소파에 앉았다. 테이블 위에 둔 팔레트와 붓을 보았다. 텔레비전 옆에 둔 이젤도 보았다. 역시 캔버스는 없다. 애초에 사질 않은 것이다. 도구는 전부 갖추어놓고, 정작 제일 중요한 캔버스가 없다니. 누가 나 아니랄까 봐.

마무리가 어설픈 건지, 운이 나쁜 건지. 어쨌든 나다운 짓이다. 하지만 일부러 사러 갈 마음도 들지 않았다. 그렇다고 그냥 버리기도 싫어, 붓을 살짝 물에 담갔다가 팔레트의 빨간 물감을 찍어, 일어나서 달력 앞으로 갔다. 지나간 날에 그은 X표 위에 붉은색으로 X를 덧그렸다. 오늘, 12월 25일에도 X를. 그리고 내일 날짜에는 동그라미를 쳤다. 달리 그릴 만한 데가 없나 깨끗이 치운 집안을 둘러보다가 벽에, 부동산중개인의 말에 따르면 밀크베이지 색 벽에 시선을 고정했다.

다가가서, 붓을 들어, 작게, 천천히, X표를 그렸다.

방을 둘러보았다. 벽은, 넓었다. 그리고 높다. 테이블에 둔 목제 팔레트를 들고 구멍에 엄지손가락을 끼웠다. 그리고 한쪽 벽 앞에 섰다.

이 정도는, 괜찮겠지. 자살센터에 집을 처리해달라고 부탁했는데, 그림을 그리는 것 정도는 괜찮겠지. 어차피 벽지도 갈 테고, 그 비용도 내가 낸다. 나는 벽에 붓을 대고, 가로로 한 줄, 붉은 선을 그었다. 한 걸음 물러나 그 선을 바라보았다. 밀크베이지 색 벽에 그인, 붉은 선.

"이게 캔버스다."

나는 세상을 향해 선언하고, 벽에 그림을 그리기 시작했다. 모든 색을 써서, 그리고, 물감을 섞어, 벽에 휘두르고, 칠하고, 선을 그어, 거기에 아무도 모르는 세상을 그려갔다. 나도 모르는 세상을 눈앞에 만들어갔다.

휴대전화가 울렸을 때, 이미 바깥은 어두웠다.

커튼을 걷은 창밖에 보이는 것은 어둠뿐이고, 달조차 보이지 않았다.

나는 물감이 묻은 손가락을 셔츠에 닦고 휴대전화를 들

었다. 문자였다. 보낸 사람은 유리였다.

메리크리스마스. 뭐하고 있어? 축하하고 있어?

오늘은 일기예보에서 눈이 온다고 하던데, 아직 안 내

리네. 눈이 내리면 화이트크리스마스인데 말이야. 그

런데 아직 여행 중이야? 사실은 나도 여행을 떠나. 당

신처럼, 혼자 떠나는 여행이야. 방금 전 오랜만에 와

인을 마셨어. 눈, 내리면 좋겠다.

나는 이모티콘 하나 없는 그 메시지를 두 번 읽은 뒤에

창밖을 바라보았다. 역시 거기에 있는 것은 어둠뿐이고,

눈은 내리지 않았다. 내리면 좋을 텐데. 나도 그렇게 생각

했다. 벌써 몇 년째 눈을 보지 못했다. 오늘이나 내일 내

리지 않는다면 내가 눈을 볼 일은 두 번 다시 없다. 나는

유리에게 답장을 보냈다.

메리크리스마스. 아직 여행 중이야. 길어질 것 같아.

와인이라니 드문 일이네. 그러고 보니 나는 몇 년째

마시지 않았어.

눈, 내리면 좋겠다. 여기도 아직 안 내려. 커튼을 열어

났으니 이대로 눈을 기다려보려고 해.

문자판에 물감이 조금 묻어 있어 휴지로 닦았다. 휴대
전화를 테이블에 내려놓고, 소파에 앉았다. 잠시 텔레비
전을 보며 휴식을 취하고, 다시 벽에 그림을 그리기 시작
했다.

다시 휴대전화가 울린 것은 주방 뒷벽 절반을 그림으로
채운 후였다. 나머지 절반에 그림을 그리면 거실 전면이
채워진다. 물감을 잔뜩 사두길 잘했다.

휴대전화를 여니 문자가 와 있었고, 보내는 사람은 유
리였다. 제목에 '눈!'이라고 적혀 있었다. 창밖을 보았다.
실내 불빛에 비친 어둠 속, 하얀 물체가 흩날리고 있었다.
바람이 없어서 그런지, 눈은 하늘하늘 춤추며 천천히, 지
면을 향해 떨어지고 있었다. 사각형 창틀 속 한가득, 하얀
색이 비처럼 떨어지고 있다. 나는 그것을 한참 바라보다
가 유리가 보낸 문자를 읽었다.

눈이 내려. 당신이 어디를 여행하고 있는지 모르겠지
만, 거기는 어때? 창밖을 봐. 눈이 내리고 있어?

이걸로 화이트크리스마스네. 왠지 선물을 받은 듯한, 행복한 기분이야. 당신이 있는 곳에도 눈이 내리면 좋을 텐데.

내리고 있어, 라고 답장을 보냈다.

내리고 있어. 여기에도 눈은, 내리고 있어. 화이트 크리스마스네. 확실히 선물을 받은 기분이야. 올해 눈을 볼 수 있다니 기뻐. 눈은 정말로 아름다워.

그 후, 유리에게서 답장은 오지 않았다. 분명 집 베란다에서 눈을 보고 있겠지. 나는 냉장고에서 맥주를 꺼내, 코트를 입고 베란다로 나갔다. 손을 뻗으니 손바닥에 눈이 떨어졌다. 차가운 눈은 금세 녹아, 물이 되었다.

추위에 떨면서 맥주를 마시며, 밤하늘에 떨어지는 눈을 바라보면서, 똑같이 눈을 바라보고 있을 유리를 생각했다. 문득 유리가 임신했을 때를 떠올렸다. 어쩐 일인지 나를 레스토랑으로 불러 "할 말이 있어"라고 하더니 갑자기 울음을 터뜨렸다. 결국 임신 사실을 털어놓은 것은 택시를 타고 집으로 돌아와, 내가 샤워를 하고 있을 때였다.

갑자기 욕실 문이 벌컥 열리더니, 그녀가 말했다.

"아이는 좋아해?"

꼭 이 타이밍에 말해야 하나, 생각했다. 나는 벌거벗고 샤워를 하고 있었다. 눈을 뜨지도 못했던 것을 기억한다.

유리를 만나고 싶었다. 하지만 이제 만날 일은 없다. 그렇게 생각했을 때, 붉은 편지가 떠올랐다.

그녀에게 붉은 편지를 보내자. 안녕이란 말도 못 하고, 이제 만나지도 못하니, 붉은 편지만이라도 보내자. 그녀는 화를 내고, 괴로워하고, 슬퍼할지도 모르지만, 아무 말 없이 죽는 것보다는 나을 테지.

유리를 만나고 싶다. 그리고 유키도 만나고 싶었다. 또 셋이서 살 수 있다면 좋을 텐데. 그때로 돌아갈 수 있다면 좋을 텐데. 그렇게 생각하니 눈물이 흘러, 떨어지는 눈이 아롱거렸다. 하지만 결국 나는 혼자 살아갈 수 있을 정도로 강하지도 않고, 누군가를 행복하게 해줄 정도로 다정하지도 않았다. 나는 그런 인간이다.

실내로 돌아와 코트를 벗었다. 눈물을 닦고, 심호흡을 했다. 그리고 붓을 들어 나머지 세상을 그리기 시작했다.

정신이 들자 이미 아침이었다. 실내에 비치는 눈부신

햇살에 얼굴을 찌푸렸다. 소파에 앉아 있다. 어느새 잠들었나보다. 벽시계를 보았다. 9시 반. 나는 그 시간이 머릿속에 스며들기를 기다렸다가 소파에서 일어났다.

창을 열어 차가운 공기를 실내로 들였다. 하늘은 눈부시게 푸르고, 한없이 맑았다. 고개를 돌려 실내의 벽을 바라보았다. 눈에 보이는 모든 벽에 그림이 그려져 있다. 선이 있고 동그라미가 있고 네모가 있고, 모양이 있었다. 코끼리 그림도 있다. 초록빛 대지에는 손을 잡은 남녀가 서서 내리쬐는 태양을 우러르고 있다. 오렌지색 숫자의 나열이 있고, 그 숫자 위를 소녀가 걷고 있다. 그 소녀의 위, 상공에는 붉은 유모차가 떠 있고 안에 있는 아이는 미소를 짓고 있었다.

중심에는 길고 둥근 통, 터널 같은 게 있었다. 입구가 둥글어 안으로 들어갈 수 있는 구조다. 터널은 벽 끝까지 뻗어 있지만 출구는 없었다. 하얗게 짓이겨져 모호하게 끝나 있다.

무슨 그림이냐고 물어도 대답할 수는 없다. 테마가 뭐냐는 질문에도 답은 없다. 아무것도 보지 않고, 아무것도 생각하지 않고, 그저 무심히 그렸다. 새삼 그 그림을 보아도 내가 그린 것 같지 않았다. 하지만 어딘가, 마음이 따스해지는 것을 느꼈다. 겨울의 포근한 햇살 속에서 축복을 받은 그림은 존재를 인정받았다. 앞으로 누가 지우든, 지금, 벽의 그림은 분명 존재하고 있다.

시간을 들여 샤워를 하고, 수염을 깎았다. 세면대 거울에 비친 남자는 해쓱했지만 눈동자는 맑고, 아무 망설임도 없는 얼굴이었다. 뭔가를 긍정한 듯한, 충족된 듯한, 그런 표정이었다.

통장과 인감, 신분증 등 필요한 물건을 가방에 넣고 코트를 입었다. 주머니에 지갑과 휴대전화를 넣었다. 다시한 번 벽의 그림을 보고 나서 거실에서 나왔다. 창은 그대로 열어두었다.

침실 문을 열어 안을 들여다보았다. 이제부터 죽을 남자의 방이지만, 딱히 별다를 것은 없었다.

아이 방 앞에 섰다. 손잡이를 잡으니 온몸에 슬그머니 힘이 들어갔다. 여기에 마지막으로 들어갔던 게 언제였는지, 생각해봐도 기억나지 않았다. 적어도 유키가 죽은 후로는 한 번도 들어가지 않았다. 이윽고 몸에서 힘이 빠져, 손잡이에서 손이 떨어졌다.

가장 마음에 드는, 한 켤레만 남겨둔 가죽 구두를 신고, 현관문을 열고 밖으로 나갔다. 신중한 손놀림으로 문을 잠갔다.

천천히 심호흡을 하고, 복도를 걸었다.

"일찍 나오셨네요."

엘리베이터맨이 환한 얼굴로 말했다. 목에 갈색 털목도리를 감고 있다. 같은 털실일까? 똑같은 색의 장갑을 끼고 있었는데 둘 다 폭신하니 따뜻해 보였다.

"그러게요."

내가 말하자 그는 1층 단추를 눌렀다.

"오늘은 날이 춥네요."

"확실히 춥네요."

밑에 도착할 때까지 더 이상의 대화는 없었다. 문이 열리고, 그가 "가시죠"라고 말하며 밖을 가리켰다. 나는 가만히 그의 얼굴을 바라보다가, 입을 열었다.

"안녕히."

엘리베이터맨은 싱긋 웃으며 고개를 끄덕였다. 나는 엘리베이터에서 나와, 로비를 지나, 맨션 밖으로 나갔다. 엘리베이터맨의 말대로 살을 에는 것처럼 추웠지만, 개의치 않았다.

찬란한 태양을 올려다보며, 실눈을 뜨고 바라보면서, 하얀 숨을 토했다.

내 모습을 본 모미지마치 G4의 눈동자에 한순간, 어두운 그림자가 드리운 것처럼 보였다.

"그럼 가실까요?"

그는 딱딱한 목소리로 그렇게 말하더니 앞장섰다. 나는 그 뒤를 쫓아갔다. 걸어가면서 뒤를 돌아 자살센터 본관을 보았다. 높은 벽에 둘러싸인 이 건물 안에, 드디어 들어갈 수 있다.

거실에 들어온 모미지마치 K3는 부루퉁하게 입을 다문 채로 주방으로 가서 냉장고에서 미네랄워터 페트병을 꺼냈다. 테이블에 서류를 내려놓고 앉은 후에도 아무 말도 없고, 나를 쳐다보려고도 하지 않았다.

"안녕하세요."

내가 말하자 그는 힐끗 내 쪽으로 시선을 던지고, 한숨을 쉬며 시선을 돌렸다. 페트병 마개를 열어 물을 마신다. 1분쯤 침묵한 뒤에, 담당관이 겨우 입을 열었다.

"당신, 결국 와버렸네."

나는 "그러네요"라고 말했다. 담당관은 유감스럽다는 얼굴로 나를 쳐다보고 있다.

"결국 와버렸어. 오늘이 다섯 번째라는 걸 알고도 온 거야?"

"예. 물론입니다."

내가 그렇게 대답하자 담당관은 기가 막힌다는 표정으로 한숨을 쉬며 느릿한 동작으로 안경을 쓰고 "알았어"라고 말했다.

"오늘은 다섯 번째니까, 필요한 서류에 기입하는 것뿐이야."

"예. 알겠습니다."

담당관은 얼굴을 찌푸리면서 노트북에 연결된 기계에 붉은 카드를 꽂고, 윈도우를 기동시켰다.

"먼저 자살통지서, 이제 마지막인데 누구한테 보낼지 정했어?"

"예." 나는 고개를 끄덕였다. "전에 검토 중이라고 했던 한 통 말인데, 보내기로 했습니다."

"어, 뭐였더라?"

담당관이 마우스를 조작해 실눈을 뜨고 화면을 바라보았다.

"우선 도이 가쓰지는 결정, 그리고 마에하라 유리가 검토. 이걸 결정한 거야?"

"예."

"아, 그래. 편지나 유언은?"

나는 가방에서 사진 두 장과 편지를 꺼내, 담당관에게 건넸다.

"그 사진하고 편지를 아버지에게 보내는 통지서에 넣어주시겠습니까?"

담당관은 받아든 사진을 지그시 바라보더니 "혹시, 형님?" 하고 물었다.

"그렇습니다."

"흐음, 하나도 안 닮았네. 나머지 한 통에는 편지 같은 것 없어? 통지서만 보내?"

"예. 통지서만 부탁드립니다."

"알겠다람쥐."

담당관은 수수께끼 같은 소리를 하더니 키보드로 뭔가를 입력하기 시작했는데, 그 속도는 무척 느렸다. 이따금 실눈을 뜨고 화면을 뚫어져라 쳐다본다.

"좋아, 두 통 완료." 그리고 나를 쳐다본다. "일단 마지막으로 묻겠는데 그만둘 마음은? 만일을 위해 조금이라도 더 살아볼 마음은?"

나는 "없습니다"라고 말했다. 담당관은 말없이 고개를 떨구더니 한참 있다가 "아, 그래"라고 말했다.

"그럼 이거, 마지막 서류."

담당관이 내민 종이를 받아들었다. '자살확인서'라는 서류로, 스스로의 의사로 죽는다, 사망 후의 수속은 센터에 일임한다, 다섯 번의 면담을 받고 자살하지 않는 방향을 제안받았으나 그래도 뜻이 바뀌지 않았다, 등등의 문장들이 있고, 서명란이 있었다. 나는 서류에 서명을 하고, 인감을 찍어 담당관에게 건넸다. 담당관은 서명을 체크하고 파란 A4 크기의 플라스틱 케이스 안에 넣었다.

"그리고 신분증하고 통장 같은 건 가져왔어?"

나는 가방에서 면허증, 보험증, 현금카드와 통장, 맨션

임대계약서, 휴대전화 계약서, 인터넷 회선 계약서, 통신사 계약서, 보험 계약서를 꺼내 담당관에게 건넸다. 그는 그 서류들을 확인하고 플라스틱 케이스에 넣었다.

"그리고 지갑하고, 휴대전화."

나는 고개를 끄덕이고, 지갑과 휴대전화를 건넸다. 그런 물건을 남에게 건네기는 처음이라 뭐라 말할 수 없는 이상한 기분이 들었다.

"그 가방도 줘. 본관에는 가져갈 수 없으니까."

가방을 건네니, 나의 소지품은 하나도 없었다. 옷만 입고 있을 뿐이다. 주머니에는 작은 비닐 봉투에 넣은 수면제가 들어 있지만.

담당관은 크게 한숨을 내쉬더니 넥타이를 헐렁하게 풀었다.

"이제 이걸로 끝인데, 정말 괜찮아?"

진지한 눈빛으로 묻는다.

"예. 이걸로 됐습니다."

담당관이 진지한 표정을 지었다.

"이거 진짜로, 마지막의 마지막의 마지막으로 묻는 건데, 그만둘 마음은? 조금이라도 더 살아볼 마음은?"

나는 "없습니다"라고 말했다. 담당관은 말없이 고개를

숙이고, 한참 후에 "아, 그래"라고 말했다.

"그럼 뭔가 질문할 건 없어?"

나는 잠시 생각하다가 옛날에 텔레비전을 보고 마음에 걸렸던 것을 물어보았다.

"그러고 보니 옛날에, 자살자의 장기를 이식용으로 사용한다는 이야기가 있던데, 그건 사실입니까?"

내가 묻자 담당관은 얼굴을 찌푸리며 손을 저었다.

"그건 어그러졌어. 결국 윤리적인 문제로 중지되었지. 완고하게 반대하는 정치가도 있고, 그런 단체도 있고. 뭐, 당분간은 무리겠지. 이식을 기다리는 가족들 입장에서 보면 잔인한 이야기지만. 다른 질문은?"

잠시 생각해보았지만 떠오르지 않았다.

"이젠 없네요."

"정말? 이게 마지막인데?"

"예, 괜찮습니다."

"그럼 이제 없는 거지?"

몇 번이나 묻는 담당관에게 끈기 있게 대답했다.

"예, 괜찮습니다."

담당관은 이윽고 포기했는지, 한숨을 쉬더니 옆에 있는 전화 수화기를 들었다.

"19호실, 도이 요스케, 83772, 0120019, 최종 면담 종료. 예, 예. 그렇습니다. 알겠습니다. 예, 예, 예."

수화기를 내려놓는다. 그리고 안경을 벗고 눈시울을 문지르더니, 다시 안경을 썼다. 그리고 깊게 한숨을 쉬며, 양복 안주머니에서 담배를 꺼내, 세븐 스타 하나를 빼서 입에 물었다. 라이터로 불을 붙이고 천장을 향해 연기를 내뱉는다. 뭔가 의미라도 있는 것처럼 넘실거리는 연기를 한참이나 바라본다. 그러더니 나를 쳐다보았다.

"그래. 중간부터 알고는 있었어. 댁은 내가 무슨 말을 해도 생각을 바꾸지 않을 거라고."

나는 어떻게 대답해야 좋을지 몰라 잠자코 있었다.

"참고로 면담 상황은 녹화한다고 말했던가?"

"예. 처음에 동의할지 안 할지 물어보셨습니다. 모미지마치 G4 씨가."

"그래." 담당관이 고개를 끄덕였다. "하지만 면담은 전부 끝났으니, 이제 녹화는 없어. 그래서 하는 말은 아니지만, 개인적으로 묻고 싶은 게 있는데 괜찮으시려나?"

괜찮으시려나? 나는 당혹스러웠지만 고개를 끄덕였다.

"예, 그게, 예. 괜찮습니다."

"이건 그거야. 이제 면담이 아니니까 대답하기 싫으면

대답하지 않아도 돼."

담당관이 확인하듯 말했다. 나는 고개를 끄덕였다. 그는 뭔가 망설이듯 손가락으로 코를 긁적이더니 호흡을 가다듬듯 짬을 두었다. 그리고 입을 열었다.

"저기, 이상한 질문이지만 당신 아들을 죽인 놈이 사형당했을 때, 마음이 어땠어?"

그 말투는 태연을 가장하고 있지만 눈동자 속에는 날카로운 빛이 있었다. 그도 나와 마찬가지로, 자식을 잃었다. 그의 딸은 직접 살해당한 것은 아니었지만 살인과 똑같이 범인을 격렬히 증오하는 것처럼 느껴졌다. 그는 연기를 듬뿍 토해내고는 담배를 휴대용 재떨이에 넣었다.

나는 잠시 고민하다가 입을 열었다.

"제대로 설명하기 어렵지만."

담당관이 고개를 끄덕였다.

"빛이 사라진 것 같더군요."

"빛?"

"예. 이런 표현은 어떨지 모르겠지만, 범인은 제게 캄캄해진 인생의 한구석에서 빛나는, 램프 같은 존재였습니다."

"램프?"

"예." 나는 천천히 고개를 끄덕였다.

"아들이 죽자, 글자 그대로 눈앞이 캄캄해졌습니다. 정말로, 아무것도 보이지 않을 정도로. 하지만 재판에 가서 범인의 모습을 본 순간, 그 어둠 속에, 한구석에 빛이 켜졌습니다."

나는 간바라 나오야의 비쩍 마른 뒷모습을 떠올렸다가 지워버리고, 다시 입을 열었다.

"제게는 아직 이 녀석이 있다고 생각했습니다. 제게는 아직 이유가 있다는 걸 깨달았습니다. 살아갈 이유 말입니다. 이 남자가 죽는 그날까지, 무슨 일이 있더라도 살아남겠다고 생각했습니다. 그래서 범인이 사형당하고, 램프가 꺼지니 제 인생이, 눈앞이 다시 캄캄해졌습니다. 그러고 나서 깨달았습니다. 이제는 이유가 없다는 것을. 이 세상에 더 있을 이유가, 하나도 없다는 것을."

담당관은 무겁게 고개를 끄덕이고 팔짱을 꼈다. 그리고 나를 쳐다보았다.

"하지만 부인은? 지금은 전처인가. 아직 전처가 있잖아? 부친도 있고, 친구도 있잖아? 그래도 살아갈 이유가 하나도 없는 거야?"

"그래요. 그렇습니다. 이기적이라고 생각하지만, 솔직

한 마음이 그렇습니다."

불안해질 정도로 긴 침묵이 있었다. 하지만 내게는 이 이상 설명할 이유는 없었다.

"그런가. 댁의 아들은 살해당했고, 범인은 사형당했어. 내 딸은 살해당했지만, 범인은 사형당하지 않았어. 아직 형무소에 있긴 하지만. 이게 댁과 나의 차이구나."

나는 고개를 숙여 손바닥을 바라보다가 고개를 들어 담당관을 쳐다보았다.

"다른 차이도 있습니다."

담당관이 질문하는 눈빛으로 나를 쳐다보았다.

"제게는 죄가 있고, 당신에게는 죄가 없어요. 그것도 다릅니다."

"죄?" 담당관이 눈썹을 찌푸렸다.

"그날, 6년 전, 11월 24일." 나는 말했다. 한순간, 몸만 그날로 돌아간 듯한, 이상한 충격을 느꼈다.

"저는 아들이 살해당했을 때, 호텔에서 여성을 만나고 있었습니다."

담당관은 아무 말도 하지 않았다. 나는 말을 이었다.

"다구치 지사토라는 스물세 살 신입사원으로, 상대가 먼저 유혹했습니다. 그렇게 몇 번 유급 휴가를 받아 데이트를 했습니다. 그리고 저는 그날, 또 유급 휴가를 받아 집사람에게는 회사에 간다고 거짓말을 하고 그 여성과 만났습니다. 집사람은 함께 쇼핑을 가자고 했는데."

나는 한숨을 후 내뱉고 말을 이었다.

"이유는 모르겠습니다. 어째서 제가 그 사람의 유혹을 받아들였는지. 집사람을 배신했는지. 지금도 잘 모르겠습니다."

문득, 다구치 지사토의 얼굴을 떠올렸다. 검고 긴 머리카락에 눈동자가 큰 아가씨였다.

"아들이 살해당했을 때, 저는 호텔에 있었습니다. 사건 소식은 회사 동료의 전화로 알았습니다. 제 아내를 알고 있던 동료가 뉴스에서 이름을 보고 전화했던 겁니다."

그때까지 바람을 피웠던 적은 한 번도 없었다. 하려고 생각한 적도 없었다. 하지만 그날은 또 그녀가 꾀어내는 대로, 거짓말을 하고, 낮부터 호텔에 들어갔다. 호텔 이름은 기억한다. 하지만 무슨 이야기를 했는지조차 거의 기억나지 않았다. 하지만 나는 그날, 아내 이외의 여성과 호텔에 있었고, 아내는 중상을 입고, 아들은 살해당했다. 그것만이 사실이었다. 이것이 나의 죄이고, 죽어야만 하는 이유이기도 했다.

죽음 그 너머가 무(無)가 아니라면, 나는 기도할 것이다. 부디, 지옥에 떨어지기를.

담당관은 할 말을 찾으려는 듯 눈썹을 찌푸리고 한참 있다가 "댁이 그 여자를 만나지 않았더라도 사건은 일어났을 거야. 그 후회는 어디에도 닿지 않아. 자살 같은 건 그만두는 게 좋을 텐데"라고 말했다.

하지만 그것은 내게 의미 없는 말이었다. 그것은 담당관도 알고 있었던지, 그 이상 아무 말도 하지 않았다.

모미지마치 G4가 오자 담당관이 일어섰다. 나도 일어나서 코트를 들었다.

현관에서 구두를 신고 배웅하러 온 담당관에게 깊이, 고개를 숙였다.

"신세 많이 졌습니다. 고맙습니다."

담당관은 힘없이 얼굴을 일그러뜨리더니 손을 내밀었다. 내가 그 손을 쥐자 의외로 강한 힘으로 맞잡아왔다. 그의 눈동자는 촉촉하게 젖어 당장이라도 눈물이 쏟아질 것처럼 보였다.

"정말, 인생에는 여러 가지 일들이 있어. 이런 결말은 바라지 않았어."

나는 미소를 지으며 "죄송합니다"라고 사과했다. 달리 할 말이 떠오르지 않았다. 담당관은 다시 힘껏 움켜쥔 후에 아쉬운 듯 손을 놓았다.

"그럼, 가실까요?"

모미지마치 G4가 딱딱한 목소리로 말했다. 내가 밖으로 나가니 문이 닫히고, 자물쇠가 잠겼다.

긴 통로를 지나 계단을 올라, 지상으로 나갔다.

모미지마치 G4의 걸음 속도가 빨라서, 나는 종종걸음으로 쫓아가야 했다.

3, 4분쯤 걸어 경비원이 서 있는 자살센터 본관 문 앞에 도착하자 모미지마치 G4가 경비원에게 붉은 카드를 내밀었다. 그 카드를 확인한 경비원 하나가 문을 조금 열었다. 나는 그의 뒤를 따라 본관 안에 발을 들여놓았다. 몇 걸음 가다가 뒤를 돌아보니 맞은편 길에 자전거를 탄 뚱뚱한 중년 여성이 보였다. 깜짝 놀란 표정으로 이쪽을 보고 있다. 이곳에 들어가는 사람이 어떻게 되는지, 당연히 그녀는 알고 있는 것이다.

그녀는 상상을 초월한 무언가를 본 것처럼 입을 쩍 벌리고, 눈을 몇 번 깜빡거렸다. 화장은 하지 않은 것처럼 보였다. 왼쪽 귀에만 커다란 귀걸이를 하고 있었다.

그 놀란 표정을 보면서, 구로세는 오늘도 일을 하고 있을까 생각했다. 부인은 언젠가 요리 책을 낼까? 아이는 건강하게 자랄까? 기리코는 오늘도 누군가에게 약을 팔고 있을까? 아직도 동생을 잊지 못하는 걸까? 그녀의 곁에는 무라카미가 있을까? 아버지는 오늘도 파친코에 갈까? 어머니는 입양한 자식과, 남편과, 오늘은 무슨 이야기를 할까?

그리고 유리는 지금 뭘 하고 있을까 생각했다. 어디에 있을까 생각했다. 오늘은 뭘 먹을까 생각했다.

내 사고를 중단하듯 경비원이 문을 닫았다. 저쪽과 이쪽이, 완전히 격리되었다. 나는 이제 이쪽에 있다. 저쪽으로는 돌아갈 수 없다. 작게 숨을 토해내고 모미지마치 G4의 뒤를 쫓아갔다.

건물 외관은 무기질적인 하얀색으로, 섬세한 부품만 다루는 공장처럼 보였다. 짧은 계단 끝에 자동문이 보였다. 모미지마치 G4는 계단 앞에 멈춰 서서 뒤를 돌아보았다.

"여기서부터는 혼자 가셔야 합니다."

"알겠습니다."

"이런 말씀은 어떨지 모르겠지만, 저도 이런 결말은 바라지 않았습니다."

그 목소리에서는 지금까지 그가 내보인 적 없는, 열기 같은 것이 느껴졌다. 그것은 마치, 시간을 들여 달군 듯한, 분노와도 유사한 감정이었다.

나는 "죄송합니다"라고 사과했다. 달리 무슨 말을 하면 좋을지 몰랐다.

침묵이 어색해 고개를 숙여 그의 가슴께로 눈길을 떨어뜨리자 녹색 넥타이가 보였다. 원색의, 녹색. 얼마 전에, 똑같은 색의 넥타이를 한 사람을 본 적이 있다. 이별의 빛이라는 종교단체의 가사이다. 나는 빨려들어 가듯 그의 손을 쳐다보았다. 잘 보이지 않아 "그럼" 하고 손을 내밀어 악수를 청했다.

그는 손을 들었고, 우리는 악수를 나누었다. 힘줄이 불거진 그 긴, 긴 가운데손가락에 굵은 반지가 보였다. 녹색 반지였다.

지금까지 반지는 낀 적이 없었다. 넥타이도 녹색은 아니었다. 그런가. 오늘은 마지막이구나. 이것은 그들이 보내는 마지막 메시지인 것이다.

우리는 손을 맞잡고, 무책임하게 온도를 교환하면서, 오래도록 마주 보았다.

내가 그의 정체를 알아차렸다는 사실을, 그는 알고 있

다. 그 눈빛으로, 내 결단을 탓하고 있다. 하지만 내가 할 말은 무엇 하나 없었다. 이제 모든 것이 끝이다. 나는 시선을 떼고 손을 풀었다.

"그럼, 저는 이만."

그는 고개를 숙이고 걸음을 돌려 왔던 길을 돌아갔다.

나는 그 뒷모습을 한참 바라보다가 길게 한숨을 쉬고, 짧은 계단을 올랐다. 자동문이 열린다. 나는 뒤를 돌아 다시 한 번 모미지마치 G4의 뒷모습을 보았다. 그것은 믿는 자의 뒷모습이었고, 눈부시게 느껴졌다.

나는 짧은 숨을 토해내고 건물 안으로 들어갔다.

하얀 꿈

긴 복도가 있었다. 바닥은 파란 리놀륨이고, 아직 아무도 걸어간 적이 없는 것처럼 깨끗하고, 티끌 하나 없다.

앞쪽에 접수대 같은 게 있고, 안에는 백의를 입은 몇 명의 남녀가 있었다. 모두 하얀 마스크를 쓰고 있다. 다가가자 카운터 제일 앞에 있던 여성이 "어서 오세요"라고 말했다. 백의의 가슴께에는 '모미지마치 D2'라는 명찰이 붙어 있었다.

"도이 요스케 님이시죠? 이쪽 서류에 성함을 적어주시겠습니까?"

나는 건네받은 종이에 옆에 있던 볼펜으로 이름을 적었

다. 내용은 일단 훑어보았지만 머리에 들어오지 않았다. 손이 떨려서 그런지 글자가 찌그러졌다. 여성은 서류를 확인하더니 안에 있는 남성에게 건네고 카운터에서 나왔다. "이쪽입니다" 하고 앞으로 안내했다.

나는 모미지마치 D2라는 여성의 뒤를 따라 '탈의실'이라고 적힌 문 앞에서 멈췄다. 여성이 문을 열고 안을 가리켰다.

안은 다다미 열 장쯤 되는 크기의 방으로, 오른쪽 벽을 따라 기다란 접이식 테이블이 있었다. 안에는 옷가게 탈의실처럼 민무늬 커튼으로 가린 공간이 있다. 그 앞에 마스크를 쓴 백의의 남자가 있다. 키가 크고 어깨도 떡 벌어졌지만, 몸에 살이 적어 말라 보였다.

"짐이 있으면 여기에 꺼내주시겠습니까?"

마른 사내가 그렇게 말하면서 테이블을 가리켰다. 안경을 쓰고 있다. 이목구비가 뚜렷한 인상으로, 높은 콧대가 마스크를 밀어올리고 있었다. 명찰은 '모미지마치 R8'이었다. 나는 코트 주머니에 손을 넣었다. 안에는 편의점 영수증과 볼펜, 메모지, 그리고 집 열쇠가 들어 있었다. 나는 그 물건들을 테이블 위에 내려놓았다.

"이게 전부입니까?" 남자가 물었다.

"예."

내가 대답하자 남자는 백의 주머니에서 비닐 장갑을 꺼내 손에 꼈다. 그리고 내가 내놓은 물건을 갈색 봉투에 차례로 넣었다.

"그럼 옷을 갈아입어 주시겠습니까?"

남자가 손을 들어 커튼을 가리켰다.

"안에 갈아입을 옷이 들어 있습니다. 신발도 꺼내놓았습니다."

보아하니 커튼 앞에 딱딱해 보이는 슬리퍼가 있었다. 나는 고개를 끄덕이며 구두를 벗고, 커튼을 걷어 안으로 들어갔다. 그리고 커튼을 쳤다.

바닥에 있는 바구니 안에 준비되어 있는 것은 단추가 있는 하얀 셔츠와 검은 바지였다. 둘 다 부드럽고 매끈한 원단이었지만 무슨 소재인지는 모르겠다. 상표도 없고, 글자도 적혀 있지 않다. 내가 옷을 벗고 있는데 밖에서 "속옷도 있습니다"라고 하기에 바구니를 살펴보니 회색 트렁크가 있었다. 속옷까지 갈아입나, 조금 기가 막혔지만 갈아입었다. 밖에서 또 "벗은 옷은 바구니 안에 넣어 주십시오"라고 했다. 나는 가지고 온 수면제를 준비된 검은 바지 주머니로 옮기고 환복을 마쳤다. 그리고 슬리퍼를 신었다.

내가 밖으로 나가자 "손을 들어주십시오"라고 했다. 무슨 뜻인지 몰라 오른손을 들자 "두 손 다입니다"라고 해서 어쩔 수 없이 두 손을 들었다. 그러자 남자는 내 바지 주머니에 손을 넣어 속을 뒤지기 시작했다. 수면제가 든 봉투를 바로 찾아내더니 건조한 눈동자로 나를 쳐다보고는 "아무것도 가지고 들어갈 수 없습니다"라고 조용히 말했다. 변명할 마음도 들지 않았고, 타협할 상대로 보이지도 않았다. 나는 고개를 끄덕이고 두 손을 내렸다.

남자는 책상 위에 있는 서류철을 들고 손을 들어 문을 가리켰다.

"자, 가실까요?"

나는 남자의 뒤를 따라 방에서 나가 복도를 걸었다. 앞쪽에 문이 있고, 그 앞에는 풀페이스 헬멧을 쓴 경비원이 있었다. 남자는 경비원 앞에 도착하자 서류철을 건넸다. 서류 몇 장을 체크한 경비원은 남자에게 서류철을 돌려주고, 문 옆에 있는 패널에 손을 댔다. 그러자 패널이 열리면서 문이 옆으로 스르르 열렸다.

몇 개나 되는 문이 늘어선 복도를 한참 걸어가다가 '34호실'이라고 적힌 문 앞에서 멈췄다. 남자가 문을 열고,

안을 가리켰다.

"이곳이 마지막 시간을 보낼 방입니다. 나중에 담당자가 올 테니 자세한 설명은 그때 들으십시오."

내가 방 안으로 들어가자 지잉 하고 문이 잠기는 소리가 났다. 예상했던 바이기는 했지만 갇히는 건 기분 좋은 일은 아니다.

방은 다다미 열다섯 장이나 그보다 조금 더 넓어 보였다. 하얀 벽에, 하얀 바닥. 어찌나 깨끗한지 바로 몇 시간 전에 갓 완성한 것처럼 보였다.

가운데에는 테이블이 있고, 서로 마주 보는 위치에 목제 의자가 두 개 놓여 있다. 구석에는 침대가 있고, 그 위에는 곱게 개인 이불과 담요가 있다. 벽에는 텔레비전이 달려 있지만 리모컨은 보이지 않았다. 텔레비전 자체에 스위치가 있어 직접 눌러 조작하는 것이리라.

안에는 문이 두 개 있었다. 열어보니 하나는 화장실이고, 또 하나는 욕실이었다. 욕실에는 치약과 투명한 봉투에 든 칫솔이 놓여 있었지만 거울은 없었다. 면도기도 없다. 수건은 목욕수건이 세 개, 세면수건이 두 개 있었다.

방을 한 차례 둘러보고 침대에 걸터앉았다. 할 일은 없었지만 텔레비전을 켤 기분도 아니었다. 문득 몇 시인지 궁금해 방을 둘러보았지만 시계는 어디에도 없었다. 나는 조용히 숨을 내뱉으며 침대에 벌렁 드러누웠다. 눈을 감고, 또 숨을 내뱉었다.

겨우, 여기까지 왔다. 국가는 내 자살을 수용했고, 나는 오늘이나 내일이면 죽을 수 있다. 가급적 고통이 없는 방법이 좋은데. 모미지마치 K3는 죽는 방법을 자세히 알려주지 않았지만, 나는 사형수는 아니다. 교수형이나 전기충격 같은 방법은 아니겠지. 십중팔구, 약물일 것이다. 뭔가를 먹이거나, 아니면 주사거나. 그 순간이 빨리 왔으면 좋겠다. 미칠 듯한 불안을 느꼈지만 그래도 결말은 보인다. 공포는 없다. 나는 가벼운 흥분 상태였다.

문이 열린 것은 10분쯤 지나서였다. 두 남자가 들어왔다. 둘 다 백의를 입고, 하얀 마스크를 쓰고 있었다. 한 명은 방금 전 보았던 키 큰 남자, 모미지마치 R8이었고, 또 한 사람은 처음 보는 남자였다.

내가 몸을 일으키자 그 남자가 의자를 가리키며 "앉으시지요"라고 낮은 목소리로 말했다. 내가 의자에 앉자 그 남자가 맞은편에 앉았다. R8는 문 앞에 선 채로 손에는 서류철과 볼펜을 들고 있다. 푹 꺼진 눈동자 속은 어둡고

탁했으며, 표정은 어딘가 불만스러웠다. 이 자리에 있는 것에 거부감을 느끼는 건지도 모른다. 아니면 이 일을 별로 좋아하지 않는 걸까?

"제가 당신의 담당 집행관인 '모미지마치 L9'이라고 합니다."

나는 이미 남자의 명찰을 보았다. 다른 사람과 명찰 색깔이 달랐다. 다른 사람들은 파란 색이고, 이 남자는 검은 색이었다. 마스크 때문에 잘 모르겠지만 연령은 예순 초반이나 중반쯤으로 보였다. 몸집도 키도 중간치고, 7대 3으로 가른 머리카락에는 흰머리도 보였다. 눈가가 다소 부어 있어서 그런지 차가운 인상을 주는 눈빛이었다.

"저희는 앞으로 규정된 방법에 따라 당신의 자살을 도울 것입니다. 처치는 저희가 하지만 이곳에서는 죽음은 자살, 즉 당신 자신의 손으로 이루어지는 셈입니다."

남자가 가볍게 헛기침을 하고 말을 이었다.

"처치 시간 말씀인데, 다른 수용자의 사정도 있고 준비도 필요해 언제라고 정확히 말씀드릴 수는 없습니다. 다만 늦어도 내일 심야, 12시 전입니다."

"알겠습니다."

나는 고개를 끄덕였다. 늦어도 내일 심야. 시한을 들으니 손에 잡힐 정도로 실감이 확실해졌다.

"그리고 오늘 사망신고서를 제출해, 당신은 법적으로도 호적상으로도 사망자로 취급됩니다. 즉 내일 죽을 경우에도 오늘이 기일이 됩니다."

기일. 내 기일은 12월 26일. 향년 34세라는 뜻이다.

남자가 말을 이었다.

"식사는 조식이 9시, 중식이 12시, 석식은 18시에 가져다 드립니다. 달리 음료수가 필요한 경우는 문 옆에 전화기가 있습니다."

문을 쳐다보았다. 서류철을 들고 서 있는 R8의 바로 옆, 벽에 검은 수화기가 붙어 있었다.

"수화기를 들면 관리실로 연결됩니다. 다른 요구사항이 있을 때도 이 전화를 사용하십시오. 비디오를 빌릴 때도 사용해주십시오."

비디오. 그러고 보니 담당관, 모미지마치 K3가 영화를 볼 수 있다고 했던 게 기억났다. 게임도 할 수 있다고 했다. 하지만 지금은 둘 다 필요 없었다.

"이 방은 21시에 소등합니다. 다른 질문 있습니까?"

조금 생각해보다가 물었다. "사실은 제가 불면증인데, 수면제를 받을 수 있을까요?"

내가 말하자 남자, 모미지마치 L9은 뒤에 있는 R8을 쳐다보았다. R8는 손에 든 서류철을 훑어보며 서류를 뒤적이더니 고개를 들었다.

"사전 신청 기록은 없습니다."

그 말을 듣고 모미지마치 L9은 고개를 끄덕이더니 나를 보았다. 이 문제는 이것으로 끝났다는 듯한 표정이다.

"다른 질문은 없습니까?"

"저는 어떻게 죽습니까? 약물인가요?"

이 질문에는 대답해주지 않을지도 모른다고 생각하며 물어보았는데, 모미지마치 L9은 선뜻 고개를 끄덕이더니 "약물입니다"라고 대답했다. "두 종류의 약물을 사용합니다. 고통은 전혀 없습니다. 있다 해도 주사 바늘을 찌를 때뿐입니다. 시간은 2분에서 3분 정도로, 잠든 것처럼 느껴질 겁니다. 그것으로 끝입니다."

모미지마치 L9은 "그 밖에는?"이라는 표정으로 나를 보았다. 나는 질문이 없다는 뜻으로 작게 고개를 저었다. 그는 고개를 끄덕이고 자리에서 일어났다. "그럼" 하고 그가 밖으로 나가자 모미지마치 R8가 문을 닫았다. 바로 문이 잠기는 소리가 들렸다. 남자들의 발소리는 들리지 않았다.

문에 달린 작은 창이 덜컥 안쪽으로 열리더니 플라스틱 쟁반에 놓인 식사가 나왔다. 내가 쟁반을 들자 밖에서 손이 쑥 뻗어와 손잡이 부분을 잡고 창을 닫았다. 아무도 안에 들어오지 않았고, 말 한마디 들리지 않았다. 들어가 본 적은 없지만 마치 형무소 식사 같았다.

　나는 쟁반을 테이블에 내려놓고 의자에 앉았다. 눈앞에 있는 음식을 보고 웃고 말았다. '토머스 & 뤼미에르'의 믹스 샌드위치였다. 이 세상에서 유일하게, 내 식욕을 돋우는 음식. 몇 년이나 다니면서 셀 수 없이 많이 먹었지만 아무리 먹어도 질리지 않았다. 오늘 센터 직원이 사러 갔던 걸까(그리고 시오자키 사에코는 자살센터 직원인 줄도 모르고 믹스 샌드위치를 건넸을까)? 어쨌든 직원에게 감사했다. 나머지 식사에는 관심이 없지만 이것만은 기뻤다.

　나는 두 손을 모았다.

　"잘 먹겠습니다."

　아무 일도 일어나지 않고, 아무 소리도 들리지 않고, 아무도 오지 않았다.

　시간만 시시각각 흘렀지만 시계가 없어 그 흐름을 제대로 실감할 수 없었다. 창문도 없고 문틈도 없어 바깥 상황을 파악할 수도 없다. 나는 침대에 드러누워 얼룩 하나 없는 천장을 하염없이 바라보았다. 자보려고 눈을 감았지만 잠이 찾아올 기색은 없었다.

달그락달그락, 금속이 서로 부딪히는 소리가 나서 고개를 드니 밖에서 문에 달린 작은 창을 열더니 그 위에 쟁반을 내려놓았다. 저녁식사다.

일어나서 문으로 향하면서 지금이 18시인가, 하고 생각했다. 내가 쟁반을 테이블로 옮긴 후에도 창문은 닫히지 않았다. 잠시 열려 있는 창문을 바라보다가 겨우 깨달았다. 아까 받은 쟁반이다. 내가 믹스 샌드위치가 얹혀 있던 쟁반을 창가에 내려놓자 쟁반이 사라지고, 팔이 뻗어와 창문을 닫았다. 말 한마디 없었다.

의자에 앉았다. 석식 메뉴는 계란덮밥에 계란국, 그리고 먹기 좋게 자른 오렌지였다. 페트병에 든 미네랄워터도 있다. 김이 모락모락 나는 요리를 한참 바라보았지만 식욕은 전혀 일지 않았다. 다시 침대에 드러누워 천장을 바라보았다.

분명 소등은 21시라고 했다. 세 시간쯤 남았나. 그때까지 뭘 할까 고민했지만 텔레비전을 볼 마음도 없고, 영화나 게임에도 관심이 생기지 않았다. 필연적으로 할 일이 아무것도 없었다. 이 방에는 자고 깨는 데 필요한 물건 외에는 아무것도 없다. 포스터도 없고 전에 살았던 사람이 남긴 낙서도 없고, 밖을 살펴볼 창문도 없었다. 완전한 밀실이다. 문은 열리지 않을 테고, 저 작은 창문으로 나갈 수도 없겠지. 할 일이, 하나도 없다. 잠들 수도 없다. 그림을 그리거나 편지를 쓰려고 해도 펜이나 종이가 없다. 아무것도 없다.

잠들어보려고 세 번 도전했다가 세 번 실패하고, 두 번 화장실에 갔다.

식사는 건드리지 않았다. 시계가 없어서 그런지 시간의 흐름이 완만하게 느껴졌다. 언제쯤 불이 꺼질지, 전혀 짐작이 가지 않았다.

시간이 얼마나 흘렀는지 전혀 모르겠지만 한참 지나서, 갑자기 달그락거리는 소리가 나더니 문에 달린 작은 창이 열렸다. 일어나서 창문을 바라보니 붉은 종이가 놓여 있는 게 보였다. 침대에서 빠져나와 문으로 다가가, 창문 위에 놓인 붉은 봉투를 손에 들어 거기에 적힌 '모미지마치 역 앞 자살센터'라는 글자를 본 순간 등줄기가 오싹했다. 작은 창문이 달그락거리며 닫혔다.

의자에 앉아서 떨리는 손으로 쥔 봉투에 적힌 글자를 읽었다.

자살통지서, 라고 적혀 있다. 모미지마치 역 앞 자살센터에서, 내 앞으로 보낸 것이다. 뭔가 질 나쁜 장난이라고 생각했다. 손이, 손가락이 바르르 떨려 감각이 사라지고 없었다. 그래도 겨우 봉투를 뜯어 안에 든 종이를 꺼냈다. 두 가지가 있었다. A4 종이 한 장과, B5 크기의, 연분홍색 종이가 네다섯 장 정도. 나는 먼저 A4 종이를 펼쳐 내용을 보았다.

자살통지서. 보내는 사람, 모미지마치 역 앞 자살센터. 소장 모미지마치 A1의 서명과 인감, 일자. 그리고…… 자살자의 이름.

마에하라 유리

하아. 한숨을 내뱉었다. 종이를 든 손가락이 바들바들 떨려서, 또다시 하아, 하고 숨을 내뱉었다. 하아, 하아, 하아, 하아, 호흡은 거칠어졌고, 고동이 빨라졌다. 하아하아하아하아, 하아하아하아하아. 가슴을 부여잡았다. 호흡이 가쁘다. 멈추지 않는다. 호흡과 고동은 점점 속도를 높여 내 몸을 위아래로 흔들었다. 눈앞이 흔들리고, 또 흔들렸다. 종이를 테이블에 내려놓았다. 가슴을 부여잡았다. 호흡이 점점 거칠어진다. 등에서 땀이 왈칵 솟았다.

그리고 테이블 위에 있는 핑크색의, 반으로 접힌 종이(분명 편지다)를 가만히, 떨리는 손가락으로 붙잡았다.

그것은 가로쓰기식 편지지로, 배경에 아련한 눈이 흩날리고 있었다. 적혀 있는 글자는 섬세하고, 아주 조금 둥그스름했다. 유리의 글씨다. 눈에 눈물이 넘쳐 글씨가 번졌지만 눈물을 훔치고, 글자를 찾아내, 편지를 읽었다.

요스케에게

놀라게 해서 미안해. 붉은 봉투를 보고 벌써 눈치챘겠지만, 나는 이 세상을 떠나기로 했어.

당신하고 많은 이야기를 나눠야 했고, 이야기할 필요가 있었어. 하지만 나는 도저히 그럴 용기가 없어서, 마지막까지 말하지 못했어. 그리고 그날, 안녕이라고 말하지 못했어. 그 마지막 전화에서도, 문자에서도, 나는 말하지 않았고, 안녕이란 말도 하지 않았어.

당신에게 또 사과해야겠네. 유키를 지키지 못했을 뿐

더러 부부 생활도 지키지 못했고, 내 생명조차 지키지 못한 나. 당신은 많이 화내겠지. 그리고 질렸을 거야. 여기까지 써놓고 뒷말을 뭐라고 써야 할지 망설이고 있어. 그 사이에 슈퍼에 가서 전골 재료를 사서 혼자 전골을 해먹었는데도, 아직 뒷말이 떠오르지 않아.

아아, 겨우 생각났다. 그나저나 여기까지 쓴 것도 너무 하지? 글씨도 지저분하고, 뭘 썼는지 잘 모르겠어. 하지만 내게는 더 이상 새로 쓸 시간이 없으니 용서해줘. 그래, 뒷이야기였지. 그날, 유키가 살해당한 날에 어째서 나도 함께 죽지 않았을까, 그게 나의 가장 큰 의문이자 가장 큰 후회였어. 유키가 살고 내가 죽으면 가장 좋았을 텐데.

나는 요리도 제대로 못하고, 성미도 급하고, 미인도 아니고. 내가 없어도 당신은 혼자서 유키를 잘 키웠을 테고, 그러다 예쁜 부인을 만났을 거야. 하지만 현실은 최악의 결말로, 나 같은 사람이 살아남고, 앞으로 수많은 가능성이 있었던, 순진무구한 생명이 죽었어.

사실 나는 그때, 범인 간바라에게 말했어. 이 아이만은 살려줘. 그 대신 날 죽여. 그렇게 말했어. 하지만 나중에 생각해보니 그 말이 그를 자극해서 유키의 생명을 앗아가게 만든 걸지도 몰라.

어쨌든 그 후로는 고통과 후회의 나날이었어. 당신에게, 유키에게, 너무 미안해서, 사는 게 괴로워서, 힘들어서, 빨리 죽고 싶다는 생각밖에 없었어. 하지만 당신은 재판 때, 피해자 가족들과 함께 기자회견을 열어 이렇게 말했지?

간바라 나오야가 사형당할 때까지, 저는 계속 싸울 것입니다. 혹여나 그가 사형당하지 않는다면, 제가 그를 죽일 겁니다. 어떤 방법을 써서라도, 이 목숨과 바꾸어, 바로 제가 아들의 한을 풀어줄 겁니다.

그 말을, 당신들을 향해 늘어선 카메라 뒤에서 듣고 있던 나는 깨달았어. 그리고 생각했어. 나도, 간바라 나오야가 죽을 때까지는 설령 무슨 일이 있더라도 살아야겠다고.

그나저나 벌써 세 장째야. 편지가 길어지고 말았네. 하고 싶은 말은 다 썼을까? 조금 다시 읽어볼게.

아아, 정말, 당신한테는 미안해. 나 같은 여자하고 결혼해서, 많이 힘들었지? 나는 요리도 못하고, 덜렁대고, 거기에 청소도 빨래도 제대로 못 해. 아침잠도 많고, 미인은커녕 추녀고.

실은 결혼했을 때, 그런 얘길 들었어. 왜 당신이 선택받았냐고. 누군지는 모르겠지만 결혼식에 왔던 파란 드레스를 입은 여자가 그러더라. 어째서 도이 씨가 당신을 선택했지? 임신이라도 했어? 집이 부자야? 실은 그런 말을 듣고 너무 괴로워서, 화장 고칠 때 울어버렸어. 맞는 말이야, 나 같은 여자는 요스케한테 어울리지 않아. 한참 모자라지, 하고. 이런 얘기는 별로 필요 없나? 하지만 이런 나를 선택해줘서, 좋아해줘서, 결혼해줘서, 정말 고마워. 그 일이 당신을 불행하게 만든 건 너무 괴롭지만, 그래도 허락해준다면 말할게. 고마워.

참 못난 아내였지. 못난 아내라서, 미안해. 유키를 지키지 못하고, 나만 살아남아서, 미안해.

아아! 벌써 다섯 장째네!

이거 다섯 장짜리 편지지라 이제 쓸 자리가 없어!

어쨌든 요스케는 좋은 부인을 찾아서 행복해지길 바라. 나는 유키를 죽인 간바라가 죽어서, 살아갈 이유가 사라진 기분이야. 모든 게. 그러니 그만 떠나기로 했어.

그럼, 유키에게 사과하고 올게. 안녕. 지금까지 정말
고마웠어. 이기적인 여자라 미안해.

마에하라 유리

추신
마지막으로 만났던 카페에서 먹은 믹스 샌드위치, 맛
있었지?

도저히 다시 읽을 수는 없었다. 글씨가 몽글몽글 번져
서, 아무리 닦아도 눈물이 멈추지 않았다. 소리 내어, 큰
소리로 울었다. 내 주위의 모든 것이 무너지는 것 같았다.
  우리는 대화했어야 했다.
  기회는 몇 번이나 있었다. 이유도 있었다. 없었던 것
은, 용기뿐이다. 우리는 둘 다 이 문제를 직시하고, 진지
하게 고민하고 대화하는 것에서 도망쳤다. 이렇게 불행한
현실이 있어서는 안 된다. 부부 둘 다 센터에 다니고 있었
다니. 서로에게 붉은 편지를 보냈다니.
  나는 눈물을 닦고, 호흡을 가다듬고, 다시 흘러넘친 눈
물을 닦고, 일어나서 문 옆에 있는 수화기를 들었다. 호출

음이 울리고 "예"라고 대답하는 여성의 목소리가 들렸다.

"지금 당장 여기에서 꺼내주세요! 만약 안 된다면 이 방에 책임자를 불러주세요!"

작은 창문이 열린 것은 그로부터 10분쯤 지나서였다. 열린 창문 밖에는 백의밖에 보이지 않았지만, 문 너머로 전해오는 기척으로 그곳에 있는 게 모미지마치 L9이라는 것을 알았다.

나는 문 앞에 서서 문을 사이에 두고 건너편에 있는 남자에게 말했다.

"여기에서 꺼내주세요!"

"불가능합니다."

돌아온 대답은 예상대로 모미지마치 L9의 목소리였다. 자신감과 냉정함이 뒤섞인 독특한 음색.

"저는 당장 마에하라 유리라는 여성과 이야기를 나눌 필요가 있습니다. 그녀는 지금 이 센터에 있을 겁니다!"

아직 그 순간이 오지 않았다면. 아직 늦지 않았다. 이런 일이 있어서는 안 되니까. 우리는 서로 대화할 필요가 있으니까. 아직 늦지 않았을 터였다. 아직 다시 시작할 수 있을 터였다. 나는 안 되더라도, 유리만은, 아직 보낼 수 없다.

"만나게 해주세요! 부탁입니다!"

"유감이지만 그럴 수 없습니다."

내 애원은 무자비하게 거부당했다. 감정이 깃들지 않은, 차가운 목소리로. 재빨리 숨을 들이쉬었다가, 내쉬었다. 최대한 냉정하게, 문을 향해 똑바로 소리를 냈다.

"그럼 일단 저를 여기에서 꺼내주십시오. 자살은 그만두겠습니다. 철회하겠습니다. 문을 열어주세요!"

그가 대답하기까지 약간 시간이 걸렸다. 모미지마치 L9 말고도 몇 명이 더 있는 것 같았다.

"도이 님. 그건 불가능합니다. 당신의 자살은 센터에 접수되었습니다. 그것은 즉 국가가 용인했다는 뜻입니다. 당신의 자살을 막는 것은 이제 불가능하고, 다른 수용자와 대화하는 건 말도 안 되는 일입니다."

"들어보세요, 모미지마치 L9 씨." 나는 낮은 목소리로 말했다. 문손잡이를 붙잡고 돌려보았지만 꼼짝도 하지 않았다.

"알겠습니까? 저는 자살을 그만두겠다고 하는 겁니다. 당신은 그걸 막을 권리가 없어요. 나는 살 겁니다. 지금 당장 이 문을 열지 않으면 나중에 문제가 될 겁니다."

모미지마치 L9일까? "하하!" 하고 웃는 소리가 들렸다.

그리고 여자 목소리일까? 키득거리는 작은 웃음소리가 들렸다. 처음에 나를 안내했던 여자일지도 모른다. 웃음소리는 한동안 이어졌다.

"이거, 실례했습니다."

모미지마치 L9이 겨우 입을 뗐다. 하지만 아직 다른 사람들은 웃고 있다.

"제게 당신을 막을 권리가 없다고요? 죄송합니다, 도이 님. 하지만 있거든요. 그 권리가. 그리고 일단 전제를 말씀드리자면, 당신이야말로 권리가 없습니다. 사망신고서도 이미 제출되어 당신은 아무 권리도 없어요. 이미 죽은 사람입니다, 당신은."

나는 확실한 패배의 바람을 느꼈다. 스스로도 알고 있다. 정규 수속을 밟아, 면담을 하고, 서명에 인감을 찍은 나는 이미 법적으로는 죽은 사람이다. 그런 사람이 죽기를 그만두겠다고 해도 통할 리가 없다. 알고는 있었지만 그래도 포기할 수는 없다.

"그럼 난 죽어도 상관없습니다. 예정대로 이대로 죽어도 좋습니다. 하지만 한 번만 마에하라 유리와 말하게 해주세요. 만약 불가능하다면 편지라도 좋습니다. 지금 당장 쓸 테니 전해주십시오. 이 본관 안에 있잖아요? 그 정도는 가능하겠죠?"

모미지마치 L9은 잔뜩 뜸을 들인 뒤에 내게 철퇴를 가했다.

"전부 불가능합니다. 당신은 담당관의 면담을 거쳐, 다섯 번, 사는 길을 선택하는 게 어떠냐는 제안을 받았습니다. 하지만 당신은 그 다섯 번 모두 고개를 저었고, 뜻을 꺾지 않았습니다. 영상을 본 위원회 멤버도 납득할 수밖에 없었습니다. 당신은 죽습니다. 그건 이미 결정된 사항입니다."

내가 되받아치기 전에 아무 전조도 없이 작은 창문이 닫혀버렸다. 그 소리는 전보다 차갑고 무겁게, 선명하게 귀에 울렸다.

유리, 유리. 몇 번이고 외쳤다.

외치면서 의자를 집어 들어 문에 내리쳤다. 다리가 부러졌지만 문에는 흠집 하나 나지 않았다. 몸을 날려보기도 하고 손잡이도 돌려보았다. 하지만 돌아가지 않는다. 주먹으로 문을 쾅쾅 두드렸다. 두드리고, 두드리고, 마구 때렸다. 하지만 내 주먹은 문을 부수지 못한다. 그리 큰 소리도 내지 못한다. 숨을 크게 내뱉고, 주먹을 단단히 쥐고 내리치자 피가 솟구치고 뼈가 부러지는 감촉이 느껴졌다. 그 소리가 내부에서 메아리쳤다. 하지만 아랑곳없이 머리로 들이박았다. 눈앞이 일렁였지만 그래도 문을 공격했다. 의자 다리로, 부러진 주먹으로, 머리로, 발로, 온몸으로. 그래도 문에는 흠집 하나 나지 않았고, 1밀리미터도 열리지 않았다.

폐 가득 공기를 채워 온몸으로 유리의 이름을 외쳤다.

정신이 들자 모미지마치 L9이 나를 들여다보고 있었다.

내가 눈을 뜬 것을 확인한 그는 미소를 지었다. 몸을 일으켜 팔을 뻗으려는데 팔 전체에 날카로운 통증이 전류처럼 치달았다.

"일단 응급 처치는 했습니다."

통증을 참으며 살펴보았다. 오른쪽 주먹에는 붕대가 감겨 있고, 이마에도 거즈가 붙어 있었다.

모미지마치 L9은 마스크를 벗어 주머니에 넣고 말했다.

"사연을 들어보지요."

그리고 일어나서 문 앞으로 이동했다.

"자, 이쪽으로 오십시오."

문은 이미 열려 있었다.

"저는, 착각했습니다."

침대에 앉아 떨리는 목소리로 말했다. "자, 이것 좀 마셔요." 내밀어주는 종이컵을 받아 단숨에 물을 들이켰다. 옆쪽 의자에 앉은 모미지마치 L9에게 종이컵을 돌려주었다. 그는 그것을 철제 테이블 위에 내려놓았다.

간소한 방이었다. 내가 앉은 침대와, 모미지마치 L9이 앉은 의자, 그 옆에 있는 테이블. 벽에 붙은 수화기. 그것 말고는 아무것도 없다. 하지만 유난히 넓다. 그리고 하얗다. 하얀색이 눈부셨다.

"저는."

모미지마치 L9에게 말했다. 그는 온화한 미소를 띠고 조용히 고개를 끄덕였다.

"착각하고 있었습니다."

주먹과 이마의 통증은 뜨겁고 참기 힘들었다. 하지만 나는 태연한 척, 그의 눈동자를 바라보며 말을 이었다.

"자살은 저 혼자만의 길이었습니다. 제게는 아직 유리가 있었어요. 전처인데, 그녀가 죽음을 선택할 정도로 고통스러워했을 줄은 생각도 못 했습니다. 제 고통에만 눈이 멀어, 그녀의 마음을 알아차리지 못했던 겁니다."

말하다 보니 점점 통증이 수그러들었다. 한동안 잠을 못 자서 그런지 이제야 조금 잠이 오는 것이다. 하지만 잠들 수는 없다. 나는 눈앞의 남자와 이야기해서, 유리가 있는 곳에 가야만 한다. 그리고 둘이서 이곳을 나가는 것이다. 다시 한 번, 처음부터 새로 시작하는 것이다. 지금은 어떻게든 설득해야만.

"그러니까 그걸 유리와, 그녀와 서로 대화해서, 이야기해서."

입을 열 때마다 머리가 무거워졌다. 무겁다, 무겁다, 무겁다. 폭력에 가까울 정도로 졸렸다. 그리고 이미 통증은 느껴지지 않았다. 무릎 위에 얹은 주먹을 보았다. 붕대가 붉게 물들어 있다. 피는 멎지 않은 것이다. 그런데 아프지 않다. 다그치듯 모미지마치 L9을 쳐다보니 그의 미소는 더 깊어졌다. 뭔가를 즐기고 있는 듯한 눈동자.

눈꺼풀이 자꾸만 감겨, 의지의 힘을 총동원해 저항했다. 테이블 위에 놓인 종이컵을 보았다. 뒤늦게 방금 전에 마신 물이 의심스러웠다. 하지만 그걸 깨달았다고 해서 사태는 무엇 하나 호전되지 않는다. 꼼짝도 못 한 채로 졸음의 파도에 저항하는 수밖에 없었다.

"유, 유리하고."

눈앞에 주사기가 보였다. 언제 나타났는지 눈치채지 못했다.

고무장갑을 낀 손가락이 주사기를 쥐고 있었다. 그 손가락은 모미지마치 L9의 손가락이었고, 그의 미소는 더더욱 깊어졌다.

"말씀드리는 게 조금 늦었는데, 지금부터 처치에 들어갑니다. 걱정 마세요. 고통은 없으니까요. 봐요, 이제 상처도 아프지 않지요? 그러니까 주사 바늘 같은 건."

그는 자리에서 일어나 재빨리 내게 다가왔다. 눈앞에 얼굴이 있었다. 그 눈은 내 목덜미를 바라보고 있었다. 그는 몸을 떼고 의자에 앉아 다시 내 얼굴로 시선을 돌렸다.

"어때요, 아프지 않지요? 한 번 더 놓을 겁니다. 그걸로 끝입니다."

나는 다시 다가온 그의 어깨를 붙잡았다. 팔에 힘이 들어가지 않았다. 그는 손쉽게 팔을 떨쳐내고 내게서 떨어지더니, 관찰하는 눈빛으로 나를 쳐다보았다. 그 손에는 방금 전과는 다른, 가느다란 주사기가 있었다. 그것을 보고 나서야 깨달았다. 나는 지금 바야흐로 죽음의 순간에 서 있다. 이 주사기로, 살해당할 위기다.

"그만두세요!" 겨우 입을 움직였지만 그 목소리는 그마두시요, 로 들렸다.

바늘 끝에서 투명한 액체 방울이 튀어, 하얀 바닥에 떨어졌다.

저게 나를 죽이는, 독이다.

"그만둬!" 그마더, 로 들린다. 입가가 풀려 젖어 있는 게 느껴졌다. 침을 흘리고 있는 것이다.

모미지마치 L9은 경멸 어린 눈빛으로 내 입가를 쳐다보더니 입을 열었다.

"끝이 없어요. 담당관이 다섯 번이나 말렸는데, 그래도 여기에 온 주제에 마지막 순간에 또 울부짖습니다. 그런 말을 일일이 듣고 있자면 끝이 없습니다. 무슨 일에나 끝이랄까, 기준이 필요하지요."

나는 혼탁하고 무거운 머리를 움직여 필사적으로 그의 손을 막을 방법을 생각했다.

손을 막고, 그가 고민하게 만든다. 내게 주사 놓는 일을 포기하게 만드는 것이다. 어떻게든 해서, 반드시.

"당신은 살인자야."

나는 말했다. 하지만 이 정도 욕설은 몇백 번은 들었으리라. 그는 아랑곳없는 기색으로 주사기를 들었다. 생각해, 생각해, 생각해. 가물가물 물결처럼 흔들리는 공간 속, 모미지마치 L9의 등 뒤에 갑자기 코끼리가 나타났다.

코끼리.

그의 등 뒤, 하얀 공간에, 코끼리. 움직이고 있다.

이건, 늘 꾸는 그 꿈에 나오는 코끼리다. 나는 지금 꿈속에 있는 걸까? 꿈속에서, 코끼리는 늘 내게 물었다. 매번, 똑같은 말을 했다.

그렇다.

"당신은……." 나는 말했다. 방금 전보다 얼마간 명료한 목소리가 나왔다. 코끼리는 새까만 눈동자로 나를 바라보고 있다. 나는 시선을 모미지마치 L9에게 돌렸다. 그는 코끼리의 존재를 모른다. 눈치챌 기색도 없다. 나는 말했다.

"지금까지, 죽어가는 수많은 사람들을 보면서, 그 손으로 몇 명, 몇십 명을 죽음으로 몰아넣고, 대체 뭘 배웠습니까?"

모미지마치 L9의 표정이 슥 사라졌다. 공백. 그는, 생각하고 있다.

"뭘 배웠을까."

그는 뭔가 고민하듯 고개를 숙이고, 손을 들어 턱을 어루만졌다. 나는 주사기를 보다가 다시 그에게 시선을 돌렸다. 뒤에 있는 코끼리는 이 대화를 지켜보면서 커다란 귀를 살랑거릴 뿐, 뭔가 할 기색은 없었다.

"뭘까요. 여기에서 몇십 명을 보내고, 밖에서 열한 명을 죽이고. 나는 뭘 배웠을까."

모미지마치 L9은 질문하듯 메마른 시선으로 나를 쳐다보았다. 이번에는 내 머리가 새하얘졌다.

밖에서 열한 명을 죽이고?

이 남자는 대체 무슨 말을 하는 건가?

"정말 나는 뭘 배웠을까요? 하지만 요새는 죄책감 때문인지, 살해한 시신의 일부를 유족에게 보내고 있습니다. 징표랄까, 유품이랄까, 하다못해 속죄라도 할 요량으로."

살해한 뒤에, 시신을 절단해, 유족에게 보내는 살인귀. 분명 최근에 여섯 번째 피해자가.

절단마.

휘청, 바닥이 흔들리는 것 같았다. 여기에, 지금 여기에, 내 앞에.

코끼리가 코를 높이 치켜들었다. 그 움직임을 따라 천장을 보니 하얀, 안개가 있었다. 나를 기다리는 것처럼 천장에 넓게 퍼져, 부우우웅, 하고 낮은 소리를 내고 있다.

"고민할 가치가 있을지도 모르겠군요. 직업으로 사람을 죽이고, 밖에서는 쾌락을 위해 사람을 죽이면서, 나는 무엇을 배웠을까. 사람은 털 난 고깃덩어리에 지나지 않아요. 하지만 살아 있죠. 생명이 있어요. 그 생명을 앗아가면서, 나는 대체 무엇을 배웠을까요?"

절단마가 나를 보았다.

그리고 입술을 벌려, 웃었다.

"하지만 어쨌든 당신은 끝났습니다. 실은 이미 처치를 끝냈거든요. 방금 전 주사가 약물이고, 이 주사기 안에 있는 건 그냥 물이니까요."

이미, 독은, 내 안에.

입이 움직이지 않는다. 팔도 올라가지 않는다.

눈꺼풀이 내려온다.

눈을 감으면 그것이 곧 모든 것의 끝을 의미한다는 것을 안다.

머릿속으로, 외쳤다.

형, 형, 형.

몇 번이고 외쳤다.

"나는." 형. "우리는."

무엇을 배웠지?

유키.

내게 힘을 줘. 이걸 멈추게 해줘. 유리를 살리게 해줘.

천장에 펼쳐진 안개에서 부우우우웅, 하는 소리가 커지

더니 방 전체를 뒤흔들었다.

정답은 없다. 답은 각자가 정해야 한다. 그리고 나는 지금이야말로 답을 보여주어야 한다. 나는 절단마에게, 세상에, 형에게, 선언했다.

"나는 살 거야."

내가 유리를 사랑하기 때문이다. 그 단 하나의 사실이 지금 내 안에 있는 전부였다.

절단마는 아무 대답 없이 실험 중인 곤충을 관찰하는 눈빛으로 나를 바라보고 있을 뿐이었다.

방의 진동이 격렬해져갔다. 코끼리가 서글픈 콧소리를 냈다.

눈앞의 경치가 신기루처럼, 흔들리고, 눈이 감겼다.

검은색이 파도처럼 모든 것을 잠식해, 아무것도 보이지 않았다.

담배는 어땠어?

"담배?"

"왜, 요전에 피웠잖아. 내가 살아 있을 땐 피우지 않았는데."

그 말을 듣고 겨우 기억해냈다.

"아, 그러고 보니 피웠지."

피워보니 어땠는지, 생각해보았다.

"딱히 기억에 없네. 맛있지도 않았고. 평소에 남들이 피우는 담배 연기를 마실 때가 있는데, 그거하고 똑같은 느낌이었어."

나는 거실 소파에 앉아 있었다.

우리 집 거실이다. 원래는 텔레비전이 있어야 할 자리에 지금 내가 앉아 있는 것과 똑같은 소파가 있고, 거기에 형이 다리를 꼬고 앉아 있었다. 자세히 쳐다보니 형 주위에 하얗고 작은 알갱이들이 너울거리는 게 보였다. 빛 속의 티끌처럼, 반짝반짝 너울거리며 방에 넘실거리고 있다. 자세히 보니 그것이 형 주위는 물론이고 방 전체에 너울거리고 있는 것을 깨달았다. 그 티끌 같은 것을 한참 바라본 후에 형에게 물었다.

"그런데 앞으로 어떻게 할 거야?"

형은 눈썹을 찌푸리며 조금 난처한 표정을 지었다.

"무엇부터 말해야 할지 모르겠어."

형이 말했다. 살아 있었을 때보다, 또렷한 목소리였다. 살아 있었을 때는 좀 더 웅얼거리는 목소리로 자기 말을 빨아들이는 것처럼 말했다. 그래서 명료한 형의 목소리를 들으니 위화감이 들었다.

"생각해보면 이상한 얘기야." 형이 말을 이었다.

"하지만 그걸 설명해야 할지, 실은 아직 판단이 안 서."

고민하고 망설이는 듯한 그 말투에 나는 그만 웃고 말았다.

"뭐야, 이제 와서. 뭔가를 설명하려고 여기에, 내 앞에 나타난 거잖아? 괜찮으니 얘기해봐. 시간도 있고."

내가 말하자 형은 가볍게 고개를 저었다.

"아니, 사실 시간은 별로 없어. 너하곤 상관없는 일이지만."

나는 아무 말 없이 그저 하염없이 바라보았다. 14년 전과 하나도 변하지 않은, 그래도 모든 게 달라 보이는 형의 모습을.

한참 바라보고 있으려니 체념했는지 형이 한숨을 쉬며 고개를 숙였다.

"가가와 시게토모라는 남자가 있었어."

"가가와, 시게토모?"

"남자는 경찰관이고, 독신이었어."

형은 꼬았던 다리를 내리고 소파에 몸을 깊이 묻었다.

"가가와는 한 여성과 관계를 맺고 있었어. 그 여자는

유부녀였고, 남편 몰래 가가와하고 외도를 했던 거지. 시작은 그 여자의 이웃 주민이 살해당한 게 계기였어. 가가와는 여자 집에 탐문을 갔지. 거기에서 몇 번 얼굴을 맞대는 사이 집에 들어가게 되었고, 잠자리를 함께하는 사이가 되었어."

거기까지 말하고 형은 입을 다물었다. 뭔가를 생각하는 듯 눈썹을 찌푸리고, 손가락으로 턱을 어루만지며, 침묵했다가, 다시 입을 열었다.

"아이가 생겼어."

형이 조용히 말했다. 서글픈 목소리였다.

"남편은 아무것도 몰랐어. 그리고 모르는 채로 아이가 태어나 자랐고, 우연한 계기로 자기하고 함께 사는 아버지가 친아버지가 아니라는 걸 눈치챘어. 성장한 그 아이, 남자는 진짜 아버지를 만나러 갔어. 그리고 말했어. 친아버지에게, 가가와 시계토모에게, 나는 당신 아들이라고. 그뿐만이 아니라 줄곧 가가와를 관찰하고 있었던 남자는 가가와의 비밀도 보았어. 가가와는 몇 명이나 되는 사람을 유괴했어. 아마 죽였을 거야. 다만 확신은 없었어. 그게 사실인지, 남자는 가가와에게 물었어. 가가와는 부정했고, 사내 둘을 불러 남자를 폭행했어. 남자는 일절 저항

318

하지 않았는데도 상해죄로 체포됐어. 그건 가가와가 형사였기 때문이야."

괴로운 얼굴로 말하는 형에게, 나는 아무것도 물을 수 없었다. 어딘가 먼 곳에서, 뭔가가 부르르 떨리다가 산산이 부서졌다.

"집행유예로 구치소에서 나온 나는 다시 가가와를 만나러 갔어. 하지만 강제로 주사를 맞고, 정신을 차렸을 때는 선로 옆에 있었어. 가가와가 몸을 짓누르고 있었어. 발버둥치는 사이에 전철이 와서, 손목이 날아갔어."

"형." 나는 말했다.

"그 남자가, 모미지마치 L9이, 가가와야?"

형이 고개를 끄덕였다. 나는 거듭 물었다.

"나도 가가와란 남자의 자식이야?"

형은 부정하듯 고개를 저었다.

"넌 그 아버지의 아들이야."

그런가. 나는, 내가 생각했던 남자가 곧 내 아버지였다. 그런데도 사랑받지 못했다. 그 사실은 이제 나를 상처 입히지 못하지만, 슬픈 일임에는 변함없었다.

"이제, 만족해?"

나는 그렇게 말하여 일어났다.

"가가와든, 절단마든, 형이 그 녀석 아들이든, 난 이미 죽었어. 그만 끝내주지 않겠어?"

형은 서글픈 눈으로 고개를 끄덕였다.

"그래. 하지만 불행은 전부 끝났으니, 안심해. 여기는 내 후회와, 가가와에게 살해당한 사람들의 원한이 만들어 낸, 실제로는 존재하지 않는 장소야."

형도 일어섰고 우리는 서로를 마주 보았다. 나는 형에게 물었다.

"우리는 왜 태어났을까?"

형은 망설이는 표정을 지었다가, 내 눈을 바라보며 대답했다.

"그건 아무도 대답할 수 없어. 넌 무(無)가 되어 나하고도 이런 식으로 만나지 않았고, 이야기도 하지 않았어."

"그럼 형은 어째서 지금 거기에 있어? 어째서 나는 지금, 형하고 이야기하고 있는 거야?"

"네가 아들을 잃고 깊은 곳으로 갔을 때, 우리는 연결된 거야. 그래서 실제로는 존재하지 않는 장소와 상황이 생긴 거야."

"무슨 소린지 모르겠어." 나는 말했다. 그리고 물었다. "형은 옛날에, 사람의 인생은 소설 같다고 했지. 나는, 내

이야기는 언제 끝나지?"

"네 이야기는 이미 끝났어. 그리고 이제 곧, 다시 시작될 거야."

형은 고개를 돌려, 복도 쪽을 가리켰다.

"저기에 네가 6년 동안 들어가지 않았던 방이 있지? 그 방을 열어봐."

"아이 방?"

"그 방을 열고, 다시 시작해."

나는 고개를 끄덕였다. 복도로 걸음을 내딛었다가, 멈춰서 물었다.

"형은? 형은 끝나지 않았어? 끝나서, 다시 시작하지 않을 거야?"

"아직 한 가지, 마무리 못 한 일이 있어. 가가와에게 살해당한 사람들의 영혼이 이윽고 길을 지날 수 있을 거야, 요스케."

나는 꼼짝도 하지 않았다. 뭔가 말을 해야 하는데, 무슨 말을 해야 할지 도저히 알 수 없었다. 그러자 형이 입을 열었다.

"요스케. 네가 내 동생이라 다행이야."

"나도 형의 동생이라 다행이야."

내가 말하자 형이 희미하게 뺨을 누그러뜨렸다. 미소
짓고 있는 것처럼 보였다. 형의 미소를 보다니, 몇 년 만
인지 모르겠다.

"자, 그만 가. 가서 답을 확인하고 와."

나는 복도를 지나 문 앞에서 멈췄다. 거실 쪽을 돌아보
니, 이미 형의 모습은 없었고 빛나는 먼지만 방에 너울거
리고 있었다.

아이 방. 손잡이를 잡았다. 그것은 차갑지도, 따뜻하지
도 않았다. 그저 거기에 그 역할로 존재할 뿐인 물체였다.

눈을 감고 조용히 숨을 들이마시고 조용히 내쉬었다.
나는 이 문을 열어야만 한다. 그것은 훨씬 전부터 깨닫고
있던 사실이었다. 하지만 그럴 수 없었다. 하지만 지금이
라면.

"여보."

목소리. 뒤를 돌아보니 거기에, 유리가 있었다.

"날 두고 갈 셈이야?"

유리가 화난 목소리로 말했다. 그 목에 상처가 없다는
것은 금방 알아챘다. 그것은 정말 멋진 일이었다.

"설마." 나는 말했다. "그럴 생각 없어."

유리가 손잡이를 쥔 내 손을 쳐다보고, 말했다.

"그런데 요스케, 유키를 만나면 무슨 말을 먼저 해야 할까?"

나는 "아무 말 안 해도 되지 않을까?"라고 말하며 웃었다. "우리는 가족이니까."

유리도 웃어주었다. 내가 가장 좋아하는 미소가 거기에 있었다.

"그래. 우리는 가족이니까."

유리가 손을 포갰다. 그 손바닥에서, 다정한 온기가 흘러들어왔다.

"그럼, 유키를 만나러 가자."

그리고 문을.

살인자의 꿈

시신을 10분간, 지켜보다가 맥을 확인하고 크게 숨을
내쉬었다.

백의 주머니에 주사기를 넣고, 일어섰다. 문을 열자 모
미지마치 R8가 서 있었다. 실내를 보지 못하도록 재빨리
문을 닫았다.

"어떻습니까?"

"진정됐어."

내 말에 R8는 안심한 듯 한숨을 토했다. 나는 열쇠를
꺼내 처치실 문을 잠갔다.

"귀찮은 일은 없었습니까?"

"이야기를 나누니 꽤 차분해졌어. 나머지는 조금 더 면 담을 한 뒤에 처치에 들어가도록 하지."

말없이 걸음을 떼는데 옆의 R8는 여전히 걱정스러운 눈치로 다시 물었다.

"하지만 정말 진정된 건가요? 어제 꽤 날뛴 것 같던데, 이대로 처치해버리면 곤란한 것 아닙니까?"

나는 짧은 한숨을 쉬고 걸음을 멈췄다. R8도 멈춰서 불안한 표정으로 이쪽을 바라보았다.

"어이, R8. 어찌 되었든 이제 와서 처치를 중단할 수는 없어. 우리는 법률과 규칙을 따라 움직이고 있어. 그건 이 나라의 규칙이야. 우리는 규칙을 바꿀 힘이 없고, 복종 외에 다른 선택지는 없어."

내 말에 R8는 어깨를 늘어뜨리고 시선을 떨어뜨렸다. 나는 다시 짤막한 한숨을 내뱉었다. 정말이지. 덩치는 산 만 한 게 소심하기 짝이 없는 녀석이다.

"괜찮아. 처치는 이대로 내가 담당하지. 아니면 자네가 할 텐가? 이달에 아이가 태어난다면서? 그 전에 사람 목 숨을 끊을 수 있겠어?"

R8는 대답하지 않았다. 나는 안심시키듯 말했다.

"나 혼자 하지. 걱정 마. 아무리 직업이라지만 앞으로

새로운 생명의 탄생을 기다리는 사람이, 죽음의 순간을
볼 필요는 없잖나."

R8의 눈동자가 촉촉이 젖어들었다. 나는 말없이 고개
를 끄덕이고, 걸음을 뗐다. 뒤를 따라오는 R8에게 들리지
않도록, 작은 한숨을 쉬었다. 사람 수를 줄이는 일을 하면
서, 한편으로는 아내와 성교를 나누어 사람 수를 새로 늘
리고 있다. 나는 그 감각을 전혀 이해할 수 없었다. 하지
만 대다수의 직원들에게는 그게 자연스러운 일인 듯했다.
일은 일. 가정은 가정. 그렇지만 개중에는 고민하는 이도
있어, 견디지 못하고 스스로 자살센터에 상담하러 가는
이도 있다. R8도 그런 부류일지 모른다. 아이가 태어난
뒤에 사람 생명 끊는 일을 하는 것이다. 그 틈바구니에
서 잘 망가져주면 재미있을 텐데.

방에 도착하자, R8를 밖에 세워두고 문을 열고 안으로
들어갔다.

책상 위에 놓인 가방, 내 사랑하는 도구들을 들고 방에
서 나왔다. 다시 처치실로 돌아가 멈춰 섰다.

"나는 이 남자하고 조금 더 이야기를 나누다가 처치에
들어간다."

R8가 고개를 끄덕였다. 벌벌 떨리는 손을 감추려고 그

러는지 뒷짐을 지고 있다.

"한 시간이다. 한 시간 지나면 처치반을 데리고 와. 시신을 처리하지."

R8가 고개를 끄덕였다. 나는 문을 열고 재빨리 안으로 들어갔다. 문을 잠그고 가방을 테이블에 내려놓았다.

침대에 누운 남자의 시체를 바라보았다.

뺨이 절로 누그러졌다.

중요한 건 죽이는 행위가 아니다. 시체야말로 내가 추구하는 것이었다.

죽어서, 굳어버린, 털 난 고깃덩어리. 그것이야말로 내가 추구하는 것이다. 유일한, 단 하나의.

숨을 죽이고 조용히 백의를 벗어던지고, 바지도 벗었다. 깔끔하게 개서 테이블 위에 놓았다. 셔츠도 벗었다. 잘 개서 테이블에. 양말은 바닥에 둬도 된다. 속옷도 바닥이면 된다.

후우, 숨을 내뱉었다. 알몸이 되었다. 하복부를 쳐다보았다. 성기는 아직 힘이 없었다. 하지만 발기할 기미는 있다. 이 시간을 아낌없이 즐기려면 당황은 금물이다. 지금부터다. 나는 이 시간을 맛보기 위해, 오로지 그것만을 위해 살아 있으니까.

알몸으로 심호흡을 한다. 시체가 방금 전까지 토해냈던 최후의 공기를 몸속에 빨아들였다.

자, 촬영이다. 그렇게 생각하며 가방에서 카메라를 꺼낸 순간, 별안간 온몸이 떨렸다. 저도 모르게 신음이 새어나와 카메라를 바닥에 떨어뜨리고 말았다.

통증을 수반하는 경련이었다. 무슨 일이 벌어진 거지?

주위를 둘러보았다. 아무 변화도 없다. 침대의 시체. 테이블 위에는 가방과 옷. 문도 닫혀 있다. 카메라는 바닥에 떨어져 있다. 아무것도 없다.

가슴을 부여잡고, 조용히 호흡을 가다듬었다. 신경 쓸 필요 없겠지. 그냥 떨렸을 뿐이다. 아무것도 걱정할 필요는 없을 것이다.

"가르쳐줘."

별안간, 소리가 들렸다. 주위를 둘러보았다. 팔이 테이블에 부딪혀 가방이 바닥에 떨어졌다.

"가르쳐줘."

또, 목소리.

아무도 없는데.

살려줘, 라고 외치려 했지만 목이 막혀 소리가 나오지 않는다. 다리도 움직이지 않는다. 대체 어떻게 된 건가.

목을 부여잡고 헐떡였다. 목소리가 나오지 않는다. 머리가 어지럽다. 다리의 감각이 훅 사라지면서 쓰러지고 말았다. 벌거벗은 엉덩이에 닿은 바닥이 유난히 차가웠다.

냉정해져라, 시게토모. 진정해, 생각해봐, 이게 뭔지 생각해, 시게토모.

간신히 일어선 순간, 침대 위에서 움직이는 물체가 눈에 들어왔다.

시체가, 몸을, 일으키고 있다.

그리고─이쪽으로 고개를 돌리고 있었다.

그 눈동자는 뭔가를 덧바른 것처럼, 까맸다.

온몸이 뜨거웠다. 뚝뚝, 바닥에 붉은 액체가 떨어졌다. 나는 코피를 흘리고 있었다. 안구가 부풀어 오르는 느낌이다. 숨을 쉴 수가 없다. 귀가 멍멍하고, 온몸의 뼈가 삐걱거렸다. 어떻게든 해봐, 시게토모. 움직여, 소리쳐. 필사적으로 다그쳤지만 아무것도 할 수 없었다. 꼼짝도 할 수 없다. 코피가 목을 지나, 배로 흘러내려, 위축된 성기를 붉게 적셨다.

시체가 느릿한 동작으로 침대에서 내려왔다. 그리고 내 앞에 섰다.

"이제 금방이야. 이제 곧, 동생이 돌아와. 답을 찾아내서, 돌아올 거야. 그러니까 시간이 없어."

시체가 말했다. 검은 눈동자가 잘가닥 소리를 내며 커졌다. 그 모습을 올려다보면서 생각했다. 이 목소리는 귀에 익다. 이 시체, 도이 요스케의 시체가 아니다. 그래, 그래, 그래, 시게토모, 이건 도이 요스케의 목소리가 아니다. 하지만 분명 들은 적이, 있다. 생각해, 시게토모, 생각해내. 이건 몇 년이나, 몇 년이나, 몇 년이나 전에 나를 찾아왔던 누군가다. 나를 아버지라고 불렀던 누군가. 그리고 나에게, 사람을 죽이고 있냐고 물었던 누군가.

"그러니 가르쳐줘."

그 목소리는 뇌에 직접 울려 퍼졌다. 내 부드러운 뇌에 울려 퍼져, 뇌세포를 무자비하게 죽이는 것 같다. 나는 아무것도 하지 못하고, 아무 말도 하지 못하고, 움직이지도 못했다. 그저 시체를 보고 있었다. 검은 눈동자를 계속 쳐다보았다.

"가르쳐줘. 너는 살인자로서, 센터 직원으로서, 수많은 죽음을 경험하고."

문득 고통이 사라졌다. 방이, 하얗게 물들어간다.

"대체, 뭘 배웠지?"

이건 거짓이다. 환각이거나, 꿈이다. 눈에 보이는 모든 것을 부정하기 위해, 달아나기 위해, 눈을 질끈 감았다.

그래도 하얀색이, 눈앞에 있었다.

시작

눈을 떠보니 하얀 바닥 위에 벌거벗은 남자가 쓰러져 있었다. 유심히 보니 모미지마치 L9이었다. 눈은 부릅뜨고, 코와 입으로 피를 잔뜩 흘리고 있었다. 누가 봐도 죽은 게 분명했다.

나는 비틀거리는 몸을 겨우 움직여 문 옆에 있는 수화기를 들었다.

"예."

남자의 낮은 목소리가 들렸다. 어쩌면 모미지마치 R8일지도 모른다.

"빨리 와주세요. 모미지마치 L9 씨가 죽었습니다."

"죽었다고? 죽은 건 당신일 텐데."

상대는 목소리에서 동요를 숨기지 못했다.

"저는 지금 살아 있어요! 지금 말하고 있다고요! 지금 당장, 여기로 와주십시오!"

상대가 "알겠습니다" 하고 다급히 말하더니 전화가 끊겼다.

나는 붕대가 감긴 오른손을 펼쳐보았다. 분명 아이 방을 연 기억이 있었다. 다른 기억은 가물가물했지만, 단편적으로는 기억하고 있다.

모미지마치 L9, 가가와 시계토모가 절단마였다는 사실. 형이 절단마에게 살해되었다는 사실. 우리가 연결되었다는 사실. 그리고 내가 형과, 절단마에게 살해당한 사람들의 길이 되었다는 사실.

어쨌든 나는 살아 있다. 몸속의 독이 어찌되었든 간에.

이제 내가 할 일은 하나뿐이다. 새로 시작하는 것이다. 그 기묘한 꿈, 형이 보낸 메시지로 나는 겨우 깨달았다. 배웠다. 죽음은 아무것도 구원하지 못한다. 특히나, 소중한 이가 있는 사람이라면.

이윽고 달그락달그락, 문이 열리는 소리가 났다. 오른쪽 주먹이 유독 아팠다. 나는 눈을 감았다. 크게 숨을 들

이마셨다. 천천히 숨을 내뱉고, 유리를 생각했다. 유리를
구하게 해달라고, 아들의 영혼에 빌었다.

모미지마치 역 앞 자살센터 (원제 : 紅葉町駅前自殺センター)

1판 1쇄 2014년 9월 22일

지 은 이 미쓰모토 마사키
옮 긴 이 김선영

발 행 인 주정관
발 행 처 북스토리(주)
주   소 경기도 부천시 원미구 상3동 529-2 한국만화영상진흥원 311호
대표전화 032-325-5281
팩시밀리 032-323-5283
출판등록 1999년 8월 18일 (제22-1610호)
홈페이지 www.ebookstory.co.kr
이 메 일 bookstory@naver.com

ISBN 979-11-5564-026-5 03830

※잘못된 책은 바꾸어드립니다.

이 도서의 국립중앙도서관 출판시도서목록(CIP)은 서지정보유통지원시스템 홈페이지
(http://seoji.nl.go.kr)와 국가자료공동목록시스템(http://www.nl.go.kr/kolisnet)에
서 이용하실 수 있습니다. (CIP제어번호 : CIP2014023730)